U0083825

古典詩歌研究彙刊

第二十輯

龔鵬程 主編

第 8 冊

概念譬喻理論在詞作上的運用：
以蘇軾和柳永詞為例（下）

林 增 文 著

國家圖書館出版品預行編目資料

概念譬喻理論在詞作上的運用：以蘇軾和柳永詞為例（下）／
林增文 著—初版—新北市：花木蘭文化出版社，2016〔民
105〕
目 20+210 面；17×24 公分
（古典詩歌研究彙刊 第二十輯：第 8 冊）
ISBN 978-986-404-829-8（精裝）
1.（宋）蘇軾 2.（宋）柳永 3. 宋詞 4. 詞論
820.91   105015102

ISBN-978-986-404-829-8

古典詩歌研究彙刊
第二十輯　第八冊   ISBN：978-986-404-829-8

概念譬喻理論在詞作上的運用：
以蘇軾和柳永詞為例（下）

作　　者	林增文
主　　編	龔鵬程
總 編 輯	杜潔祥
副總編輯	楊嘉樂
編　　輯	許郁翎、王筑　美術編輯　陳逸婷
出　　版	花木蘭文化出版社
社　　長	高小娟
聯絡地址	235 新北市中和區中安街七二號十三樓
	電話：02-2923-1455 ／傳真：02-2923-1452
網　　址	http://www.huamulan.tw 信箱 hml 810518@gmail.com
印　　刷	普羅文化出版廣告事業
初　　版	2016 年 9 月
全書字數	331791 字
定　　價	第二十輯共 18 冊（精裝）新台幣 28,800 元

版權所有・請勿翻印

概念譬喻理論在詞作上的運用：
以蘇軾和柳永詞為例（下）

林增文　著

目

次

圖目錄

第五章　從認知的角度比較蘇軾與柳永詞作的特色

　　經過前兩章透過概念譬喻理論對蘇軾黃州詞與柳永詞作的選析實踐，雖能概略窺知兩位詞人在譬喻運用上的部分特點，卻仍缺乏兩人在類似題材之詞作上的比較基礎。尤其第三章對蘇軾黃州詞作的探討側重在「總體式隱喻閱讀原則」等理論，在詞作實際運用時其解析模式的建立與實踐，所選析之蘇軾詞例相對較少。本章為彌補此不足，由認知的角度按寫作內容來分類，並逐類比較蘇軾與柳永的詞作特色，一方面探求兩位詞家在譬喻運用上的異同，另一方面藉由更多例證，讓我們對詞人有更多面向的了解。

　　本章為求以兩位詞人在敘寫內容類似的作品上來進行比較，因此分類上與前兩章略有不同〔註1〕。主要將柳永與蘇軾的詞更細分為六種類型來進行分析比較：第一節是柳蘇詠事詠物詞之比較、第二節是柳蘇詠妓詞之比較、第三節是柳蘇仕隱詞之比較、第四節是柳蘇悼亡詞之比較、第五節是柳蘇懷古詞之比較、第六節是柳蘇酬贈詞之比較，第七節為小結。

〔註1〕　為更廣泛探析柳蘇詞作的譬喻思維，本章選析柳蘇詞作有別於三、四兩章，除柳蘇之成名作品，或多家選本選錄之作品外，兼採其較少被選析之詞，以期能與前人選析之柳蘇詞作較少重複，以及希望能有更佳之取樣效果。

第一節　柳蘇詠事詠物詞之比較

　　本節將以柳永與蘇軾的幾首詠事、詠物詞作爲比較的主要內容，柳永詠唱節慶的詞中以〈迎新春〉（嶰管變青律）和〈木蘭花慢〉（拆桐花爛漫）二首在清代暨清代之前的柳詞選本中較常出現〔註2〕，故選爲柳永詠事詞分析之例證；詠物詞則以詠黃鶯之〈黃鶯兒〉（園林晴晝春誰主）以及詠柳、詠菊等詠花詞爲例。

　　蘇軾詠事詠物類詞之作品頗多，本節選其詠上元之〈蝶戀花〉（燈火錢塘三五夜）、詠端陽之〈南歌子〉（山與歌眉斂）以及詠中秋之〈念奴嬌〉（憑高眺遠）等作品爲敘寫節慶之詞例；詠物詞亦以其詠花之幾首名作來做爲與柳永詠花詞比較之詞例。

一、詠節慶

（一）柳永作品

1、迎新春

　　嶰管變青律，帝里陽和新布。晴景回輕煦。慶嘉節、當三五。列華燈、千門萬戶。徧九陌、羅綺香風微度。十里然絳樹。鼇山聳、喧天簫鼓。　　漸天如水，素月當午。香徑里、絕纓擲果無數。更闌燭影花陰下，少年人、往往奇遇。太平時、朝野多歡民康阜。隨分良聚。堪對此景，爭忍獨醒歸去。

這是一首歌詠元宵佳節的詞。詞人從三方面歌頌元宵佳節的美好。首先從「季節變化即氣候改變」點出元宵節所在的節候特性。當嶰管這些簫、笛等竹製樂器吹奏出代表春天青翠之色的青律時，表示正月十五元宵節所在的春天已經降臨。帝都元宵的節氣是「陽和新布」，逐漸暖和起來了。其概念融合網路如下：

〔註2〕　見林佳欣，《柳永詞評價及其相關詞學問題》【附錄一：清代以前柳詞選錄細目與附錄二：清代柳詞選錄細目】（國立東華大學中國語文學系，碩士論文，2006年7月），頁115～123。

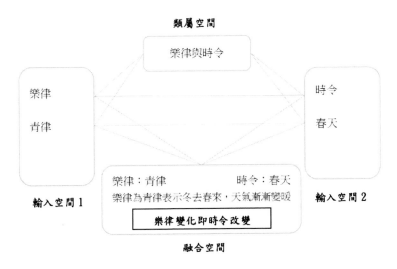

圖 5-1-1　柳永〈迎新春〉中「樂律變化即時令改變」的概念融合
　　　　網路

這個由氣候改變來描寫元宵節的方式，主要即：「季節變化即氣
候改變」的轉喻運作。轉喻的來源域是「氣候改變」，目標域則是「季
節變化」，其轉喻運作過程如下表所示：

表 5-1-1　柳永〈迎新春〉詞「季節變化即氣候改變」的
　　　　轉喻運作

來源域：氣候改變	轉喻運作	目標域：季節變化
陽和新布		冬季變春季
晴景回輕煦		

在「季節變化即氣候改變」的轉喻運作下，上片開頭先點出元宵
節的季節所在。「嶰管變青律，帝里陽和新布。晴景回輕煦」描寫季
節與氣候的變化。「嶰管變青律」，嶰管，嶰谷之竹所製的管樂器，亦
用作一般簫笛等管樂器的美稱。「青律」，古代為了預測節氣，將葦膜
燒成灰，放在律管內（每一律管代表一個月，共十二律管，以十二律

呂命名，如黃鍾、太蔟等），到某一月份，相應律管內的灰就會自行飛出。青律，則指代表春天的律管。此處詞人以「季節改變即樂律變化」的譬喻蘊涵意謂：當嶰管這些簫、笛等竹製樂器吹奏出代表春天青翠之色的青律時，春天即已降臨。「帝里陽和新布」，帝里，猶言帝都，京都。實爲「地點代機構」的轉喻運作。「陽和」，春天的暖氣。先藉「整體代部份」之轉喻運作以太陽代指陽光，再透過「狀態即行爲」的譬喻蘊涵，指陽光和暖的狀態是陽光「傳佈」的行爲結果。「帝里陽和新布」即意謂京城裏剛剛傳布春天暖暖的氣息。「晴景回輕煦」，晴，雨雪等停止，天空無雲或少雲。景，亮光、日光。輕煦，即微暖。此句透過「日光是人」的譬喻運作，意謂晴朗的日光召回了溫暖的氣候。接下兩句揭露主題：「慶嘉節、當三五」，原來是正值上元、慶賀佳節。

　　詞人接著著眼於帝都繁華熱鬧的景象來描寫上元節。主要是：「京城上元是帝都繁華熱鬧的景象」的轉喻運作。轉喻的來源域是「帝都繁華熱鬧的景象」，目標域則是「京城上元」，其轉喻運作過程如下表所示：

表 5-1-2　柳永〈迎新春〉詞「京城上元是帝都繁華熱鬧的景象」」的轉喻運作

來源域：帝都繁華熱鬧的景象	轉喻運作	目標域：京城上元
列華燈、千門萬戶		
徧九陌、羅綺香風微度		京城的元宵佳節
十里然絳樹		
鼇山聳、喧天簫鼓		

　　此段從帝都慶賀元宵的熱鬧景象，描繪出帝都的太平繁華榮景。「列華燈、千門萬戶」，是說京城千門萬戶，家家點上華燈。「列

華燈」寓含「狀態即行為」的譬喻蘊涵，使千家萬戶張燈結綵的壯
觀畫面具有動態感。「徧九陌、羅綺香風微度」，「九陌」，原指漢代
長安城中的九條大道，此泛指都城大道和繁華鬧市。乃「古街道名
稱代地點」的轉喻運作；「羅綺」，羅和綺。多借指絲綢衣裳。此以
「服飾代穿著者」的轉喻代指衣著貴的女子；「香風微度」，藉「風
是人」的擬人譬喻形容仕女身上的香氣微微飄過的情景。整句是說
遊街賞燈的人潮絡繹不絕、徧及九陌；出外賞燈的女子身著華麗的
服裝，羅綺滿街，整個街上都被仕女身上的香氣給薰香了。「十里然
絳樹」，里，長度單位。古以三百步為一里，後亦有以三百六十步為
一里者，今以一百五十丈為一里。「十里」，藉「長度即距離」的譬
喻運作形容距離遙遠；「絳樹」，神話傳說中的仙樹。「然絳樹」，以
「狀態即行為」的譬喻運作形容掛滿彩燈的樹上紅光閃爍，好似著
火一般。全句意謂滿街的彩燈，火樹銀花、綿延十里之遙。「鰲山聳、
喧天簫鼓」，「鰲山」，堆成巨鰲形狀的燈山；「聳」，高起；矗立。亦
即藉「燈是山」的實體譬喻形容彩燈之多與堆疊之高；「喧天」，形
容聲音很大，響徹天空。句意是說，高聳的鰲山，上下數十萬盞燈
燭，照耀如同白晝。尤其簫鼓喧天、人山人海，是上元熱鬧的中心
所在。

　　下片轉從居民的歡樂來描寫京城的元宵之樂。「漸天如水，素月
當午」，漸，緩進；逐步。寓含「時間是移動物」之譬喻蘊涵。「天
如水」則藉「天是水」之譬喻運作形容天空如水般潔淨澄澈。午，
十二時辰之一，十一時至十三時為午時。午時日正中，因亦稱日中
為午。此藉「月是日」之譬喻蘊涵，以月中為午。整句意謂在歡樂
的氣氛下，人們高昂的情緒延續到明月當空、夜空似水的午夜時分。
此亦為詞人描寫京城上元的第三個重點，亦即以「京城上元是人們
的歡樂」作為本段之主要轉喻運作。轉喻的來源域是「京城上元」，
目標域則是「人們的歡樂」，其轉喻運作過程如下表所示：

表 5-1-3　柳永〈迎新春〉詞「京城上元是人們的歡樂」
　　　　　的轉喻運作

來源域：人們的歡樂	轉喻運作	目標域：京城上元
香徑里、絡繹擲果無數		
更闌燭影花陰下，少年人、往往奇遇		京城的元宵佳節
太平時、朝野多歡民康阜		
隨分良聚		

「香徑里、絡繹擲果無數」，此段一開始，詞人便使用戰國時楚莊王爲保全大臣尊嚴、命宴席上諸臣自斷冠纓以及晉朝潘岳（即潘安仁）美姿儀、外出洛陽道時，婦人遇之皆投之以果表示愛慕的兩個典故，藉「歷史典故代人」的轉喻，以此二個典故代指在歡樂情緒之下的男女，不拘於日常男女有別的禮數，盡情嬉戲遊樂、縱情盡歡的情景。「更闌燭影花陰下，少年人、往往奇遇」，更，指更鼓。闌，晚；遲。「更闌」，乃藉「報時代時間」之轉喻以深夜的報時代指更深夜殘。「燭影花陰下」，「燭影」，燈燭的光亮。此藉「用品代用品所在地」以燈燭的光亮代指有燈燭光亮之處。「花陰」，爲花叢遮蔽而不見月（日）光之處。此處亦藉「用品代用品所在地」之轉喻，以花陰代指陰暗處。全句意謂人們縱情歡樂，直到夜深「更闌」，而無論身處明亮或陰暗的「燭影花陰」、浪漫情境中，少年人往往都能有美好的奇妙遇合。最後幾句「太平時、朝野多歡民康阜。隨分良聚。堪對此景，爭忍獨醒歸去」，意謂詞人身處這熱鬧繁榮的元宵帝都，感受太平時代，隨處可見那種朝野多歡、萬民康阜的美景良會，怎能不深受鼓舞而陶醉其中呢？

總之，柳永這首〈迎新春〉分別從節令氣候、帝都繁華熱鬧景象以及人們歡樂情緒等三個面向來描寫上元元宵佳節，可說是繽紛快

樂、饒有情趣，如圖 5-1-2 為其「三面向描寫」的概念融合網路。且詞中由多個不同的來源域共同映射至同一個目標域（如圖 5-1-3 所示），亦能以本詞印證「總體式隱喻閱讀原則」之說。除此之外，這首詞還真實地刻劃了當時的一些民俗，保留了可貴的歷史紀錄，這也是難能可貴的地方。

圖 5-1-2　柳永〈迎新春〉中「三面向描寫」的概念融合網路

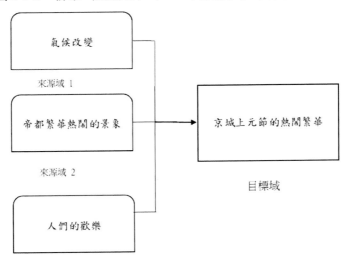

圖 5-1-3　柳永〈迎新春〉詞「總體性隱喻閱讀」下的來源域與目標域

下表爲這首〈迎新春〉詞的詳細譬喻來源域考察。

表 5-1-4　柳永〈迎新春〉詞的譬喻來源域考察

來源域	概念譬喻	角度攝取	語言表達式	目標域	譬喻類型
樂器吹奏青律	季節改變即樂律變化	樂器吹奏出青律＞春天降臨	嶰管變青律	春天降臨	結構譬喻
嶰管	材料代製品	嶰管＞嶰谷之竹所製的管樂器	嶰管變青律	管樂器	轉喻
帝里	地點代機構	帝里＞帝都，京城	帝里陽和新布	帝都	轉喻
太陽	整體代部份	太陽＞陽光	帝里陽和新布	陽光	轉喻
傳佈的行爲	狀態即行爲	陽光和暖的狀態＞陽光傳佈行爲	帝里陽和新布	和暖的狀態	結構譬喻
人	日光是人	能召回溫暖天氣	晴景回輕煦	晴景	擬人譬喻
物件	溫暖是物件	能以輕重衡量	晴景回輕煦	溫暖	實體譬喻
列華燈的行爲	狀態即行爲	列華燈的行爲＞列華燈的現象	列華燈	列華燈的現象	結構譬喻
門戶	部分代整體	門戶＞人家	列華燈、千門萬戶	人家	轉喻
九陌	古街道名稱代地點	九陌＞京城道路	徧九陌	京城道路	轉喻
羅綺	服飾代穿著者	羅綺＞衣著華貴的女子	羅綺香風微度	高貴女子	轉喻
人	風是人	香風有人的主動性＞微度	羅綺香風微度	風	擬人譬喻
遙遠	長度即距離	十里＞遙遠（十＞多）	十里然絳樹	十里	結構譬喻

著火燃燒	狀態即行為	樹上紅光閃爍＞樹著火燃燒	十里然絳樹	紅光閃爍	結構譬喻
山	燈是山	花燈很多、很高＞燈山	鼇山聳	花燈	實體譬喻
簫鼓聲	整體代部份	簫鼓＞簫鼓聲	喧天簫鼓	簫鼓	轉喻
移動物	時間是移動物	漸＞時間慢慢移動	漸天如水	時間	實體譬喻
水	天空是水	皆澄澈透明	漸天如水	天空	實體譬喻
日	月亮是日	當午＞天空正中	素月當午	月亮	實體譬喻
絕纓擲果	歷史典故代人	絕纓擲果＞不拘泥禮數的人	香徑里、絕纓擲果無數	不拘禮數的人	轉喻
更闌報時	報時代時間	深夜的報時代指深夜	更闌燭影花陰下	深夜	轉喻
燭影	用品代用品所在地	燭影＞光亮之處	更闌燭影花陰下	光亮之處	轉喻
花陰	用品代用品所在地	花陰＞陰暗之處	更闌燭影花陰下	陰暗之處	轉喻
旅行	人生是旅行	奇遇＞意外奇特的相逢或遇合	少年人、往往奇遇	人生	結構譬喻
朝野	地位代人	朝野＞朝廷與民間的人	朝野多歡民康阜	主政者與民	轉喻
物件	感情是物件	多歡＞歡樂能以多少計算	太平時、朝野多歡民康阜	歡樂	實體譬喻

2、木蘭花慢

拆桐花爛漫，乍疏雨、洗清明。正豔杏燒林，緗桃繡野，芳景如屏。傾城。盡尋勝去，驟雕鞍紺幰出郊坰。風暖繁絃脆管，萬家競奏新聲。　　盈盈。鬥草踏青。人豔冶、遞逢迎。向路旁往往，遺簪墮珥，珠翠縱橫。歡情。對佳

麗地，任金罍罄竭玉山傾。拚卻明朝永日，畫堂一枕春醒。

這是一首描寫清明的節令詞。一般而言，柳永的節令詞都是透過幾個不同的面向來敘寫節日。這首詠清明的詞也不例外，透過京城城郊春天優美的景色，以及人們清明歡樂遊春的活動來描寫都城清明的節日風光。這首詞「描繪清明的節日風光，側面地再現了社會昇平時期的繁勝場面。我國傳統的民俗很重視清明節。這時正風和日暖，百花盛開，芳草芊綿，人們習慣到郊野去掃墓、踏青、作一次愉快的春遊。」〔註3〕

詞人先從春日美景敘寫清明。主要以「京城清明是帝都城郊的美麗春景」的轉喻運作來表現。轉喻的來源域是「京城清明」，映射至目標域的「帝都城郊的美麗春景」上，其轉喻映射過程如下表所示：

表 5-1-5　柳永〈木蘭花慢〉詞「京城清明是帝都城郊的美麗春景」的轉喻映射

來源域：帝都城郊的美麗春景	轉喻映射	目標域：京城清明
拆桐花爛漫		
乍疏雨、洗清明	⟹	京城的清明節
正豔杏燒林，緗桃繡野，芳景如屏		

首先，詞上片開端即非常簡潔地點出了時令。「拆桐花爛漫」，拆，同「坼」，裂開；綻開。南宋・沈義父在《樂府指迷》中說：「此正是第一句，不用空頭字在上，故用『拆』字，言開了桐花爛漫也。」〔註4〕亦即以春天盛開的油桐花來點明時序在春季，正是「花代花季」轉喻蘊涵的運用。「乍疏雨、洗清明」，乍，突然、忽然，也有

〔註3〕　見張淑瓊主編，《中國文學總欣賞》唐宋詞4柳永，頁145。謝桃坊主筆之柳永〈木蘭花慢〉詞賞析。

〔註4〕　見唐圭璋編，《詞話叢編》（北京：中華書局，1986年），卷一，頁282。

暫時、短暫之意。疏，稀疏、稀少，疏雨，即小雨。洗，用水滌除污垢。清明，節氣名。公曆四月四、五或六日。我國有清明節踏青、掃墓的習俗。此處藉「抽象化具體」之譬喻蘊涵，將抽象之清明節氣具體化作可洗滌之物。「乍疏雨、洗清明」意即突然的短暫小雨，將清明時節清洗得清澈明朗。「正艷杏燒林，緗桃繡野，芳景如屏」，艷杏，艷紅色的杏花。燒林，燃燒樹林。此藉「艷杏是火」之譬喻蘊涵，形容整片艷紅杏花開滿樹林，似樹林著火。緗桃，黃花結淺紅色果實的桃樹。繡，用彩色線在布帛上刺成花、鳥、圖案等。繡野，此藉「大自然是繡工」之譬喻運作，喻指遍野的黃色緗桃花正似大自然以郊野為繡布，所刺上的美麗圖案。芳景如屏，意指像火燒般的整片赤紅杏花林和如同刺繡般的遍野黃色緗桃花，這畫面就像屏風上的畫一樣生動美麗。清明美景中，詞人特別挑出「艷杏」和「緗桃」等赤、黃花色，像「燒林」、「繡野」般的叢聚之美來代表當時如同畫屏一樣的勝景。此處蘊含的亦是「顯著特徵代整體」的轉喻。其「花代花季」的概念融合網路如下圖：

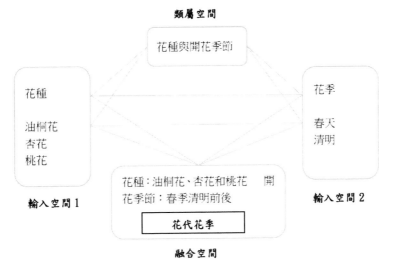

圖 5-1-4　柳永〈木蘭花慢〉中「花代花季」的概念融合網路

　　接下來詞人就著眼於清明時節春遊活動的描述。此段主要以轉喻：「京城清明是帝都城郊的春遊活動」來表現。轉喻的來源域是「帝都城郊的春遊活動」，映射至目標域的「京城清明」上，其轉喻映射過程如下表所示：

　　表 5-1-6　柳永〈木蘭花慢〉詞「京城清明是帝都城郊的春遊活動」的轉喻映射

來源域：帝都城郊的春遊活動	轉喻映射	目標域：京城清明
傾城。盡尋勝去，驟雕鞍紺幰出郊坰		
風暖繁絃脆管，萬家競奏新聲		
盈盈。鬥草踏青		京城的清明節
人豔冶、遞逢迎		
向路旁往往，遺簪墮珥，珠翠縱橫		
歡情。對佳麗地，任金罍罄竭玉山傾		

　　這段中，「傾城、盡尋勝去」運用「城市是容器、人是容器內容物」的概念譬喻，誇飾全城的人都春遊尋春去也。而整個春遊的過程，詞人以「春遊是旅行」、「春遊過程是旅程」的概念譬喻來概括，並且再以「顯著特徵代整體」的轉喻來凸顯參與這次東京郊野春遊人數的眾多與身分的高貴。其中，以「雕鞍」代指馬匹、而馬匹則代指騎馬者；「紺幰」則是以天青色的車幔代指豪華的車、再以車代指車上的貴婦；「繁弦脆管」則是「樂器代音樂」，並引出下句「萬家競奏新聲」的歡樂景象。

　　下片則強調春遊過程中所遇到的「鬥草踏青」的「盈盈」美女。滿地的遺落物品：「遺簪墮珥」、「珠翠縱橫」都是以「華麗飾物代指

高貴的配戴者」的轉喻來形容這些不斷遇到的豔冶美女。最後，作者想像面對著這樣的佳麗之地，歡樂的人們當然要痛飲美酒，拚著明日醉臥畫堂，今日是不醉不歸了。

柳永這首〈木蘭花慢〉分別從春日美景、帝都人們清明歡樂遊春的活動兩個面向來描寫京城清明節，可說是勝景如畫、歡樂生動。且詞中由二個不同的來源域共同映射至同一個目標域（如圖 5-1-5 所示），雖說是同一概念域中的轉喻映射，亦能印證「總體式隱喻閱讀原則」之說。

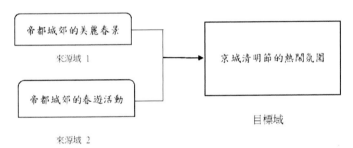

圖 5-1-5　柳永〈木蘭花慢〉詞「總體性隱喻閱讀」下的來源域與目標域

下表為這首〈迎新春〉詞的詳細譬喻來源域考察。

表 5-1-7　柳永〈木蘭花慢〉詞的譬喻來源域考察

來源域	概念譬喻	角度攝取	語言表達式	目標域	譬喻類型
桐花綻放	狀態即行為	拆開桐花＞桐花綻放	拆桐花爛漫	拆開桐花	結構譬喻
桐花開	花代花季	桐花開＞春季	拆桐花爛漫	春季	轉喻
可洗滌之物	抽象化具體	清明節氣＞可洗滌之物	乍疏雨、洗清明	清明節氣	實體譬喻
艷紅杏花開	艷杏是火	艷紅杏花開滿樹林＞樹林著火	正豔杏燒林	樹林著火	結構譬喻

繡布	大自然是繡工、郊野是繡布	黃色緗桃花＞大自然以郊野爲繡布所刺上的美麗圖案	緗桃繡野	郊野	擬人譬喻
豔杏、緗桃	部分代整體	豔杏、緗桃＞清明的美景	正豔杏燒林，緗桃繡野	清明的美景	轉喻
屏風上的圖畫	京城郊野是畫中景	清明春景＞屏風上的圖畫	芳景如屏	清明春景	實體譬喻
容器	京城是容器	居民全外出＞容器傾倒出內容物	傾城	京城	實體譬喻
尋訪物	風景名勝是尋訪物	尋勝＞主動探求風景名勝	盡尋勝去	風景名勝	實體譬喻
馬匹	工具代操控者	雕鞍＞馬匹上的貴族	驟雕鞍紺幰出郊坰	貴族	轉喻
車幰	工具代使用者	天青色的車幰＞車內的貴婦	驟雕鞍紺幰出郊坰	貴婦	轉喻
樂器	樂器代音樂	繁絃脆管＞音樂	風暖繁絃脆管	音樂	轉喻
萬家	數多即量大	萬家＞眾多	萬家競奏新聲	眾多	結構譬喻
聲音	部分代整體	聲音＞樂曲	萬家競奏新聲	樂曲	轉喻
盈盈	儀態代人	盈盈＞儀態美好的女子	盈盈	美女	轉喻
鬥草踏青	部分代整體	鬥草踏青＞清明節的民俗活動	鬥草踏青	民俗活動	轉喻
飾物	飾物代配戴者	簪珥＞高貴的配戴者	遺簪墮珥	配戴者	轉喻

飾物	飾物代配戴者	珠翠＞高貴的配戴者	珠翠縱橫	配戴者	轉喻
飾物多	遺落物多即人多	遺落的飾物多＞遊春的女子多	遺簪墮珥，珠翠縱橫	女子多	結構譬喻
金罍	容器代內容物	金罍＞酒	任金罍罄竭玉山傾	酒	轉喻
玉山	人是山	玉山傾＞人醉倒	任金罍罄竭玉山傾	男子	實體譬喻
金罍罄竭	狀態即行為	金罍罄竭＞人喝了許多酒	任金罍罄竭玉山傾	喝酒多	結構譬喻
日	日代白晝	永日＞整天	拚卻明朝永日	白晝	轉喻
枕	物品代使用者	枕＞枕上病酒者	畫堂一枕春醒	枕上之人	轉喻

（二）蘇軾作品

1、蝶戀花（密州上元）

燈火錢塘三五夜。明月如霜，照見人如畫。帳底吹笙香吐麝。此般風味應無價。

寂寞山城人老也。擊鼓吹簫，卻入農桑社。火冷燈稀霜露下。昏昏雪意雲垂野。

這闋上元詞寫於宋神宗熙寧八年（1075 年）的上元節，當時蘇軾甫由杭州通判調升爲密州（今山東諸城）知州，在密州到任僅兩個月就遇到任上的第一個元宵節，因此寫下這首上元詞。

雖然詞題爲密州上元，但上半闋寫的卻是錢塘（杭州）元宵的熱鬧風光，詞的下半闋才是詞人在密州的上元情懷。照說蘇軾在杭州通判任內共經歷過三次上元節，此番由杭州調知密州，短短兩個多月就逢密州上元，升官而又得逢佳節，理應是心情大好、歡樂遊街賞燈才是，怎會有「寂寞山城人老也」的喟嘆呢？他在〈超然臺記〉裡追憶這段心理歷程時說：

余自錢塘移守膠西，釋舟楫之安而服車馬之勞，去雕牆之

美而蔽采椽之居，背湖山之觀而適桑麻之野。始至之日，
歲比不登，盜賊滿野，獄訟充斥。而齋廚索然，日食杞菊，
人固疑余之不樂也。處之期年，而貌加豐，髮之白者，日
以反黑。余既樂其風俗之淳，而其吏民，亦安予之拙也。
〔註5〕

也就是由繁華的大都市——杭州，來到偏僻的山城——密州，不但
自然環境差異極大，民情風俗也截然不同。這從詞中描寫兩地上元風
光之不同即可見一斑。杭州是萬家燈火的「燈火錢塘」，密州則是有
點落寞的「寂寞山城」；杭州是處處遊人、薰香品酒，既繁華又風雅，
密州則是擊鼓吹簫、舉行農桑社祭的民俗活動。相比之下，繁榮與簡
樸的環境差異頗大。由此可知此詞主要藉「密州上元非杭州上元」的
對比來呈現今昔差異。譬喻運作是以昔日「杭州上元」，對比今日的
「密州上元」，其對比過程如下表所示：

表 5-1-8　蘇軾〈蝶戀花〉詞「密州上元非杭州上元」的
對比運作

昔日：杭州上元	對比	今日：密州上元
燈火錢塘三五夜		寂寞山城人老也
明月如霜，照見人如畫		擊鼓吹簫，乍入農桑社
帳底吹笙香吐麝		火冷燈稀霜露下
此般風味應無價		昏昏雪意雲垂野

在「密州上元非杭州上元」的對比運作下，上片描寫杭州元宵
節的熱鬧風光。「燈火錢塘三五夜」，燈火，指燈彩。錢塘，亦作「錢
唐」，古縣名。地在今浙江省，古詩文中常指今杭州市。三五，指農
曆正月十五上元節。此句意謂杭州元宵夜到處張掛彩燈的熱鬧景
象。「明月如霜，照見人如畫」，霜，在氣溫降到攝氏零度以下時，

〔註5〕　見宋・蘇軾著、傅成穆傳標點，《蘇軾全集》卷十一（上海：上海古
　　　　籍出版社，2000年5月），頁875。

靠近地面空氣中所含的水汽凝結成的白色冰晶。此藉「月光是霜」的譬喻蘊涵形容明亮的月光像霜一樣潔白亮麗。照見，從光照或反光物中映現。人如畫，即藉「人是畫」的譬喻蘊涵形容人像圖畫般美。此句意謂像霜一樣皎潔明亮的月光，照著遊人有如一幅美麗的圖畫。「帳底吹笙香吐麝」，帳，指帷幔。帳底，此藉「帷帳是容器」之譬喻蘊涵形容廳堂帷幔之內。笙，管樂器名。吹笙，此藉「飲酒是吹笙」之譬喻蘊涵比喻飲酒。宋・張元幹〈浣溪沙〉詞題曰：「諺以竊嘗爲吹笙云。」遼・李齊賢〈鷓鴣天・飲麥酒〉詞：「飲中妙訣人如問，會得吹笙便可工。」清・況周頤《蕙風詞話》卷三：「竊嘗，嘗酒也……〈織餘瑣述〉云：『樂器竹製者唯笙，用吸氣吸之，恆輕，故以喻竊嘗。』」〔註6〕；香，香料或其製成品。此藉「部分代整體」之轉喻運作，以香代指燃香之香爐。吐，使物從口中出來。此藉「香爐是人」之擬人譬喻，將香爐比擬爲人，則香由爐嘴噴出如人之吐物。麝，獸名。俗稱香獐，能分泌麝香。此藉「整體代部分」之轉喻，以麝代指麝所產之麝香。「帳底吹笙香吐麝」即意謂在內堂帷幔底下熏香品酒。「此般風味應無價」，此般，即這般。風味，美味；亦指一地特有之食品口味。此藉「杭州上元的熱鬧風雅是食物」之譬喻蘊涵，形容杭州上元特有的色彩和趣味。無價，無法計算價值；此藉「風味是有價物」之譬喻蘊涵，形容風味極爲珍貴。全句意謂杭州上元這種既繁華又風雅的特殊風味應是非常難得、極其珍貴的。

　　換頭，下片敘述密州上元。「寂寞山城人老也」，寂寞，冷清；孤單。山城，依山而築的城市。此藉「建築地點代城市」之轉喻，以山城代指密州治所諸城。老，原指年歲大，但詞人當時才 40 歲，應係藉「整體代部分」之轉喻，以人代指人之心，形容詞人之心已遲暮、老去。全句意謂寂靜冷清的諸城令人心靈老化。且按前引作者於〈超

〔註6〕　見清・況周頤《蕙風詞話》卷三「益齋長短句」，《詞話叢編》本第五冊（北京：中華書局，1986 年），頁 4478。

然臺記〉所言：「始至之日，歲比不登，盜賊滿野，獄訟充斥」〔註7〕，則詞人所憂慮者爲轄下百姓生活之改善，思之令人老也。「擊鼓吹簫，乍入農桑社」，擊鼓吹簫，此藉「部分代整體」之轉喻，以擊鼓吹簫代指密州之上元歡慶。乍，恰好、正好。農桑，指農作物和桑樹。社，原指土地神。此藉「設施代設施功能」之轉喻，以社謂祭祀土地神。全句意謂上元打鼓吹簫的歡慶聲，正是在祭祀農桑土地神的儀式中。「火冷燈稀霜露下」，火冷燈稀，即燈火稀少、冷清。霜，在氣溫降到攝氏零度以下時，靠近地面空氣中所含的水汽凝結成的白色冰晶。露，夜晚或清晨近地面的水汽遇冷凝結於物體上的水珠，通稱露水。意謂密州上元燈火冷清、稀少，且夜晚凝露結霜、氣候寒冷。「昏昏雪意雲垂野」，昏昏，昏暗、陰暗貌。雪意，此藉「雪是人」之譬喻蘊涵，以下雪之視覺感知形容將欲下雪的景象。雲垂野，即藉「雲是簾幕」之譬喻蘊涵形容雲層像簾幕罩住四野的情景。全句意謂天空陰暗，四野雲幕低垂，有著濃濃的下雪之意。

由概念融合理論的多空間模式來探討這闋小詞，分別將東坡在杭州與密州時之上元節，作爲輸入空間 1 與輸入空間 2，則在融合空間中更能看出，東坡這闋小詞對比杭州與密州上元的譬喻蘊涵。東坡詞中呈現時空壓縮的融合，不同空間時間的事物與心境放到同一時空來對比，而人的年齡境遇變了，使得今不如昔的對比更爲強烈，失落感也更爲凸顯。

〔註 7〕 見宋・蘇軾著、傅成穆儔標點，《蘇軾全集》卷十一，頁 875。

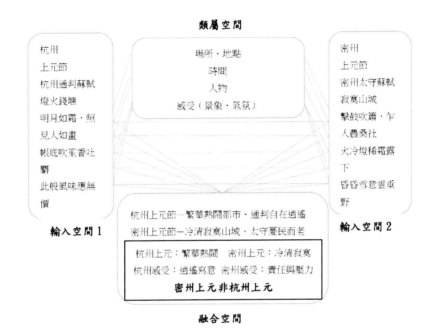

圖 5-1-6　概念融合網路：「密州上元非杭州上元」

　　由圖 5-1-6 的概念融合網路可以很清楚地看出，這闋小詞上下兩片的對比：相同的節慶、相同的人物，因不同的地點與不同的職務，顯示出不同的景象與不同的感受。值得一提的是，詞人以繁華之杭州對比寂寞之密州，卻非出自心中的失望與沮喪，而是出於對密州人民的農桑收成與生活的關懷。更因初到密州任上的戰戰兢兢，深恐有負密州生活艱苦的百姓。杭州自古繁華，擔任通判也不似知州之責任重大，故其在杭州上元佳節自能熏香品酒，附庸風雅；然他在密州簡樸、困頓的環境中，無法再如杭州通判任上時的快意自在，念茲在茲的是治下百姓的安居樂業。因此在上元農桑社祭的民俗中，雖然「火冷燈稀霜露下」，顯得有些冷清蒼涼。他猶在「昏昏雪意雲垂野」的陰暗天候下，期盼密州會是一個「雪兆豐年」的豐收之年。

　　下表為這首〈蝶戀花〉詞的詳細譬喻來源域考察。

表 5-1-9　蘇軾〈蝶戀花〉詞的譬喻來源域考察

來源域	概念譬喻	角度攝取	語言表達式	目標域	譬喻類型
錢塘	古地名代地點	錢塘＞杭州	燈火錢塘三五夜	杭州	轉喻
霜	月光是霜	明亮的月光像霜一樣潔白亮麗	明月如霜	月光	實體譬喻
畫	人是畫	遊人有如畫在圖畫般美麗	照見人如畫	人	實體譬喻
容器	帷帳是容器	帳底＞廳堂帷帳之內	帳底吹笙香吐麝	帷帳	實體譬喻
吹笙	飲酒是吹笙	輕吸竹笙出聲＞輕吸美酒品嚐	帳底吹笙香吐麝	飲酒	結構譬喻
香	部分代整體	香＞燃香之香爐	帳底吹笙香吐麝	香爐	轉喻
人	香爐是人	香由爐嘴噴出如人之吐物	帳底吹笙香吐麝	香爐	擬人譬喻
麝	整體代部分	麝＞麝所產之麝香	帳底吹笙香吐麝	麝香	轉喻
物件	風味是物件	風味無價＞風味可估量價值	此般風味應無價	風味	實體譬喻
山城	建築地點代城市	山城＞密州治所諸城	寂寞山城人老也	諸城	轉喻
人	整體代部分	人老＞人之心因憂慮而老	寂寞山城人老也	人心	轉喻
擊鼓吹簫	部分代整體	擊鼓吹簫＞密州之上元歡慶活動	擊鼓吹簫	歡慶活動	轉喻

容器	祭祀是容器	進「入」農桑社	乍入農桑社	祭祀	實體譬喻
農桑社	設施代設施功能	農桑社＞祭祀土地神	乍入農桑社	祭祀土地神	轉喻
火冷燈稀	部分代整體	火冷燈稀＞節慶冷清	火冷燈稀霜露下	節慶冷清	轉喻
霜露下	部分代整體	霜露下＞氣候冷	火冷燈稀霜露下	氣候冷	轉喻
雪意	雪是人	雪意＞下雪之意念	昏昏雪意雲垂野	下雪之感覺	擬人譬喻
簾幕	雲是簾幕	雲垂野＞雲層像簾幕罩住四野	昏昏雪意雲垂野	雲	實體譬喻
雲層垂壓	趨勢即行為	雲層低＞雲層垂壓	昏昏雪意雲垂野	心情壓抑低落	結構譬喻

2、南鄉子（宿州上元）

千騎試春遊。小雨如酥落便收。能使江東歸老客，遲留。
白酒無聲滑瀉油。

飛火亂星球。淺黛橫波翠欲流。不似白雲鄉外冷，溫柔。
此去淮南第一州。

這闋詞於宋神宗元豐八年（1085年），也就是蘇軾五十歲那一年的元宵節作於宿州。他在謫居黃州五年之後，於宋神宗元豐七年奉旨量移汝州，元豐七年四月由黃州出發，十二月才到泗州。後因淮水淺凍，羈留泗州一個月餘，直至次年（元豐八年）元月四日方得離開泗州北行，在上元節前抵達宿州。恰於宿州參與元宵節活動，作此詞。

　　這首詞主要由白晝春遊與夜晚賞燈兩個活動來描寫宿州上元。上片著眼於描寫春遊活動。其主要概念譬喻是：「盡興春遊是宿州上元日間活動」。譬喻的來源域是「宿州上元日間活動」，映射至目標域的「盡興春遊」，其譬喻映射過程如下表所示：

表 5-1-10　蘇軾〈南鄉子〉詞「盡興春遊是宿州上元日間活動」的譬喻映射

來源域：宿州上元日間活動	譬喻映射	目標域：盡興春遊
參與人馬眾多、熱鬧盛大		千騎試春遊
氣候合宜		小雨如酥落便收
活動的魅力、吸引人		能使江東歸老客，遲留
讓人盡興、忘情暢飲		白酒無聲滑瀉油

　　在主要概念譬喻「盡興春遊是宿州上元日間活動」的運作下，上片開篇寫上元春遊場面。「千騎試春遊」，千騎，形容人馬很多，一人一馬稱爲一騎。試，泛指初、始。春遊，泛指春日出游。此句意謂千騎春天初出遊、聲勢浩大。「小雨如酥落便收」，「雨」，從雲層中降向地面的水。「酥」，酪類。用牛羊乳製成的食品。「落」，下降、下墜。「收」，結束、停止。全句不但化用唐・韓愈〈初春小雨〉：「天街小雨潤如酥，草色遙看近卻無。最是一年春好處，絕勝煙柳滿皇都。」描寫春雨之詩意，更藉「小雨是酥酪」之譬喻蘊涵，形容此時氣候也非常配合，小雨似酥酪般細軟、滑潤、柔和，而且落下即停。「能使江東歸老客，遲留」，「江東」，長江在蕪湖、南京間作西南南、東北北流向，隋唐以前，是南北往來主要渡口的所在，習慣上稱自此以下的長江南岸地區爲江東。「歸老」，終老。客，旅客；顧客。遲留，停留；逗留。此句藉「仕宦是旅行」之譬喻蘊涵，形容在仕宦旅途歸去常州終老的過客，因春遊活動而延遲、停留下來。「白酒無聲滑瀉油」，「白酒」，泛稱美酒；特指燒酒、又稱白干。「無聲」，吞聲；不說話。此藉「部分代整體」之轉喻，以無聲代指因飲酒而無聲之人。「滑」，比喻事物在不經意中過去。「瀉」，傾注；傾倒。「油」，動物的脂肪和由植物或礦物中提煉出來的脂質物。此

句藉「白酒是油」之譬喻蘊涵，形容在歡樂的氣氛下，酒興高昂，不經意地白酒就像倒油般的傾瀉入口。

下片寫元宵夜景。其主要概念譬喻是：「熱鬧溫柔是宿州元宵」。譬喻的來源域是「宿州元宵」，映射至目標域的「熱鬧溫柔」，其譬喻映射過程如下表所示：

表 5-1-11　蘇軾〈南鄉子〉詞「熱鬧溫柔是宿州元宵」
　　　　　　的譬喻映射

來源域：宿州元宵	譬喻映射	目標域：熱鬧溫柔
飛火亂星球		煙火彩燈、熱鬧輝煌
淺黛橫波翠欲流	⟹	賞燈女子美麗動人
不似白雲鄉外冷，溫柔		女子溫暖柔順的溫柔鄉
此去淮南第一州		淮南路最繁華的一州

在主要概念譬喻「熱鬧溫柔是宿州元宵」的運作下，下片從元宵夜的煙火飛花寫起。「飛火亂星球」，「飛火」，猶天火，原指來自於自然的火，此藉「部分代整體」之轉喻，以火代指煙火。「亂」，紛繁。「星球」，亦作星毬。此藉「形狀代物體」之轉喻，以星球指繡球燈。全句意謂四處飛揚的煙火、各式元宵燈紛呈輝映。且句中以宿州元宵燈火輝映代指宿州元宵之熱鬧輝煌，亦屬「部分代整體」之轉喻運作。「淺黛橫波翠欲流」，「淺黛」，指用黛螺淡畫的眉。「橫波」，言目斜視。此藉「眼神是水波」之譬喻蘊涵，形容女子眼神流動，如水橫流。「翠」，青綠色。「欲流」，將欲如水或其他液體移動。全句意謂遊街賞燈的美女黛青淡眉輕掃、配上靈活的眼神流動，如青翠水波橫流。「不似白雲鄉外冷，溫柔」，「不似」，不像。「白雲鄉外」，比仙鄉更高處。〈莊子・天地〉：「乘彼白雲，游於帝鄉。」後因以「白雲鄉」為仙鄉。此藉「白雲鄉是容器」之譬喻蘊涵，形容比仙鄉更高處為白雲鄉外。「冷」，感到寒涼。「溫柔」，溫和柔順，此藉「產物代產地」

之轉喻，以宿州美女溫柔代指宿州是溫柔鄉。「此去淮南第一州」，「此」，此時；此地。「去」，離開。「淮南」，指淮河以南、長江以北的地區。「第一州」，指宿州爲宋代淮南路十七州中最繁華的一州。整句意謂在宿州不會有白雲仙鄉之外高冷的感覺，溫暖多情的宿州溫柔鄉，想必是即將離開的淮南路十七州中最繁華的一州。

　　這首詞主要由白晝春遊與夜晚賞燈兩個活動來描寫宿州上元，詞中由二個不同的來源域共同映射至同一個目標域（如圖 5-1-7 所示），亦能符合「總體式隱喻閱讀原則」之論。

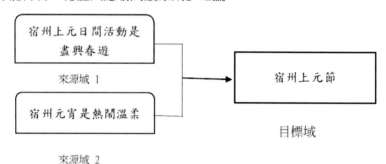

圖 5-1-7　蘇軾〈南鄉子〉詞「總體性隱喻閱讀」下的來源域與目標域

　　下表爲這首〈南鄉子〉詞的詳細譬喻來源域考察。

表 5-1-12　蘇軾〈南鄉子〉詞的譬喻來源域考察

來源域	概念譬喻	角度攝取	語言表達式	目標域	譬喻類型
酥酪	小雨是酥酪	小雨似酥酪般細軟、滑潤、柔和	小雨如酥落便收	小雨	實體譬喻
旅行	仕宦是旅行	仕宦如仕途之旅客	能使江東歸老客	仕宦	結構譬喻
油	白酒是油	白酒如油滑瀉入喉	白酒無聲滑瀉油	白酒	實體譬喻

無聲	部分代整體	無聲＞無聲之人	白酒無聲滑瀉油	無聲之人	轉喻
火	部分代整體	火＞煙火	飛火亂星球	煙火	轉喻
人	火是人	火有亂之行為	飛火亂星球	火	擬人譬喻
星球	形狀代物體	星球＞繡球燈	飛火亂星球	繡球燈	轉喻
淺黛	部分代整體	淺黛＞淺黛色的眉	淺黛橫波翠欲流	淺黛色的眉	轉喻
水波	眼神是水波	眼睛斜視＞橫波	淺黛橫波翠欲流	眼神	實體譬喻
流動物	顏色是流動物	翠欲流＞青翠色能流動	淺黛橫波翠欲流	顏色	實體譬喻
白雲鄉	典故代地點	白雲鄉＞仙鄉	不似白雲鄉外冷	仙鄉	轉喻
容器	白雲鄉是容器	白雲鄉外＞容器之外	不似白雲鄉外冷	白雲鄉	實體譬喻
溫柔	產物代產地	宿州＞溫柔美女之鄉	溫柔	溫柔美女之鄉	轉喻

3、南歌子（遊賞）

　　山與歌眉斂，波同醉眼流。遊人都上十三樓。不羨竹西歌
吹、古揚州。

　　菰黍連昌歜，瓊彝倒玉舟。誰家水調唱歌頭。聲繞碧山飛
去、晚雲留。

這闋詞寫於宋哲宗元祐五年（1090 年）的端陽節。蘇軾時年 55 歲，
在龍圖閣學士充兩浙西路兵馬鈐轄知杭州軍州事任上。他兩度來杭州
任職，先後任杭州通判與知州，對杭州極有好感，甚至希望死後能葬
於杭州。此詞寫的是杭州端午登樓遊賞之樂事。

　　整首詞既以十三樓的遊賞之樂來歌詠杭州的端陽節，其主要概

念譬喻即是：「杭州端午盛況是登樓遊賞實況」。譬喻的來源域是「登樓遊賞實況」，映射至目標域的「杭州端午盛況」，其譬喻映射過程如下表所示：

表 5-1-13　蘇軾〈南歌子〉詞「杭州端午盛況是登樓遊賞實況」的譬喻映射

來源域：登樓遊賞實況	譬喻映射	目標域：杭州端午盛況
山與歌眉斂，波同醉眼流		欣賞湖光山色、聽歌同樂
遊人都上十三樓		遊人齊聚勝地、熱鬧盡興
不羨竹西歌吹、古揚州		杭州名勝極有可觀之處
菰黍連昌歜，瓊彝倒玉舟		酒食助興、遊賞更樂
誰家水調唱歌頭		優美曲調處處聞
聲繞碧山飛去、晚雲留		歌聲高亢美妙、令人嚮往

在主要概念譬喻「杭州端午盛況是登樓遊賞實況」的運作下，上片寫登樓面對湖光山色聽歌飲酒之樂。「山與歌眉斂，波同醉眼流」，「山」，指西湖北山。「歌」，此藉「部分代整體」之轉喻，以歌女所唱之歌代指歌女。「歌眉」，即歌女之眉。「斂」，聚集、收縮。此藉「山是人」之擬人譬喻，以歌女之山眉形狀與遠山近似，形容遠山將其與歌女黛青之眉聚斂在一起。「波」，涌流的水，此指西湖之水波。「醉眼」，醉後迷糊的眼睛。此藉「整體代部分」之轉喻，以眼代指眼神。「流」，水或其他液體移動。此藉「眼神是水波」之譬喻蘊涵，形容歌女醉後之眼神似水波般，隨著西湖水波而流轉。此兩句意謂歌女之山眉和遠處的山巒聚斂成層層青翠山脈，而帶著醉意的眼波與湖中的瀲灩水波一同流動。「遊人都上十三樓」，「遊人」，游客、游逛的人。「十三樓」，宋代杭州名勝。亦稱「十三間樓」。　宋・周淙《乾道臨安志・樓》：「十三間樓去錢塘門二里許，　蘇軾治杭日，多治事於此。」此句意謂，遊客都登上杭州名勝十三樓遊賞。「不羨竹西歌吹、古揚州」，「不羨」，不欽慕、不羨慕。「竹西」，唐・杜牧〈題揚州禪智寺〉

詩：「誰知竹西路，歌吹是揚州。」後人因於其處築竹西亭，又名歌吹亭，在揚州府甘泉縣（今江蘇省揚州市）北。此藉「地點代建築物」之轉喻，以竹西代指揚州竹西亭。「歌吹」，歌唱吹奏。此藉「整體代部分」之轉喻，以歌吹代指歌聲和樂聲。此句意謂，竹西亭是唐代名勝，一向為遊人所喜愛，但這裡詞人說遊人都上杭州十三樓了，不再羨慕古揚州那以歌樂著名的竹西亭。

　　下片續寫遊賞之樂。「菰黍連昌歜，瓊彝倒玉舟」，「菰」，菰葉。「黍」，糯米。「菰黍」，即粽子。此藉「包裝與內容物代物體」之轉喻，以菰黍代指粽子。「昌歜」，菖蒲根的醃製品。又稱昌菹。昌，通「菖」。端午節有食菖蒲菹與飲菖蒲酒之俗。此句藉「部分代整體」之轉喻，以菰黍與昌歜代指端午節之應節食品。「瓊」，美玉。「彝」，專指盛酒的尊。「玉舟」，茶碗底托亦稱茶船，借稱酒器，此指酒杯。此句藉「行為即結果」之譬喻蘊涵，以瓊彝倒玉舟形容喝酒。該兩句意謂，食用端午應節的粽子與昌菹，並飲用美酒。「誰家水調唱歌頭」，「誰家」，何家，哪一家。「水調」，曲調名。「歌頭」，相傳隋煬帝鑿汴河時自製〈水調歌〉，唐人演為大曲，「歌頭」即指全曲之首章。又，截大曲多遍之開頭部分，倚聲填詞，亦謂「歌頭」。此句意謂，不知哪家唱起水調歌頭的曲子。「聲繞碧山飛去、晚雲留」，「聲」，聲音；聲響。此藉「整體代部分」之轉喻，以聲代指歌聲。「繞」，圍繞；環繞。「碧山」，青山。「飛去」，即飛走。「晚雲」，暮晚之雲。「留」，停止在某一處所或地位上不動；不離去。此藉「聲音是飛行物」與「聲音是人」之雙重譬喻蘊涵，形容歌聲圍繞著青山飛行而去。句中亦藉「雲是人」之譬喻蘊涵形容歌聲高亢、響遏行雲。全句意謂，水調歌聲圍繞著碧綠的青山飛去，但其高亢美妙令晚雲停留，令人嚮往。

　　蘇軾這首詠端陽詞雖然簡短，但透過幾個概念譬喻的運作，賦予無生物以人之感情，使得這首詞頓時深情款款、餘韻無窮。所以謝楚發在賞析這首詞時說：

　　　作者利用歌眉與遠山、目光與水波的相似，賦予遠山和水

波以人的感情，創造出「山與歌眉斂，波同醉眼流」的迷人的藝術佳境。晚雲爲歌聲而留步，自然也是一種移情，耐人品味。〔註8〕

下表爲這首〈南歌子〉詞的詳細譬喻來源域考察。

表 5-1-14　蘇軾〈南歌子〉詞的譬喻來源域考察

來源域	概念譬喻	角度攝取	語言表達式	目標域	譬喻類型
歌	部分代整體	歌＞唱歌之歌女	山與歌眉斂	歌女	轉喻
人	山是人	有聚斂之行爲	山與歌眉斂	山	擬人譬喻
眼	整體代部分	眼＞眼神	波同醉眼流	眼神	轉喻
水波	眼神是水波	眼神移動＞水波流動	波同醉眼流	眼神	實體譬喻
伴侶	水波是伴侶	可與醉眼共流	波同醉眼流	水波	擬人譬喻
遊人	整體代部分	遊人＞杭州之端午節遊客	遊人都上十三樓	端午節遊客	轉喻
竹西	地點代建築物	竹西＞楊州竹西路之竹西亭	不羨竹西歌吹、古揚州	竹西亭	轉喻
歌吹	整體代部分	歌吹代指歌聲和樂聲	不羨竹西歌吹、古揚州	歌聲和樂聲	轉喻
菰黍	包裝與內容物代物體	菰葉與糯米＞粽子	菰黍連昌歜	粽子	轉喻
昌歜	材料代食品	昌歜＞菖蒲根的腌製品	菰黍連昌歜	菖蒲根的食品	轉喻

〔註8〕　見張淑瓊主編，《中國文學總新賞》唐宋詞6蘇軾，頁121。

菰黍連昌歜	部分代整體	菰黍連昌歜＞端午應節食品	菰黍連昌歜	端午應節食品	轉喻
瓊彝	容器代容器內容物	瓊彝＞瓊彝內的酒	瓊彝倒玉舟	酒	轉喻
玉舟	酒杯是舟	形似；杯與舟皆中空，可浮於水	瓊彝倒玉舟	酒杯	實體譬喻
水調	部分代整體	水調＞水調大曲	誰家水調唱歌頭	水調大曲	轉喻
聲	整體代部分	聲代指歌聲	聲繞碧山飛去、晚雲留	歌聲	轉喻
飛行物	聲音是飛行物	可以飛行而去	聲繞碧山飛去、晚雲留	聲音	實體譬喻
人	聲音是人	可繞物而動	聲繞碧山飛去、晚雲留	聲音	擬人譬喻
人	雲是人	可以留下	聲繞碧山飛去、晚雲留	雲	擬人譬喻
力	聲音是力	可阻雲離去	聲繞碧山飛去、晚雲留	聲音	結構譬喻

4、西江月（重九）

　　點點樓頭細雨。重重江外平湖。當年戲馬會東徐。今日淒涼南浦。　莫恨黃花未吐。且教紅粉相扶。酒闌不必看茱萸。俯仰人間今古。

蘇軾這首〈西江月〉寫於宋神宗元豐六年（1083 年）的九月九日重陽節。東坡時年 48 歲。這天和往年的重陽一樣登高賞菊，蘇軾登上了棲霞樓和賓客宴飲。由於徐君猷卸除黃州太守職調往他任，對照往日的酣暢賦詩、賓主盡歡，此時的重陽宴會顯得有些孤單。東坡一來懷念徐君猷，二來想起自己於元豐元年（1078 年）知徐州時，端陽盛宴的歡樂，撫今追昔，不勝唏噓，寫下了這首詞。

　　這首詞敘述端陽宴會，並由之而生人生盛衰之感慨。亦即其主要

概念譬喻爲：「人生是一場宴會」。譬喻的來源域是「一場宴會」，映射至目標域的「人生」，其譬喻映射過程如下表所示：

表 5-1-15　蘇軾〈西江月〉詞「人生是一場宴會」的譬喻映射

來源域：一場宴會	譬喻映射	目標域：人生
宴會開始		誕生、人生開始
赴宴		親人、朋友相聚
宴會進行		人生過程、相聚持續
宴會之盡歡		人生顛峰、相聚之歡樂
宴會尾端		人生晚期、分離在即
宴會結束		人生結束、死亡、離別

在主要概念譬喻「人生是一場宴會」的運作下，詞的開頭兩句寫下當時所見的雨景和湖景：「點點樓頭細雨。重重江外平湖」，「點點」，小而多。「樓頭」，即樓上。此藉「樓是人」之擬人譬喻，以人之頭形容樓之上部。「細雨」，小雨。寓含「雨是細絲」之譬喻蘊涵，喻小雨如絲之細者。「重重」，猶層層。「江外」，江南。從中原人看來，地在長江之外，故稱。其中亦可見「長江是容器」之譬喻蘊涵。「平湖」，平和、寧靜之湖。此兩句意謂，棲霞樓頭的細雨點點，從樓上望去有著層層相疊的平靜湖面。眼見如此美景，想起當年徐州戲馬堂盛宴的歡樂盛況，再對照今日黃州的孤單寥落，良有感觸。接下的兩句就是抒發這今昔對比下的感懷：「當年戲馬會東徐〔註9〕，今日淒涼南浦」，「當年」，往年；昔年。此指宋神宗元豐元年（1078年）蘇軾知徐州

〔註9〕 「戲馬會東徐」：以（南朝宋）劉裕重九在徐州戲馬台盛宴之事，喻指東坡在尚書祠部員外郎直史館權知徐州軍州事任，亦即知徐州時重陽盛情待客的歡樂生活。《嘉慶重修一統志》卷一百：「晉義熙中，劉裕至彭城。九日，大會賓僚，賦詩於此。宋元嘉二十七年，魏主南侵至彭城，亦嘗登之。」東徐，即彭城，在今徐州市之東。

時。「戲馬」，戲馬台的省稱。此藉「地點代事件」之轉喻，以戲馬台代指蘇軾在徐州戲馬堂的端陽宴。「會」，會合；聚會。「東徐」，徐州之東。「今日」，目前；現在。「淒涼」，孤寂冷落。「南浦」，南面的水邊。此兩句意謂，在當年徐州戲馬堂的端陽宴中，高朋滿座，品酒賦詩、賓主盡歡，無比的快樂愜意，既熱鬧又高昂，真是「歡樂難具陳」。然而從繁華的徐州一下子跌落到湖北水鄉的黃州。棲霞樓的重陽，雖也有賓客、宴會，卻再難回到當年的歡樂盛況了。不管是東坡當年在徐州戲馬堂宴會的盛況，還是劉裕當時在彭城大會賓僚的壯盛場面，如今都在時間的洪流裡成為歷史了。蘇軾在感嘆今非昔比之時，多少也流露出對自己功業無成的無奈與遺憾。

從回憶拉回現實，下片的頭兩句「莫恨黃花未吐，且教紅粉相扶」，「莫」，副詞，表示勸戒，不要，不可，不能。「恨」，失悔、遺憾。「黃花」，菊花。此藉「顯著特徵代整體」之轉喻，以菊花的黃色代指菊花。「未吐」，喻花未開。此藉「花是人」之擬人譬喻，以人之吐物形容花之綻放。「且」，副詞。姑且；暫且。「教」，告訴。「紅粉」，婦女化妝用的胭脂和鉛粉。此藉「物品代使用者」之轉喻，以女子妝扮的紅粉代指美女。「相扶」，相輔；相依。此兩句的句意是說：不要怨怪菊花還未開放，暫且請那些侍奉宴飲的花樣美女們來扶持陪伴吧。其中「黃花未吐」四字頗有深意。表面上寫的是菊花未開，但從「人是花」的概念隱喻來看，「花未開」可以喻指「人的功業未竟」，甚至可以代指一切不完美的事態。也就是說，東坡在上片撫今追昔的感傷中，到了下片調整了心態。好吧，就算今非昔比、就算花未開不完美，至少我還有紅粉相伴相扶。但東坡並不是醉生夢死、向下沉淪，而是體會到了萬事無常的道理。也就在這一層體會之下帶引出了下面兩句：「酒闌不必看茱萸，俯仰人間今古」。「酒闌」，謂酒筵將盡。此藉「部分代整體」之轉喻，以酒代指宴會。「不必」，無須；沒有必要。「看」，觀賞；賞玩。「茱萸」，植物名。香氣辛烈，可入藥。古俗農曆九月九日重陽節，佩茱萸能袪邪辟惡。〈西京雜記〉卷三：「九月九

日，佩茱萸，食蓬餌，飲菊華酒，令人長壽。」此藉「物品代物品功能」之轉喻，以茱萸代指配帶茱萸求長壽。「俯仰」，低頭和抬頭。此藉「行為代行為時間」之轉喻，以俯仰代指時間短暫。「人間」，塵世；世俗社會。「今古」，過去、往昔。亦借指消逝的人事、時間。此兩句意謂，宴會即將結束，酒就快喝完了，也不用再去看插茱萸、求長壽了。由大處來看，轉眼之間，今天人世間的一切，都即將成為歷史的陳跡。下表為這首〈西江月〉詞的詳細譬喻來源域考察。

表 5-1-16　蘇軾〈西江月〉詞的譬喻來源域考察

來源域	概念譬喻	角度攝取	語言表達式	目標域	譬喻類型
人	樓是人	部位比擬；樓之上部＞人之頭部	點點樓頭細雨	樓	擬人譬喻
絲線	雨是絲線	小雨＞細雨絲	點點樓頭細雨	雨	實體譬喻
容器	長江是容器	江外＞容器之外	重重江外平湖	長江	實體譬喻
戲馬	地點代事件	戲馬＞蘇軾徐州戲馬堂的端陽宴	當年戲馬會東徐	徐州的端陽宴	轉喻
南浦	方位代地點	南浦＞江南之黃州	今日淒涼南浦	江南之黃州	轉喻
黃花	部分代整體	黃花＞菊花	莫恨黃花未吐	菊花	轉喻
人	花是人	花之綻放＞人之吐物	莫恨黃花未吐	花	擬人譬喻
紅粉	物品代使用者	紅粉＞美女	且教紅粉相扶	美女	轉喻
酒	部分代整體	酒代指宴會；酒闌＞酒筵將盡	酒闌不必看茱萸	宴會	轉喻
茱萸	物品代物品功能	茱萸＞配帶茱萸求長壽	酒闌不必看茱萸	配帶茱萸	轉喻

俯仰	行為代行為時間	俯仰代指時間短暫	俯仰人間今古	時間短暫	轉喻
今古	整體代部分	今古＞今變為古	俯仰人間今古	今變為古	轉喻

5、水調歌頭

（丙辰中秋，歡飲達旦，大醉。作此篇，兼懷子由）

明月幾時有，把酒問青天。不知天上宮闕，今夕是何年。
我欲乘風歸去，又恐瓊樓玉宇，高處不勝寒。起舞弄清影，
何似在人間。　轉朱閣，低綺戶，照無眠。不應有恨，何
事長向別時圓。人有悲歡離合，月有陰晴圓缺，此事古難
全。但願人長久，千里共嬋娟。

這首〈水調歌頭〉名作，寫於宋神宗熙寧九年（1076 年）的中秋。
東坡當時 41 歲在密州知州任上。由詞序來看，這首詞應當是詞人在
中秋夜的歡宴之後，帶著些許醉意下的感懷以及佳節懷念胞弟蘇轍之
作。

上片藉月描寫對青天清明世界的想像與嚮往。主要為「天上世界
與人間世界」的對比聯想。來源域 1 是「人間世界」，對比來源域 2
的「天上世界」，其對比運作如表 5-1-17 所示：

表 5-1-17　蘇軾〈水調歌頭〉詞「天上世界與人間世界」之對比

來源域 1：人間世界	對比	來源域 2：天上世界
凡人社會		仙人社會
皇帝在位		造物主（青天）主事
以車馬或船或步行往來		乘風飛行
住於房屋宮殿		居於瓊樓玉宇
有春夏秋冬四季變化		清虛廣寒
日月紀年		不知年月

「天上世界與人間世界」對比下之概念融合網路則如下圖所示：

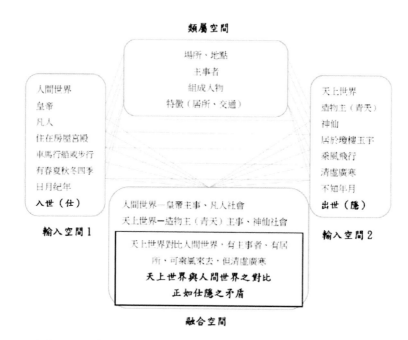

圖 5-1-8　概念融合網路：「天上世界與人間世界之對比」

　　在「天上世界與人間世界」的對比下，上片敘寫天上世界。「明月幾時有，把酒問青天」，「明月」，光明的月亮。「幾時」，什麼時候。「有」，表示存在。「把酒」，手執酒杯。此藉「內容物代容器」之轉喻，以酒代指酒杯。「問」，詢問。「青天」，指天。其色藍，故稱。詞一開頭，詞人藉著「天是人」的擬人譬喻，把青天當作上界的主事者，效法李白〈月下獨酌〉〔註10〕詩中的浪漫，在中秋夜手執酒杯向青天進行大哉問：如此美好的明月究竟什麼時候才有呢？美好的事物難得，一年僅得一次中秋，但短暫的人生又有幾次中秋好過呢？那上天呢？「不知天上宮闕，今夕是何年」，「不知」，不曉得，不瞭解。「天

〔註10〕　李白〈月下獨酌〉四首之一：「花間一壺酒，獨酌無相親；舉杯邀明月，對影成三人。月既不解飲，影徒隨我身；暫伴月將影，行樂須及春。我歌月徘徊，我舞影零亂；醒時同交歡，醉後各分散。　永結無情遊，相期邈雲漢。」見《全唐詩》（增訂本）卷一八二，（北京：中華書局，1999 年 1 月），頁 1859。

上」，天空中。「宮闕」，古時帝王所居宮門前有雙闕，故稱宮殿爲宮闕。此以宮門代指宮廷，亦即藉「部分代整體」之轉喻運作。「今夕」，今晚；當晚。「是何年」，是哪一年。此兩句意謂，如此美好的夜晚，不知天上宮廷是哪一年呢？「我欲乘風歸去」，「我」，指作者。「欲」，想要，希望。「乘風」，駕著風；憑藉風力。「歸去」，回去。東坡藉「人生是謫仙的旅行」之譬喻蘊涵，自比是由天上來到人間的旅行者。現在他說：「我欲乘風歸去」，因爲東坡將這無拘無束、自由自在的「天上世界」視爲躲避政爭煩惱的避風港，也看作是是逃脫人間憂愁的最佳歸宿。但是人間的煩惱眞的逃避得了嗎？或者換句話來問，人間的一切眞的割捨得下嗎？唉，「又恐瓊樓玉宇，高處不勝寒」，「又恐」，又擔心，又恐怕。「瓊樓玉宇」，指神話中天宮裡的亭臺樓閣。瓊與玉皆美玉，此藉「建材代建物價值」之轉喻，以瓊樓玉宇代指天上建物之華麗珍貴；並以美玉性寒喻天上建物之冷。「高處」，高的處所；高的部位。「不勝」，無法承擔；承受不了。「寒」，冷。此兩句意謂，雖然「天上世界」的宮殿樓宇極其華麗又珍貴無比，但清虛廣寒之府畢竟在天之高處，是孤寂凄冷之地，恐怕自己承受不了寒冷。「起舞弄清影，何似在人間」，「起舞」，起身舞蹈。「弄」，撩撥；逗引。「清影」，清朗的光影。「何似」，何如。用反問的語氣表示不如。「在人間」，在人類社會。此兩句意謂，起身在月下跳舞，逗引清影隨人而舞。「天上世界」怎比得上人間生活的多采多姿呢？還是告訴自己別逃避了吧！此處「筆勢夭矯迴折、跌宕多彩。它說明作者在『出世』與『入世』，亦即『退』與『進』、『仕』與『隱』之間抉擇上的深自徘徊困惑心態。」〔註11〕

　　下片藉由人與月的狀態對比來思索人生的難以完美，最後有超越的曠觀湧現。其主要概念譬喻爲：「人生的狀態即月亮的狀態」。譬喻的來源域是「月亮的狀態」，映射至目標域的「人生的狀態」，

〔註11〕　見張淑瓊主編，《中國文學總新賞》唐宋詞 6 蘇軾〈水調歌頭〉，由
　　　　　徐翰逢、陳長明賞析，頁 27。

其譬喻映射過程如下表所示：

表 5-1-18　蘇軾〈水調歌頭〉詞「人生的狀態即月亮的狀態」的譬喻映射

來源域：月亮的狀態（天上）	譬喻映射	目標域：人生的狀態（人間）
陰		悲
晴		歡
缺		離
圓		合

　　在主要概念譬喻：「人生的狀態即月亮的狀態」的運作下，下片由月光的移動寫起。「轉朱閣，低綺戶，照無眠」，「轉」，轉向，改變行動的方向。「朱閣」，紅色的樓閣。「低」，向下；向下垂。「綺戶」，彩繪雕花的門戶。「照」，光線照射；照耀。「無眠」，未入睡者。此藉「狀態代人」之轉喻，以無眠代指無眠者。此處藉「光是移動物」之譬喻蘊涵，描述月光之移動過程。而隨著月光遷移，時間亦在一分一秒的移動。亦即寓含「月光變化是時間變化」的譬喻蘊涵。此三句意謂，月光轉過朱紅色的亭閣、低低地射進華麗的門窗，最後照在憂思無眠者的身上，時間應已過了半夜。唐圭璋《唐宋詞簡釋》評云：「『照無眠』者，當兼月照不睡之人與月照愁人使不能入睡這兩層意思。」〔註12〕但既過了半夜，人猶未眠，心中應是有許多憂愁致無法入眠才是。「不應有恨，何事長向別時圓」，「不應」，不應該。「有恨」，有遺憾。此藉「抽象化具體」之譬喻運作，將抽象之遺憾、悔恨具體化作可擁有之物件。「何事」，為何，何故。「長」，常常；經常。「向」，愛；偏愛；「別時」，分別之時。此藉「整體代部分」之轉喻，以別時代指人別離之時。「圓」，滿盈，圓滿。此處寓含「狀態即行為」之譬喻蘊

〔註12〕　見徐翰逢、陳長明，《宋詞鑑賞辭典》上冊（上海：上海辭書出版社，2003 年 6 月），頁 322。

涵，以月圓之狀態形容月故意使圓之行為。此兩句意謂，既無法入眠
而又見到圓月，詞人心中不免有疑。北宋·石曼卿詩中曾透過「月亮
是人」的擬人譬喻，使冰冷的月具有了人之情感。他不是說：「月如
無恨月常圓」嗎？今月既圓，則月就「不應有恨」。但月亮自己已然
無恨，又為什麼「長向別時圓」呢？為什麼總是在人們分別時才長圓？
蘇東坡畢竟是達觀的人，就在這月圓而人不圓的慨嘆下，他立刻就有
了超越的想法：「人有悲歡離合，月有陰晴圓缺，此事古難全」。「悲
歡離合」，指人世間悲與歡、聚與散的遭遇。「陰晴圓缺」，指月亮之
明與暗、盈與虧。「古難全」，自古以來難以完美。此兩句意謂，從大
處來觀照，則不管是人世間的悲歡離合，或是自然界月亮的陰晴圓
缺，都有其不變性，是人力無從改變的。

　　了解了這層道理，明白了人力有時而窮，完美無法強求，東坡豁
達地祝禱著：「但願人長久，千里共嬋娟」。「但願」，只願，只希望。
「人」，指親人。「長久」，指長壽。「千里」，指路途遙遠或面積廣闊。
「共」，共同。此藉「狀態即行為」之譬喻蘊涵，以共形容共看、共
賞。「嬋娟」，形容月色明媚。最後兩句意謂，只要親人一切安好，就
算遠在千里之外，仍然共看著同一輪明月，其他又有何求呢？下表為
這首〈水調歌頭〉詞的詳細譬喻來源域考察。

表 5-1-19　蘇軾〈水調歌頭〉詞的譬喻來源域考察

來源域	概念譬喻	角度攝取	語言表達式	目標域	譬喻類型
把	部分代整體	把＞用手握	把酒問青天	用手握	轉喻
酒	內容物代容器	酒代指酒杯	把酒問青天	酒杯	轉喻
人	天是人	青天是可詢問之對象	把酒問青天	青天	擬人譬喻
宮闕	部分代整體	宮門代指宮廷	不知天上宮闕	宮廷	轉喻

謫仙的旅行	人生是謫仙的旅行	歸去＞回天上世界	我欲乘風歸去	人生	結構譬喻
載具	風是載具	可供人乘坐	我欲乘風歸去	風	實體譬喻
瓊樓玉宇	建材代建物價值	瓊樓玉宇＞天上建物之華麗珍貴	又恐瓊樓玉宇	建物華麗珍貴	轉喻
高處	方位代地點	高處＞天上世界	高處不勝寒	天上世界	轉喻
起舞	行為代行為者	起舞＞起舞者	起舞弄清影	起舞者	轉喻
人	影是人	可受人逗引	起舞弄清影	影	擬人譬喻
移動物	光是移動物	可轉向移動	轉朱閣	光	實體譬喻
低射	狀態即行為	低＞低射之行為	低綺戶	低	結構譬喻
無眠	狀態代人	無眠代指無眠者	照無眠	無眠者	轉喻
夜已深	月光變化是時間變化	月光照射位置變化＞夜已深	轉朱閣，低綺戶，照無眠	月光位置變化	結構譬喻
具體物	抽象化具體	恨＞可具體擁有	不應有恨	恨	實體譬喻
別時	行為代行為者	別時代指人別離之時	何事長向別時圓	人別離之時	轉喻
月使圓之行為	狀態即行為	月圓之狀態＞月故意使圓之行為	何事長向別時圓	月圓之狀態	結構譬喻
悲歡離合	狀態代事件	悲歡離合＞悲歡離合之事	人有悲歡離合	悲歡離合之事	轉喻
人	月是人	能擁有事物	月有陰晴圓缺	月	擬人譬喻

陰晴圓缺	狀態代時間	陰晴圓缺＞陰晴圓缺之時	月有陰晴圓缺	陰晴圓缺之時	轉喻
古	部分代整體	古＞自古以來	此事古難全	自古以來	轉喻
長久	整體代部分	長久＞人的壽命長久	但願人長久	人的壽命長久	轉喻
人	整體代部分	人＞親人	但願人長久	親人	轉喻
千里	距離遠即空間大	千里＞遙遠的空間	千里共嬋娟	遙遠的距離	結構譬喻
共	狀態即行為	共＞共看、共賞	千里共嬋娟	共看	結構譬喻
美女	月是人	明媚月色＞美女	千里共嬋娟	月	擬人譬喻

6、念奴嬌（中秋）

憑高眺遠，見長空萬里，雲無留跡。桂魄飛來光射處，冷浸一天秋碧。玉宇瓊樓，乘鸞來去，人在清涼國。江山如畫，望中煙樹歷歷。　　我醉拍手狂歌，舉杯邀月，對影成三客。起舞徘徊風露下，今夕不知何夕。便欲乘風，翻然歸去，何用騎鵬翼。水晶宮裏，一聲吹斷橫笛。

這首〈念奴嬌〉寫於宋神宗元豐五年（1082 年）八月十五中秋節。這年東坡 47 歲，是被貶黃州後的第三個年頭，中秋對月，寫下此詞，情調與前一首中秋詞〈水調歌頭〉近似，可說是中秋詞馳騁想像力的浪漫之作。只是經歷了烏臺詩案那九死一生的險境後，詞人對生命以及仕隱問題都有更深的體悟，這些感慨從詞中也可見一二。

　　詞人在這首詞中發揮了豐富的想像力，藉由民間的浪漫傳說，在天上與人間自由翱翔，其主要的概念譬喻是：「人生是仙人下凡之旅」。譬喻的來源域是「仙人下凡之旅」，映射至目標域的「人生」，其譬喻映射過程如下表所示：

表 5-1-20　蘇軾〈念奴嬌〉詞「人生是仙人下凡之旅」
　　　　　　的譬喻映射

來源域：仙人下凡之旅	譬喻映射	目標域：人生
出發		出世、誕生
旅行的時間		人的一生
旅行所經的途徑		出世的身分或誕生的家庭
旅程中的障礙		人生的磨難
旅行距離的進步		年歲的增長
旅行結束		人生終了、死亡

　　在主要概念譬喻：「人生是仙人下凡之旅」的運作下，詞的開頭
以「雲是有生之物」的概念譬喻，寫中秋登高望遠，見到萬里長空、
雲去無跡的景象。接著用「部分代整體」的轉喻，以傳說之月中桂樹
代稱月（桂魄代月）。並以「月是發光體」（光射）、「月是移動物」（飛
來）的概念譬喻來形容月升之快速，所謂「桂魄飛來光射處」是也。
而這句「冷浸一天秋碧」則運用了「月光是液體」的譬喻蘊涵來描寫
萬里碧空沉浸在清冷的月光之中。再下來東坡創設一個虛幻的月宮世
界。這月宮世界是仙人的家鄉，也是他下凡旅行的出發地。其中「玉
宇瓊樓」、美麗華貴，雖然是清虛廣寒的「清涼國」，但仙人們自由來
去，靠的不是車船，而是乘鸞飛翔，多麼縹緲而又令人嚮往的仙境啊。
上片的最後，詞人運用「眼睛是容器」（望中）的概念譬喻來形容從
月中所見的人間美景：「望中烟樹歷歷」，人間的烟樹歷歷可見，真是
「江山如畫」。

　　下片回到現實的人間落筆。先化用李白〈月下獨酌〉〔註13〕的

〔註13〕　見李白〈月下獨酌〉四首之一：「花間一壺酒，獨酌無相親；舉杯邀
　　　　　明月，對影成三人。月既不解飲，影徒隨我身；暫伴月將影，行樂
　　　　　須及春。我歌月徘徊，我舞影零亂；醒時同交歡，醉後各分散。永
　　　　　結無情遊，相期邈雲漢。」《全唐詩》（增訂本）卷一八二，頁 1859。

詩意，並學習李白的浪漫情懷，藉「月是人」的擬人譬喻把月當作是邀酒的對象。詞人酒醉之後拍手狂歌，並「舉杯邀月」同飲，然後再用一次「月是人」以及「影子是人」的概念譬喻將月和影全化成了酒伴，這樣一來，我和月就「對影成三客」了，孤單的獨飲，卻是多麼地熱鬧。既酒且歌，便在寒風清露下徘徊起舞。月下翩然起舞多麼快樂，但不知月中世界今夜到底是何年何月呢？最後，詞人以「月是家」、「月是歸宿」的概念譬喻，將月中世界當作歸去之鄉。這兒也隱含著詞人將人生看作是一場旅行的「人生是仙人下凡之旅」的主要概念譬喻：如果人間之旅只是一段旅程，旅行結束自然要回到月之鄉去了。因此詞人說當人間之旅完畢，「便欲乘風，翻然歸去」，如何歸去呢？交通工具只要風就行了。言下之意，或許是說月中世界與人間相去不遠，不須攀附摶扶搖而上九萬里的大鵬鳥。回到月中故鄉後，將在水晶宮裏，一展長才了。值得一提的是，詞的最後二句，以「水晶宮」借喻完美的歸宿，以孤獨生吹斷橫笛的典故，喻指有才能者終可大展長才〔註14〕。正是「家是最終歸宿」的概念譬喻以及「東坡是孤

〔註14〕　參《太平廣記》卷第二百四樂二：「（李）謩、開元中吹笛爲第一部，近代無比。有故，自教坊請假至越州，公私更醵，以觀其妙。時州客舉進士者十人，皆有資業，乃醵二千文同會鏡湖，欲邀李生湖上吹之，想其風韻，尤敬人神。以費多人少，遂相約各召一客。會中有一人，以日晚方記得，不邀他請。其鄰居有獨孤生者年老，久處田野，人事不知，茅屋數間，嘗呼爲獨孤丈。至是遂以應命。到會所，澄波萬頃，景物皆奇。李生拂笛，漸移舟于湖心。時輕雲蒙籠，微風拂浪，浪瀾陡起。李生捧笛，其聲始發之後，昏喧齊開，水木森然。髣髴如有神鬼之來。坐客皆更贊咏之，以爲鈞天之樂不如也。孤獨生乃無一言，會者皆怒；李生爲輕己，意甚憤之。良久，又靜思作一曲，更加妙絕，無不賞駭。獨孤生又無言。鄰居召至者甚慚悔，白於眾曰：『獨孤村落幽處，城郭稀至。音樂之類，率所不通。』會客同誚責之，獨孤生不答，但微笑而已。李生曰：『公如是，是輕薄爲？（明鈔本爲作技）復是好手？』孤獨生乃徐曰：『公安知僕不會也！』坐客皆爲李生改容謝之。獨孤曰：『公試吹《涼州》。』至曲終，獨孤生曰：『公亦甚能妙，然聲調雜夷樂，得無有龜茲之侶乎？』李生大駭，起拜曰：『丈人神絕，某亦不自知，本師實龜茲之人也。』又曰：『第十三疊誤入水調，足下知之乎？』李生曰：『某頑蒙，實

獨生」、「吹奏橫笛是展現才能」的譬喻蘊涵。

綜觀整首詞，詞人以想像之月中世界爲詠月主軸。此月中世界不只是瓊樓玉宇、江山美麗如畫，更是東坡實現理想的完美歸宿。實在是作者在現實人境遭遇挫折阻礙，空有滿腔報國熱血，卻無人賞識、無法實現下所投射出來的虛幻國度。在月中，他可乘鸞、乘風自由來去，更重要的是，他可以在美麗的水晶宮中，像孤獨生一樣（參見前注）──「一聲吹斷橫笛」，完全施展長才、技驚四座而再無政爭等那些無謂的阻撓。下表爲這首〈念奴嬌〉詞的詳細譬喻來源域考察。

表 5-1-21　蘇軾〈念奴嬌〉詞的譬喻來源域考察

來源域	概念譬喻	角度攝取	語言表達式	目標域	譬喻類型
高	方位代地點	高＞高的地方	凭高眺遠	高處	轉喻
遠	方位代地點	遠＞遠的地方	凭高眺遠	遠處	轉喻
長空萬里	空間是長度	長空萬里＞天上空間廣大	見長空萬里	天上空間廣大	結構譬喻
有生物	雲是有生物	會留下蹤跡	雲無留跡	雲	實體譬喻
桂魄	部分代整體	月中桂樹代指月	桂魄飛來光射處	月	轉喻
發光體	月是發光體	光射＞能發光	桂魄飛來光射處	月	實體譬喻
移動物	月是移動物	飛來＞移動迅速	桂魄飛來光射處	月	實體譬喻

不覺。』獨孤生乃取吹之。李生更有一笛，拂拭以進，孤獨生視之，曰：『此都不堪取，執者粗通耳。』乃換之，曰：『此至入破，必裂，得無客惜否？』李生曰：『不敢。』遂吹，聲發入雲，四座震慄，李生蹙踖不敢動。至第十三疊，揭示謬誤之處，敬伏將拜。及入破，笛遂破裂，不復終曲。李生再拜，眾皆帖息，乃散。……」（北京：中華書局，2006 年 6 月），頁 1553～1554。

液體	月光是液體	可以浸泡秋碧	冷浸一天秋碧	月光	實體譬喻
容器	天空是容器	天空是容器，月光是內容物	冷浸一天秋碧	天空	實體譬喻
玉宇瓊樓	建材代建物價值	玉宇瓊樓＞天上建物之華麗珍貴	玉宇瓊樓	建物華麗珍貴	轉喻
載具	鸞是載具	人可乘坐	乘鸞來去	鸞	實體譬喻
清涼國	傳說代地點	清涼國＞月宮	人在清涼國	月宮	轉喻
江山	部分代整體	江山＞所有景觀	江山如畫	所有景觀	轉喻
畫	美景是畫	遠觀景物縮小如一幅山水畫	江山如畫	美景	實體譬喻
容器	眼睛是容器	望中＞煙樹在眼睛容器中	望中煙樹歷歷	眼睛	實體譬喻
瘋狂	酒醉是瘋狂	酒醉＞狂歌	我醉拍手狂歌	酒醉	結構譬喻
杯	部分代整體	杯＞杯與酒	舉杯邀月	杯與酒	轉喻
人	月是人	可邀請飲酒	舉杯邀月	月	擬人譬喻
人	影是人	影是一客	對影成三客	影	擬人譬喻
起舞	行為代行為者	起舞＞人起舞	起舞徘徊風露下	起舞者	轉喻
具體物	風露是物件	風露下＞在風露底下	起舞徘徊風露下	風露	實體譬喻
載具	風是載具	人可乘坐	便欲乘風	風	實體譬喻
返回仙鄉	人生是仙人下凡之旅	歸去＞返回仙鄉	翩然歸去	歸去	結構譬喻
鵬翼	部分代整體	鵬翼＞大鵬鳥	何用騎鵬翼	大鵬鳥	轉喻

水晶宮	傳說代地點	水晶宮＞月宮	水晶宮裏	月宮	轉喻
吹斷橫笛	吹奏橫笛是展現才能	吹斷橫笛＞展現驚人才華	一聲吹斷橫笛	展現驚人才華	結構譬喻

二、詠　物

（一）柳永作品

1、黃鶯兒

園林晴晝春誰主。暖律潛催，幽谷暄和，黃鸝翩翩，乍遷芳樹。觀露濕縷金衣，葉映如簧語。曉來枝上緜蠻，似把芳心、深意低訴。

無據。乍出暖煙來，又趁游蜂去。恣狂蹤迹，兩兩相呼，終朝霧吟風舞。當上苑柳穠時，別館花深處，此際海燕偏饒，都把韶光與。

這首詞是柳永爲數不多的詠物詞之一。詞調名爲〈黃鶯兒〉大概是柳永的自創調，詞的內容詠黃鶯與調名相符。

整首詞以擬人的方式敘寫黃鶯，其主要的概念譬喻是：「黃鶯是人」。譬喻的來源域是「人」，映射至目標域的「黃鶯」，其譬喻映射過程如下表所示：

表 5-1-22　柳永〈黃鶯兒〉詞「黃鶯是人」的譬喻映射

來源域：人	譬喻映射	目標域：黃鶯
遷居新屋		乍遷芳樹
金縷衣		黃綠色的羽毛
說話（如簧語）		鳴叫
女子傾訴心事		枝上緜蠻
兩兩相呼		鳴聲相應
唱歌跳舞		悅耳的鳴叫聲與飛翔盤旋

－354－

在主要的概念譬喻:「黃鶯是人」的運作下,詞的開頭運用了「園林是家庭」、「春是人」(春天是僕人)的概念譬喻,將整個園林看作是一個大家庭,並且用設問的方式吸引讀者的注意:晴朗的園林白晝裡,誰才是春天的主人?接著用「樂律即節令」(暖律〔註15〕指溫暖的氣候)的概念譬喻來點明春天的氣候特徵。氣候慢慢的回溫,即使像幽深的山谷般幽靜的園林都變得暖洋洋的。美好的春意裡,主角出場了,黃鶯兒隨著春天的腳步,剛「遷居」在溫暖的樹上。並在樹林間輕快地飛來飛去。原來牠才是這園林裡春天的主人。既然要詠唱黃鶯,作者運用了「黃鶯是人」的概念譬喻將黃鶯擬人化。於是,黃鶯黃綠色的羽毛就是牠的「縷金衣」。儘管被露水沾濕了金縷衣,牠仍在枝葉間婉轉地鳴叫著。仔細聽來,清早以來就在枝頭上鳴叫的黃鶯,好像一位深情的女子在訴說著她心中深深的情意。

下片,延續著「黃鶯是人」的概念譬喻,作者盡情描述黃鶯自由飛舞的身形。先一句「無據」說明黃鶯的無拘無束。接著,黃鶯恣意放縱的飛舞著,才從暖煙中飛出,又追逐游蜂而去。成雙成對、「兩兩相呼」,「終朝霧吟風舞」好不快活!但是這種快樂的日子作者也埋下些許隱憂:當春意更深、「上苑柳穠時」,在「別館花深處」,這時候海燕偏多,恐怕將佔盡春光。這裡作者也運用了一些概念譬喻,「別館花深處」運用的是「花叢是容器」的概念譬喻;「都把韶光與」運用的則是「抽象化具體」、「韶光是具體物」的概念譬喻。

綜觀整首詞,詞人運用「黃鶯是人」的概念譬喻來描寫黃鶯的自由自在與深情款款,但也寫下燕子將取而代之的隱憂。其中是否另有深意,清‧黃氏《蓼園詞評》認為此處「語意隱有所指」〔註16〕,但

〔註15〕 「暖律」:古代以時令合樂律,溫暖的節候稱「暖律」。唐‧羅隱〈歲除夜〉詩:「厭寒思暖律,畏老惜殘更。」宋‧范純仁〈鷓鴣天〉詞:「臘後春前暖律催,日和風暖欲開梅。」明‧方孝孺〈友筠軒賦〉:「春之時也,暖律乍起,和風方剛。」見《漢語大詞典》繁體 2.0 光碟版,(香港:商務印書館,2002 年)。

〔註16〕 見唐圭璋編,《詞話叢編》(北京:中華書局,1986 年),卷四,頁 3071。

到底所指爲何，只能由著讀者自己聯想了。下圖爲柳永這闋〈黃鶯兒〉詠物詞中「黃鶯是人」的概念融合網路：

圖 5-1-9　柳永〈黃鶯兒〉詠物詞中「黃鶯是人」的概念融合網路

下表爲這首〈黃鶯兒〉詞的詳細譬喻來源域考察。

表 5-1-23　柳永〈黃鶯兒〉詞的譬喻來源域考察

來源域	概念譬喻	角度擷取	語言表達式	目標域	譬喻類型
家庭	園林是家庭	有主人、僕人	園林晴畫春誰主	園林	結構譬喻
人	春是人	春天是僕人	園林晴畫春誰主	春	擬人譬喻
暖律	樂律即節令	暖律＞溫暖的氣候	暖律潛催	溫暖的氣候	結構譬喻
人	節氣是人	具催促的行爲	暖律潛催	暖律	擬人譬喻

幽谷	園林是幽谷	同樣幽深靜謐	幽谷暗和	園林	結構譬喻
人	黃鸝是人	具遷居行為	黃鸝翩翩，乍遷芳樹	黃鸝	擬人譬喻
人	黃鸝是人	黃綠色的羽毛＞縷金衣	觀露濕縷金衣	黃鸝	擬人譬喻
人	黃鸝是人	具說話之能力	葉映如簧語	黃鸝	擬人譬喻
人	破曉是人	曉來＞破曉來臨	曉來枝上縣蠻	曉來	擬人譬喻
女子	黃鸝是女子	能傾訴芳心之事	似把芳心、深意低訴	黃鸝	擬人譬喻
人	黃鸝是人	具有人來去的行為	乍出暖煙來，又趁游蜂去	黃鸝	擬人譬喻
人	黃鸝是人	具放縱的行為	恣狂蹤迹	黃鸝	擬人譬喻
人	黃鸝是人	會互相招呼	兩兩相呼	黃鸝	擬人譬喻
人	黃鸝是人	能唱歌跳舞	終朝霧吟風舞	黃鸝	擬人譬喻
終朝	部分代整體	終朝＞整天	終朝霧吟風舞	整天	轉喻
柳穠	植物狀態即季節變化	柳穠＞仲春季節	當上苑柳穠時	仲春季節	結構譬喻
花	部分代整體	花＞花叢	別館花深處	花叢	轉喻
容器	花叢是容器	花叢像容器有深淺	別館花深處	花叢	實體譬喻
人	海燕是人	可以交予物品	此際海燕偏饒，都把韶光與	海燕	擬人譬喻
具體物	韶光是具體物	是具體可收受之物	此際海燕偏饒，都把韶光與	韶光	實體譬喻

2、受恩深

雅致裝庭宇。黃花開淡泞。細香明豔盡天與。助秀色堪餐，向曉自有眞珠露。剛被金錢妒。擬買斷秋天，容易獨步。

　　粉蝶無情蜂已去。要上金尊，惟有詩人曾許。待宴賞重陽，恁時盡把芳心吐。陶令輕回顧。免憔悴東籬，冷煙寒雨。

這是一首詠菊詞。詞人以擬人的手法歌詠菊花於深秋獨開、乏人賞愛的孤高情懷，其中也隱含以秋菊自比之意。其主要的概念譬喻是：「菊花是人」。譬喻的來源域是「人」，映射至目標域的「菊花」，其譬喻映射過程如下表所示：

表 5-1-24　柳永〈受恩深〉詞「菊花是人」的譬喻映射

來源域：人	譬喻映射	目標域：菊花
生命週期		生長週期
個性、內在		生長特性、生命力
姿色、美貌		花色、外觀
女子嫉妒		花朵競開
人心		花苞

在主要的概念譬喻：「菊花是人」的運作下，上片先以「顯著特徵代整體」、「花的顏色代花」（黃花代菊花）來稱讚菊花因爲淡雅明淨，常被用來裝飾在屋宇庭院。再用「天是人」、「抽象化具體」（香與艷是禮物）等概念譬喻將上天人格化，以說明菊花的纖細清香以及明艷亮眼都是上天所賦予的禮物。接下來用了食物的概念，也就是「菊花是美食」的概念譬喻，形容在清晨晶瑩露珠的襯托之下，菊花更加吸引人，顯得是「秀色堪餐」。「剛被金錢妒」用「花是人」、「金錢花是人」（會妒忌）的概念譬喻，寫金錢花與菊花在秋天競開的情景。比較特別的是下面兩句「擬買斷秋天，容易獨步」，詞人竟運用「開花是可以買賣的權利」、「花期是買賣物」的概念譬喻，述寫在遭受到

金錢花的妒忌之後，有人（菊花或金錢花或作者）就突發奇想，想要收買造物主、買下整個秋天的花期，讓菊花（或金錢花）能獨步整個秋天花季，不受其他花種的競爭威脅。「開花是可以買賣的權利」、「花期是買賣物」概念譬喻的詳細譬喻映射如表 5-1-25 所示。

表 5-1-25　「自然即商場」、「開花是可以買賣的權利」、
　　　　　　「花期是貨物」的譬喻映射

來源域：商場	譬喻映射	目標域：自然
出售人		造物者（上天）
出售的貨物		花開的花期
貨款或貨物的價值		金錢收買或其他
購買的目的：壟斷市場		花期獨步
購買者		菊花

　　下片開始，「粉蝶無情蜂已去」一句，作者運用「蝴蝶與蜜蜂是人」（有人的行為與情感）的概念譬喻來說明菊花單獨在百花凋零的深秋開放，身旁不再有蝴蝶與蜜蜂飛舞的現實情況。「要上金尊，唯有詩人曾許」兩句，運用「容器代容器內容物」（金尊代菊花酒）以及「身分代人」（詩人代陶淵明）等「部分代整體」的轉喻，說明即使菊花製成菊花酒，也只有詩人陶淵明曾經特許過邀請菊花入酒。這樣看來，菊花是寂寞的，但它並無怨言，而是孤寂自持、獨守節操。最後「待宴賞重陽，恁時盡把芳心吐。陶令輕回顧。免憔悴東籬，冷煙寒雨」幾句，運用「菊花是人」、「菊花是女人」的概念譬喻來表明菊花的期待：只等待著重陽節的到來，到時當人們賞菊、喝著菊花酒的時候，便能一吐芳心；只要再有像陶淵明這樣愛酒與菊花的人輕輕眷顧，自己就不至於在冷煙寒雨的東籬憔悴枯萎了。「聯想到柳永長時懷才不遇，淪落不偶的遭際，這幾句亦是詞人的自擬、自慰之語」〔註17〕，也許詞人寫到菊花身處深秋又乏人賞愛的孤單，正與自己的

〔註17〕　語出葉嘉瑩主編，顧之京、姚守梅、耿小博編著，《柳永詞新釋輯評》

處境相當，詞人要等到何時才能有識才愛才的伯樂出現，就如能賞菊愛菊的淵明一樣，語下有期待卻也有些許的落寞。這樣的感慨其背後也寓含概念譬喻的運作：「柳永是菊花」。譬喻的來源域是「菊花」，映射至目標域的「柳永」，其譬喻映射過程如下表所示：

表 5-1-26　柳永〈受恩深〉詞「柳永是菊花」的譬喻映射

來源域：菊花	譬喻映射	目標域：柳永
深秋獨開、乏人賞愛		未獲知遇、屢試不中
冷煙寒雨、無蜂蝶環繞		孤獨、受其他文士訾議
雅致淡泞		懷才不遇

下圖爲柳永〈受恩深〉中「柳永是菊花」的概念融合網路：

圖 5-1-10　柳永〈受恩深〉中「柳永是菊花」的概念融合網路

〈受恩深〉講解（北京：中國書店，2005 年 1 月），頁 74。

下表爲這首〈受恩深〉詞的詳細譬喻來源域考察。

表 5-1-27　柳永〈受恩深〉詞的譬喻來源域考察

來源域	概念譬喻	角度攝取	語言表達式	目標域	譬喻類型
雅致	性質代物件	雅致＞雅致的花	雅致裝庭宇	花	轉喻
宇	部分代整體	宇（屋簷）＞屋舍	雅致裝庭宇	屋舍	轉喻
人	屋舍是人	需要裝飾打扮	雅致裝庭宇	屋舍	擬人譬喻
黃花	顯著特徵代整體	花色代指花；黃花＞菊花	黃花開淡泞	菊花	轉喻
禮物	抽象化具體	香與艷是禮物	細香明豔盡天與	細香明豔	實體譬喻
人	天是人	可贈與禮物	細香明豔盡天與	天	擬人譬喻
人	花是人	花的美好＞美色	助秀色堪餐	花	擬人譬喻
美食	菊花是美食	秀色可食用	助秀色堪餐	菊花	實體譬喻
具體物	抽象化具體	拂曉是具體物，可面向並臨近它	向曉自有眞珠露	拂曉	實體譬喻
珍珠	露珠是珍珠	外型比擬；晶瑩剔透、渾圓	向曉自有眞珠露	露珠	實體譬喻
人	花是人	金錢花＞會嫉妒	剛被金錢妒	金錢花	擬人譬喻
買賣物	花期是買賣物	花期是可買斷之物	擬買斷秋天	花期	實體譬喻
人	花是人	能行走	容易獨步	花	擬人譬喻
人	昆蟲是人	蝶、蜂＞無情、離去	粉蝶無情蜂已去	昆蟲	擬人譬喻

人	花是人	能被邀請	要上金尊	菊花	擬人譬喻
金尊	容器代容器內容物	金尊代指菊花酒	要上金尊	菊花酒	轉喻
詩人	身分代人	詩人＞陶淵明	惟有詩人曾許	陶淵明	轉喻
宴	部分代整體	宴＞參加宴會者	待宴賞重陽	參加宴會者	轉喻
重陽	部分代整體	重陽＞重陽之花	待宴賞重陽	重陽之花	轉喻
人	花是人	菊花開＞吐芳心	恁時盡把芳心吐	花	擬人譬喻
陶令	職務代人	陶令＞彭澤縣令	陶令輕回顧	陶淵明	轉喻
陶令	部分代整體	陶令＞喜愛菊花的人	陶令輕回顧	喜愛菊花的人	轉喻
顧念	行為即感情	回顧＞不捨、顧念	陶令輕回顧	回顧	結構譬喻
東籬	事件代地點	東籬＞種菊之處	免憔悴東籬	種菊之處	轉喻
人	花是人	花凋零如人憔悴	免憔悴東籬	花	擬人譬喻

3、木蘭花 (杏花)

　　翦裁用盡春工意。淺蘸朝霞千萬蕊。天然淡泞好精神，洗盡嚴妝方見媚。　　風亭月榭閒相倚。紫玉枝梢紅蠟蒂。假饒花落未消愁，煮酒杯盤催結子。

柳永這首〈木蘭花〉是一首詠杏花的作品。這首詞通篇運用了「自然即工廠」、「生命是製造」以及「萬物是產品」等概念譬喻來詠唱杏花的天賦美麗。亦即其主要的概念譬喻是：「自然即工廠」。譬喻的來源域是「工廠」，映射至目標域的「自然」，其譬喻映射過程如下表所示：

表 5-1-28　「自然即工廠」、「生命是製造」、「萬物是產品」的譬喻映射

來源域：工廠	譬喻映射	目標域：自然
生產者、製造者		造物者、上天、神
產品設計		生命的形態
製造過程		生命的歷程
成品		萬物
產品瑕疵		生命缺陷
產品毀壞		生命終結

下圖爲柳永這闋〈木蘭花〉（杏花）詞「自然即工廠」的概念融合網路：

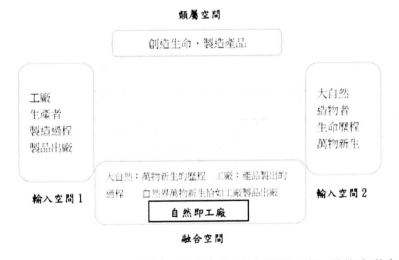

圖 5-1-11　柳永〈木蘭花〉（杏花）詞「自然即工廠」的概念融合網路

在主要的概念譬喻：「自然即工廠」的運作下，詞的開篇一句「窮裁用盡春工意」，歌詠杏花是春神嘔心瀝血、用盡心力裁縫下的完美作品。其中蘊含「大自然是裁縫工廠」、「春神是裁縫師」以及「杏

花是裁剪製品」等概念譬喻。次句「淺蘸朝霞千萬蕊」則把工廠化為染坊，更「抽象化具體」地把天空的朝霞彩雲具體化為染坊的彩色染料，說明春神以清晨的彩雲為千萬朵杏花輕輕上色，形容杏花花色的自然柔美。杏花的外形與顏色既已介紹，底下兩句「天然淡泞好精神，洗盡嚴妝方見媚」用以形容杏花的精神。其中可見「杏花是人」、「杏花是美女」的常見擬人概念譬喻。就如同絕色美人，不須妝飾雕琢，去除嚴妝下仍是明媚動人，而且透露著恬淡自然的美好精神。

下片首句「風亭月榭閒相倚」，沿用上面「杏花是人」的概念譬喻來描寫杏花倚托的背景是風中的亭台與月下的閣榭，益顯出杏花的嫻雅不凡。接著「紫玉枝梢紅蠟蒂」以紫玉和紅蠟來比擬杏枝與果蒂，當然是外形顏色比擬之下「杏枝是紫玉」以及「果蒂是紅蠟」等概念譬喻的作用。詞的最後兩句「假饒花落未消愁，煮酒杯盤催結子」再用「杏花是女人」的概念譬喻來催促杏子的生產過程（杏花結子），但轉換視角，改以賞花者的角度來描寫：假使杏花凋謝，無法再欣賞杏花為人們消憂解愁的話，也不必太傷心，不妨敦促它早日結子，便可釀成酒來一醉解愁了！下表為這首〈木蘭花〉（杏花）詞的詳細譬喻來源域考察。

表 5-1-29　柳永〈木蘭花〉（杏花）詞的譬喻來源域考察

來源域	概念譬喻	角度攝取	語言表達式	目標域	譬喻類型
裁縫師	春神是裁縫師	春神翦裁杏花用盡心力	翦裁用盡春工意	春神	擬人譬喻
裁剪製品	杏花是裁剪製品	是春神翦裁出的製品	翦裁用盡春工意	杏花	實體譬喻
有限資源	創意是有限資源	春工意＞已用盡	翦裁用盡春工意	創意	結構譬喻
染坊	自然是染坊	朝霞＞染料	淺蘸朝霞千萬蕊	自然	結構譬喻
花蕊	部分代整體	花蕊代指花	淺蘸朝霞千萬蕊	花	轉喻

人	杏花是人	具人之精神	天然淡泞好精神	杏花	擬人譬喻
人	杏花是人	杏花＞天然美女不須妝扮	洗盡嚴妝方見媚	杏花	擬人譬喻
人	杏花是人	具人的行爲＞倚靠風亭月榭	風亭月榭開相倚	杏花	擬人譬喻
紫玉	杏枝是紫玉	外形顏色比擬	紫玉枝梢紅蠟蒂	杏枝	實體譬喻
紅蠟	果蒂是紅蠟	外形顏色比擬	紫玉枝梢紅蠟蒂	果蒂	實體譬喻
可消除之物	抽象化具體	愁是具體可消除之物	假饒花落未消愁	愁	實體譬喻
杯盤	容器代容器內容物	杯盤＞酒餚	煮酒杯盤催結子	酒餚	轉喻
人	杏花是人	杏花結子＞人母生子	煮酒杯盤催結子	杏花	擬人譬喻

4、木蘭花（海棠）

東風催露千嬌面。欲綻紅深開處淺。日高梳洗甚時忺，點滴燕脂匀未徧。　　霏微雨罷殘陽院。洗出都城新錦段。美人纖手摘芳枝，插在釵頭和鳳顫。

這首詞是讚頌海棠的詠物詞。主要運用擬人的手法，以美女來比擬海棠。其主要的概念譬喻即：「海棠花是女人」。譬喻的來源域是「女人」，映射至目標域的「海棠花」，其譬喻映射過程如下表所示：

表 5-1-30　柳永〈木蘭花〉（海棠）詞「海棠花是女人」的譬喻映射

來源域：女人	譬喻映射	目標域：海棠花
露面	⟹	開花
妝扮過程		開花過程
胭脂		花色

　　在主要的概念譬喻：「海棠花是女人」的運作下，上片首句「東風催露千嬌面」即以「東風是人」（有催促的行為）與「海棠是美女」（千嬌面）的擬人譬喻描寫東風吹開海棠花的情景，也點出海棠在春季開放的特性。次句「欲綻紅深開處淺」形容欲開未開的海棠花蕾色澤深紅，已經盛開的花朵則呈現較淺的粉紅色。其中蘊含以「花的顏色代花」的「顯著特徵代整體」的轉喻運作。上片的最後兩句「日高梳洗甚時忺，點滴燕脂匀未徧」則再次運用「海棠花是女人」的擬人概念譬喻，以及「花開過程是女子妝扮過程」的概念譬喻來描述還未全開的海棠花，就如同白日裡妝扮〔註18〕，臉上零星的胭脂尚未塗匀的嬌媚少女一般，讓人有無限的憐愛與期待。

　　過片，作者以「下雨是洗衣」、「雨後的海棠是剛洗過的錦緞」的譬喻概念，來描述微雨下過之後，夕陽餘暉斜照庭院，經過雨水洗淨的海棠正如同剛洗過的錦緞一般潔淨無瑕。在這樣的美景之下，最後兩句「美人纖手摘芳枝，插在釵頭和鳳顫」，作者運用「部分代整體」的轉喻，以「芳枝代海棠」、「釵頭代髮釵」與「鳳飾代髮釵」等，並轉換了寫作視角，將主角換作在庭院裡出現的美女。只見她伸出纖纖素手，摘取芬芳的海棠插在秀髮上，隨著釵頭上的鳳飾一起顫動著。

　　多美的一幅美人簪花圖。下圖為柳永這闋〈木蘭花〉（海棠）詞「花開過程是女子梳妝過程」的概念融合網路：

〔註18〕　梳洗，梳頭洗臉。也泛指妝扮。唐・白居易〈和夢游春詩一百韻〉：
　　　　　「風流薄梳洗，時世寬裝束。」宋・許棐〈喜遷鶯〉詞：「一春梳洗
　　　　　不簪花，孤負幾年華。」此詞意指妝扮。

類屬空間

視覺性感知：紅色

女子梳妝

胭脂
未塗勻

海棠花開

紅色花
未開遍

輸入空間 1

海棠花開花過程：紅色慢慢勻遍
女子梳妝：紅色胭脂慢慢塗勻

海棠開花過程是女子梳妝過程

輸入空間 2

融合空間

圖 5-1-12　柳永〈木蘭花〉（海棠）詞「花開過程是女子梳妝過程」的概念融合網路

下表為這首〈木蘭花〉（海棠）詞的詳細譬喻來源域考察。

表 5-1-31　柳永〈木蘭花〉（海棠）詞的譬喻來源域考察

來源域	概念譬喻	角度攝取	語言表達式	目標域	譬喻類型
人	風是人	具有人催促的行為	東風催露千嬌面	東風	擬人譬喻
人	花是人	開花>露面	東風催露千嬌面	海棠花	擬人譬喻
花待開貌	行為即狀態	欲綻>花待開貌；開處>已開	欲綻紅深開處淺	欲綻	結構譬喻
花色	顯著特徵代整體	以花色代指花	欲綻紅深開處淺	花	轉喻
容器	花色是容器	紅色>深；開處>淺	欲綻紅深開處淺	花色	實體譬喻
開處	部分代整體	開處>已開處之花色	欲綻紅深開處淺	花色	轉喻
日高	太陽位置代時間	日高>上午	日高梳洗甚時忺	上午	轉喻

人	海棠是人	能夠梳洗妝扮	日高梳洗甚時忺	海棠	擬人譬喻
液體	燕脂是液體	點滴＞微小	點滴燕脂勻未徧	燕脂	實體譬喻
燕脂	顯著特徵代整體	燕脂＞紅色海棠花	點滴燕脂勻未徧	紅色海棠花	轉喻
人	海棠是人	花朵長出色彩＞女子塗胭脂	點滴燕脂勻未徧	海棠	擬人譬喻
未塗勻	狀態即行為	花色不均勻＞未塗勻	點滴燕脂勻未徧	花色不均勻	結構譬喻
殘陽	太陽狀態代時間	殘陽＞傍晚	霏微雨罷殘陽院	傍晚	轉喻
洗衣	下雨是洗衣	雨後＞洗出錦段	洗出都城新錦段	下雨	結構譬喻
錦緞	海棠是錦緞	被洗過＞潔淨	洗出都城新錦段	海棠	實體譬喻
纖手	整體代部分	纖手＞手指	美人纖手摘芳枝	手指	轉喻
芳枝	部分代整體	芳枝＞枝與花	美人纖手摘芳枝	枝與花	轉喻
釵頭	部分代整體	釵頭代髮釵	插在釵頭和鳳顫	髮釵	轉喻
髮釵	部分代整體	髮釵代頭髮	插在釵頭和鳳顫	頭髮	轉喻
鳳飾	部分代整體	鳳飾代髮釵	插在釵頭和鳳顫	髮釵	轉喻

5、木蘭花（柳枝）

黃金萬縷風牽細。寒食初頭春有味。殢煙尤雨索春饒，一日三眠誇得意。　　章街隋岸歡游地。高拂樓臺低映水。楚王空待學風流，餓損宮腰終不似。

這是一首詠柳詞。比起其他的詠物詞，這首詞特別的地方在於作者於詠柳的同時還加入了自己對史事的議論，能將詠物與議論不露痕跡地

熔於一爐，在早期詠物詞中實屬難能可貴。

　　這首詞主要運用擬人的手法，以人來比擬柳枝。其主要的概念譬喻即：「柳枝是人」。譬喻的來源域是「人」，映射至目標域的「柳枝」，其譬喻映射過程如下表所示：

表 5-1-32　柳永〈木蘭花〉（柳枝）詞「柳枝是人」的譬喻映射

來源域：人	譬喻映射	目標域：柳枝
纏人		纏繞煙雨
人睡眼初展		柳葉初生
一日三眠		一日三次長出新柳葉
女子的腰肢		柳枝

　　在主要的概念譬喻：「柳枝是人」的運作下，開篇首句「黃金萬縷風牽細」化用「柳條是黃金」和「風是人」的概念譬喻，以顏色相似將纖細的柳條比喻為黃金萬縷被擬人化的風牽引著在風中飄盪。次句「寒食初頭春有味」以人體來比寒食節，即「節候是人」的概念譬喻，點明時令落在寒食節前頭。再化用「春天是食物」的概念譬喻，表明此時的春意非常美好有味。接著「殢煙尤雨索春饒，一日三眠誇得意」兩句，在「柳枝是人」、「柳葉是人」的條件下，不但將煙雨都化為人，也「抽象化具體」地將春色實體化。句意是說柳條故意纏住迷濛的煙雨，一心一意想要為自己增添些春色。既然柳已化作人，那顆顆柳芽慢慢綻放成片片柳葉，不就跟漸漸張開惺忪睡眼的人們，準備要迎接嶄新黎明時的興奮得意心情一模一樣嗎！〔註19〕

　　下片首句「章街〔註20〕隋岸〔註21〕歡游地」，詞人透過「地點代

〔註19〕　柳葉初生，如人睡眼初展，因此古人稱之「柳眼」。所謂「一日三眠」，是說一日三次開眼，長出新的柳葉。
〔註20〕　章街：指章臺街。唐・韓翃有姬柳氏，安史之亂時二人離散。翃使人寄詩柳氏：「章臺柳，章臺柳。昔日青青今在否？縱使長條似舊垂，

植栽」、「顯著特徵代整體」的轉喻，以唐代的章臺街與隋代的運河岸代指柳樹。意謂這些以種植柳樹聞名的歷代街岸，一直是人們的歡遊勝地。下句「高拂樓臺低映水」承接上句，再以「所在位置代物體」的轉喻，用「高」指「高柳」、「低」指「低柳」。意指章街隋岸的柳枝高低掩映著，妝點當地的樓台和碧水。沒有了柳樹，兩地都將因此黯然失色。詞末兩句「楚王空待學風流，餓損宮腰終不似」〔註22〕，詞人表面上評論史事：戰國時的楚王喜愛柳枝的風流，希求宮中美人的腰肢都能如柳枝般裊娜修長，結果宮女們為此飢餓而亡，楚王餓損了宮人，終究無法如願。實際上詞人是以「人是柳」、「宮腰是柳枝」來隱喻柳枝的修長，詠柳卻不露痕跡，真是高明極了。

其「人是柳」、「宮腰是柳枝」的概念融合網路如下圖所示。

圖 5-1-13　柳永〈木蘭花〉（柳枝）詞「人是柳」、「宮腰是柳枝」的概念融合網路

下表為這首〈木蘭花〉（柳枝）詞的詳細譬喻來源域考察。

也應攀折他人手。」此處借用此典，以植柳的章臺街，轉喻柳樹。

〔註21〕　隋岸：即隋堤。隋煬帝開運河，於河兩旁築堤種柳，稱之隋堤。此處以種柳之隋堤，轉喻柳樹。

〔註22〕　此二句化用《後漢書‧馬廖傳》：「楚王愛細腰，宮中多餓死」的典故。古人因稱女子細腰為宮腰、柳腰。此處以宮腰喻柳腰，再比喻為柳枝。

表 5-1-33　柳永〈木蘭花〉（柳枝）詞的譬喻來源域考察

來源域	概念譬喻	角度攝取	語言表達式	目標域	譬喻類型
黃金	柳條是黃金	顏色比擬	黃金萬縷風牽細	黃金	實體譬喻
人	風是人	有牽引之行為	黃金萬縷風牽細	風	擬人譬喻
寒食節	節日代季節	寒食節＞春季	寒食初頭春有味	春季	轉喻
寒食節前期	節候是人	時間與人體對應；前期＞初頭	寒食初頭春有味	寒食初頭	擬人譬喻
食物	春天是食物	春天的美好感覺＞美食的美好感覺	寒食初頭春有味	春天	結構譬喻
人	柳枝是人	有纏人的行為	殢煙尤雨索春饒	柳枝	擬人譬喻
春意	抽象化具體	春意＞可索取之物	殢煙尤雨索春饒	可索取之物	實體譬喻
人	柳葉是人	柳葉開＞人睡醒張開眼	一日三眠誇得意	柳葉	擬人譬喻
人	柳葉是人	人自誇的行為	一日三眠誇得意	柳葉	擬人譬喻
章街隋岸	地點代植栽	章街隋岸＞植柳名地	章街隋岸歡游地	植柳名地	轉喻
高低	所在位置代物體	高＞高柳；低＞低柳	高拂樓臺低映水	柳枝	轉喻
人	柳枝是人	有拂拭之行為	高拂樓臺低映水	柳枝	擬人譬喻
容器	等待是容器	等不到＞空待	楚王空待學風流	等待	實體譬喻
宮腰	部分代整體	宮腰＞宮女	餓損宮腰終不似	宮女	轉喻

6、瑞鷓鴣

天將奇豔與寒梅。乍驚繁杏臘前開。暗想花神、巧作江南信，解染燕脂細翦裁。　　壽陽妝罷無端飲，凌晨酒入春腮。恨聽煙鴟深中，誰恁吹羌管逐風來。絳雪紛紛落翠苔。

這是一首詠頌紅梅的詠花詞。詞人抓住寒梅紅豔的顏色特徵，通篇以花色來歌詠紅梅。詞中主要的概念譬喻即：「寒梅是紅色」。譬喻的來源域是「紅色」，映射至目標域的「寒梅」，其譬喻映射過程如下表所示：

表 5-1-34　柳永〈瑞鷓鴣〉詞「寒梅是紅色」的譬喻映射

來源域：紅色	譬喻映射	目標域：寒梅
杏花		花色
燕脂		花色
美人酒後之香腮		花色
絳雪		落梅

在主要的概念譬喻：「寒梅是紅色」的運作下，上片首句「天將奇豔與寒梅」以「天是人」、「寒梅是人」的概念譬喻，將上天與寒梅擬人化爲可以收受禮物的人類，並用「抽象化具體」的方式將抽象的「奇豔」具象化爲可供送人的禮物。簡單來說，句中要表達的是：寒梅的奇與豔全都是上天所賦予的。次句「乍驚繁杏臘前開」是說作者驚奇地發現春天開放的杏花怎地竟在寒冷的冬季盛開了。這是利用故意錯置花種與花季來凸顯寒梅的紅豔，運用的是「寒梅是杏花」的概念譬喻，以杏花的紅來故意引起聯想寒梅的紅。接著「暗想花神、巧作江南信〔註23〕」是說詞人心中暗想，這紅梅莫非是花神學南朝陸凱的巧思，所寄來的江南一枝春吧！其中顯見是將花神比擬爲陸凱的

〔註23〕 江南信：南朝陸凱自江南寄梅花一枝送與好友范曄，並有詩〈贈范曄〉云：「折梅逢驛使，寄與隴頭人。江南無所有，聊贈一枝春。」

「花神是人」的概念譬喻蘊涵，以及透過歷史典故將江南信轉喻為紅梅的「歷史典故代花」的轉喻運作。末句「解染燕脂細翦裁」承接上句，意思是說花神創造出這麼美的紅梅，好像裁縫精工細琢剪裁出來的染過胭脂的紅色衣料一樣。裡面蘊含的是「花神是人」、「花神是裁縫」和「花是布料」、「紅花是紅色布料」等概念譬喻，以及「部分代整體」、「胭脂代花」的轉喻。

下片「壽陽妝罷無端飲 〔註24〕，凌晨酒入春腮」兩句，詞人先以「稱號代人」的轉喻以壽陽代指南朝宋武帝女壽陽公主；再以「行為代行為內容」之轉喻，以化妝的行為代指壽陽公主額上的梅花妝。並以「腮頰是容器」與「寒梅是春腮」的譬喻蘊涵形容凌晨酒力顯現，美人香腮因酒意而紅就如紅梅之紅艷。後面幾句「恨聽煙隩深中，誰恁吹羌管逐風來。絳雪紛紛落翠苔」實際寫的是不捨風中落梅的心情。詞人卻說在煙霧罩的深深花塢之中，最恨聽見風中傳來羌管吹奏的梅花落曲調（此處是「部分代整體」、「吹奏代樂曲」的轉喻），此時紅梅紛紛飄落在翠苔上（此處運用「花是雪」、「落梅是絳雪」的概念譬喻）。

詠花不奇怪，詠梅也不稀奇，特別的是這闋詞通篇詠讚紅梅，卻完全不見「紅」字，而是透過許多奇思異想的巧譬妙喻來闡明主角，真是一首構思精妙、聯想精奇的絕妙詠物之作。下圖為柳永〈瑞鷓鴣〉詞「梅是杏」、「紅梅落花是絳雪」的概念融合網路：

〔註24〕 壽陽妝：即梅花妝。相傳南朝宋武帝女壽陽公主曾經睡在含章殿簷下，梅花落額上，成五出之花，拂之不去，人以為美，仿效為梅花妝。

圖 5-1-14　柳永〈瑞鷓鴣〉詞「梅是杏」、「紅梅落花是絳雪」的概念融合網路

下表爲這首〈瑞鷓鴣〉詞的詳細譬喻來源域考察。

表 5-1-35　柳永〈瑞鷓鴣〉詞的譬喻來源域考察

來源域	概念譬喻	角度攝取	語言表達式	目標域	譬喻類型
人	天是人	有給予的行爲	天將奇豔與寒梅	天	擬人譬喻
人	寒梅是人	可接受物件	天將奇豔與寒梅	寒梅	擬人譬喻
具體物	抽象化具體	奇豔＞具體物	天將奇豔與寒梅	奇豔	實體譬喻
杏花	寒梅是杏花	花色比擬	乍驚繁杏臘前開	寒梅	實體譬喻
臘祭	祭名代時間	臘祭＞歲末；農曆十二月	乍驚繁杏臘前開	農曆十二月	轉喻
人	花神是人	有傳信的行爲	暗想花神、巧作江南信	花神	擬人譬喻

江南信	歷史典故代花	江南信＞南朝陸凱所寄梅花	暗想花神、巧作江南信	梅花	轉喻
人	花神是人	花神是裁縫	解染燕脂細剪裁	花神	擬人譬喻
布料	花是布料	寒梅＞花神剪裁的紅色布料	解染燕脂細剪裁	花	實體譬喻
壽陽	稱號代人	壽陽＞壽陽公主	壽陽妝罷無端飲	壽陽公主	轉喻
妝	行為代行為內容	妝＞化梅花妝	壽陽妝罷無端飲	化梅花妝	轉喻
酒	物品代作用	酒＞酒意、酒力	淩晨酒入春腮	酒力	轉喻
容器	腮頰是容器	酒意可進入	淩晨酒入春腮	腮頰	實體譬喻
春腮	寒梅是春腮	顏色比擬	淩晨酒入春腮	寒梅	實體譬喻
容器	花木是容器	花木四面壟罩的花塢如容器	恨聽煙隝深中	花木	實體譬喻
吹羌管	吹奏代樂曲	吹羌管＞吹奏梅花落曲	誰恁吹羌管逐風來	吹奏梅花落曲	轉喻
人	風是人	風是被追逐者	誰恁吹羌管逐風來	風	擬人譬喻
絳雪	落梅是絳雪	顏色比擬	絳雪紛紛落翠苔	落梅	實體譬喻

（二）蘇軾作品

1、水龍吟（次韻章質夫楊花詞）

似花還似非花，也無人惜從教墜。拋家傍路，思量卻是，無情有思。縈損柔腸，困酣嬌眼，欲開還閉。夢隨風萬里，尋郎去處，又還被、鶯呼起。　不恨此花飛盡，恨西園、落紅難綴。曉來雨過，遺蹤何在，一池萍碎。春色三分，

二分塵土，一分流水。細看來不是，楊花點點，是離人淚。

這首詠楊花詞是蘇軾的名作，歷代都有好評。此詞作於宋神宗元豐四年（1081 年），蘇軾 46 歲被貶於黃州之次年。是蘇軾次韻友人章楶所寫的〈水龍吟〉楊花詞而成的作品。

此詞主要是藉「花是人、楊花是女子」的擬人譬喻來歌詠楊花。其主要的概念譬喻即：「楊花是女子」。譬喻的來源域是「女子」，映射至目標域的「楊花」，其譬喻映射過程如下表所示：

表 5-1-36　蘇軾〈水龍吟〉詞「楊花是女子」的譬喻映射

來源域：女子	譬喻映射	目標域：楊花
拋家而去		離枝墜地
無情有思		離枝卻未飄遠、墜落路旁
柔腸		柔軟細長的柳條
嬌眼		柳葉
夢中萬里尋郎，卻被啼鶯驚醒		隨風飄舞，欲起旋落、似去又回

在主要的概念譬喻：「楊花是女子」的運作下，上片首句「似花還似非花」描寫眾人對楊花的一般印象：楊花雖有花之名，卻色淡無香又形體碎小，不具有花之通性。次句「也無人惜從教墜」，「惜」，愛惜，珍惜。此藉「楊花是珍貴物」之譬喻蘊涵形容楊花未受人珍惜之情形。「從」，任憑；聽憑。「教」，使；令；讓。「墜」，落下。整句意謂無人珍惜楊花，任令它飄墜落下。接下幾句即以「楊花是女子」之擬人譬喻敘寫楊花。「拋家傍路，思量卻是，無情有思」，「思量」，考慮；忖度。「無情」，沒有感情。「有思」，有意；有所懷念、想望。此數句意謂楊花離枝墜地好似無情女子拋家而去；惟其離枝卻未飄遠、只墜落路旁，想來似乎仍有懷念與想望。「縈損柔腸，困酣嬌眼，

欲開還閉」幾句，仍在「楊花是女子」的擬人譬喻下，以女子思念縈懷致損傷柔弱之心腸，亦因此困累而有睡意，半張嬌眼、欲開還閉。以此映射楊花離枝墜落，柳枝彎折、柳葉初生之景況。接下「夢隨風萬里，尋郎去處，又還被、鶯呼起」幾句，承續「楊花是女子」之譬喻蘊涵，以思婦夢中萬里尋郎，卻被啼鶯驚醒，映射楊花隨風飄舞，欲起旋落、似去又回之形象。

　　下片描述詞人感懷。「不恨此花飛盡，恨西園、落紅難綴」，「此花」，即楊花。「飛盡」，即飄飛落盡。此藉「花期是有限資源」之譬喻蘊涵，形容春天將過、楊花將飄飛落盡。「西園」，園林名。在湖北省武昌縣西。「落紅」，落花。此藉「部分代整體」之轉喻，以紅色代指花。此兩句意謂詞人不以楊花飄飛落盡為遺憾，真正遺憾的是園林中春光已逝，花落凋零卻無法彌補。「曉來雨過，遺蹤何在，一池萍碎」，「曉來」，天亮時。「雨過」，下過雨。此處藉「破曉與雨是人」之擬人譬喻，以「來、過」之人類行為形容破曉來臨時經過了一場雨。「遺蹤」，猶遺跡。此寓含「楊花是人」之譬喻蘊涵，形容楊花之蹤跡。「一池萍碎」〔註25〕，即一整池零散的浮萍。此三句意謂天亮時下過一陣雨後，飄落的楊花蹤跡何在呢？原來化為一整池零散的浮萍。「春色三分，二分塵土，一分流水」，此數句藉「抽象化具體」之譬喻運作，將抽象之春色具體化為可分割之物。意謂三分的春色，其中二分隨墜落之楊花化為塵土；其餘一分春色則與化作浮萍的楊花隨水流去，亦即春色已完全盡矣。「細看來不是，楊花點點，是離人淚」，「點點」，小而多。「離人」，離別的人；離開家園、親人的人。此數句意謂詞人體認春色已盡，頓生感觸，仔細再看，拂面的點點楊花，原來是離人傷春怨別所流下的眼淚。

　　整體看來，此詞雖是首詠物的作品，但中國古時多有將君臣關係喻為男女或夫婦關係的傳統，因此詞中楊花楚楚可憐的思婦形象，是

〔註25〕　此句蘇軾自注：「楊花落水為浮萍，驗之信然。」

否另有所指？便極有想像的空間。朱靖華即云：「真正的藝術作品，總是藉物言情的，東坡這首〈水龍吟〉就是一篇於詠物中寫人的傑作，他運用神妙之思，以擬人化的手法緊緊扣住楊花之飄落無著和孤寂無依的特徵下筆，在惜花憐花中抒發了一位思婦形象的幽怨纏綿的淒苦情思，並寄托了東坡自己遭貶外地、飄忽不定而痛感光陰虛度的身世之嘆。」〔註26〕

　　果如朱靖華所言，則本詞的主要概念譬喻就是「花是人、楊花是女子」與「蘇軾是思婦」的疊加。譬喻的來源域是「思婦」，映射至目標域的「蘇軾」，其譬喻映射過程如下表所示：

表 5-1-37　蘇軾〈水龍吟〉詞「蘇軾是思婦」的譬喻映射

來源域：思婦	譬喻映射	目標域：蘇軾
被夫拋棄		遭君貶逐
真心被辜負		忠愛遭謗被貶
青春虛度、年華老去		光陰虛度、志業無成
夢中萬里尋郎，卻被啼鶯驚醒		想在朝實現理想、卻遭小人阻礙

　　詞中「夢隨風萬里。尋郎去處，又還被、鶯呼起」的「夢」的譬喻映射，除了是將楊花擬人為思婦後的尋郎相會之夢外，也可以是「思婦化為蘇軾」後的「回朝面君」之夢，那被「鶯呼起」的「好夢易醒」的遺憾就更顯露無遺了。而這是否也代表一場「仕宦之夢」的覺醒。空有報效朝廷的滿腔理想，卻無法實現，孤臣孽子的傷感油然而生，結句的「細看來不是，楊花點點，是離人淚」的離人悲感也就更加能夠體會出來。下表為這首〈水龍吟〉詞的詳細譬喻來源域考察。

────────────

〔註26〕見葉嘉瑩主編：朱靖華、饒學剛、王文龍、饒曉明編著，《蘇軾詞新釋輯評》，中冊，頁599。

表 5-1-38　蘇軾〈水龍吟〉詞的譬喻來源域考察

來源域	概念譬喻	角度攝取	語言表達式	目標域	譬喻類型
珍貴物	楊花是珍貴物	無人珍惜	也無人惜從教墜	楊花	實體譬喻
女子	楊花是女子	離枝＞拋家	拋家傍路	楊花	擬人譬喻
人	楊花是人	有感情、想望	無情有思	楊花	擬人譬喻
人	楊花是人	柔軟的柳枝＞柔腸	縈損柔腸	楊花	擬人譬喻
女子	楊花是女子	柳葉＞嬌眼	困酣嬌眼，欲開還閉	楊花	擬人譬喻
女子	楊花是女子	楊花隨風飄舞＞萬里尋郎	夢隨風萬里，尋郎去處	楊花	擬人譬喻
鶯	整體代部分	鶯＞鶯叫聲	又還被、鶯呼起	鶯叫聲	轉喻
花期過	花期是有限資源	花期過＞花飛盡	不恨此花飛盡	花飛盡	結構譬喻
落紅	部分代整體	顏色代花；落紅＞落花	恨西園、落紅難綴	落花	轉喻
人	破曉、雨是人	有人的行為＞來、過	曉來雨過	破曉、雨	擬人譬喻
人	楊花是人	會留下行蹤	遺蹤何在	楊花	擬人譬喻
楊花	浮萍是楊花	體小飄忽無根	一池萍碎	浮萍	實體譬喻
春色	抽象化具體	春色＞可分割之物體	春色三分	可分割之物體	實體譬喻
塵土	行為結果代行為	春色隨墜落之楊花化為塵土	二分塵土	春色化為塵土	轉喻

流水	行爲結果代行爲	春色與化作浮萍的楊花隨水流去	一分流水	春色化爲流水	轉喻
楊花	眼淚是楊花	量多；楊花拂在臉上＞淚珠掛在臉上	細看來不是，楊花點點，是離人淚	眼淚	實體譬喻

2、洞仙歌（詠柳）

江南臘盡，早梅花開後。分付新春與垂柳。細腰肢、自有入格風流，仍更是、骨體清英雅秀。　　永豐坊那畔，盡日無人，惟見金絲弄晴晝。斷腸是，飛絮時，綠葉成陰，無個事、一成消瘦。又莫是、東風逐君來，便吹散眉間，一點春皺。

這是一首詠柳詞。關於這首詞的寫作時間與緣起，劉乃昌云：

> 這篇詞寫作年代不可確考，（清）朱祖謀認爲詞意與《殢人嬌》略同。把它編入熙寧十年（1077）。因爲據《紀年錄》，這年三月一日，蘇軾在汴京與王詵（晉卿）會於四照亭，王詵侍女倩奴求曲，遂作《洞仙歌》、《殢人嬌》與之。《殢人嬌》題「小王都尉席上贈侍人」，與《紀年錄》所記相合。其詞結句，「須信道、司空從來見慣」，對王詵似有規諷。據史載王詵爲人「不修細行，生活糜爛」，則他對歌女侍妾，必然輕薄寡情。那麼，王詵家中侍女受玩弄、遭冷落的悲苦遭遇，也就可想而知了。《洞仙歌》倘眞是寫給倩奴的，其內容當會與倩奴有關。按南宋傳榦注本，《洞仙歌》題作「詠柳」。那麼本篇則是藉柳以喻人，人即在柳中。〔註27〕

不論蘇東坡這闋詞是否爲倩奴而寫，詞中主要以擬人的敍寫手法寫柳是眞確的。亦即其詞中主要的概念譬喻即：「楊柳是女子」。譬喻的來源域是「女子」，映射至目標域的「楊柳」，其譬喻映射過程如下表所示：

〔註27〕 見趙楼初著，《唐宋詞鑑賞辭典》〔唐・五代・北宋卷〕（上海：上海辭書出版社，1988 年 4 月），頁 672～673。

表 5-1-39　蘇軾〈洞仙歌〉（詠柳）詞「楊柳是女子」的
　　　　　　譬喻映射

來源域：女子	譬喻映射	目標域：楊柳
細腰窈窕		細長枝條
骨體清雅		柳骨挺拔
孤獨消瘦		春去凋零
皺眉含愁		捲曲的柳葉

　　在主要的概念譬喻：「楊柳是女子」的運作下，詞的上片以柳比
人。首句先從生長節令地點寫起。江南說明地點，「臘盡」點明是在
農曆十二月底了，蘊含「時間是有限資源」的概念譬喻。接著運用
「植物是人」、「梅是人」、「柳是人」的概念譬喻把梅和柳都化作人
（可以給予和收受物品），再用「抽象化具體」的譬喻把抽象概念的
「春」實體化作物品。所以這兩句的句意就是：在臘月多盡，早梅
開花以後，梅花就把早春的春意分給垂柳了。接下幾句以「柳是人」
的擬人譬喻詠唱柳的外型與格調：它的枝條像美女腰肢一樣細瘦修
長、婀娜多姿，擁有合於一定品級的風雅瀟灑，挺立的骨相更是清
高英俊、雅致秀麗。

　　下片寫柳的孤獨和不幸的命運。「永豐坊〔註28〕那畔，盡日無人，
惟見金絲弄晴晝」三句寫柳的孤單寂寞，就如唐代永豐坊那裏的柳
樹，整日都看不到人影，只有金色細柳絲在晴朗的白晝擺盪著。此處
「永豐坊」是以「地點代事件」來轉喻白居易筆下永豐坊的柳樹，「金
絲弄晴晝」裡的「金絲」則是「顯著特徵代整體」的轉喻，以金絲代
柳條，「弄晴晝」的「弄」字，則顯見詞人將柳喻為人的「柳是人」

〔註28〕　永豐坊：唐代長安地名。據唐・孟棨《本事詩》所載，白居易有妾
　　　　　小蠻，善舞，白居易將她比做楊柳，有「楊柳小蠻腰」之句。等到
　　　　　白居易年事已高，小蠻還很年輕，於是作楊柳枝詞以托意：「一樹春
　　　　　風萬萬枝，嫩於金色軟於絲。永豐坊裡東南角，盡日無人屬阿誰？」

的譬喻蘊涵。接著「斷腸是，飛絮時，綠葉成陰，無個事、一成消瘦」幾句，以「柳是人」的概念譬喻來寫柳的悲傷：當柳絮飄飛的時候，春光已盡、綠葉成陰，柳樹沒來由的竟成一身消瘦。最後幾句「又莫是、東風逐君來，便吹散眉間，一點春皺」，詞人繼續運用「柳是人」的概念譬喻之外，也用「風是人」將東風化作人。這麼一來，當春風再度追逐柳樹而來，那時候吹拂的東風，或將吹去柳葉眉間淡淡的春愁（在「柳樹是人」的譬喻下，彎彎的柳葉就像人皺著眉的臉一般，隱含春愁）。

　　這首詞既寫柳樹的清高風格和美好型態，又寫她不受人喜愛的孤單，這樣不幸的命運是否指倩奴抑或王詵的其他侍女，我們不得而知，但東坡詞總能給人無盡的聯想，至少，這首詠柳詞中，我們不單看到柳樹的飽滿形象，也能感受到一位才貌雙全卻命運多舛的可憐女性的存在。下表爲這首〈洞仙歌〉（詠柳）詞的詳細譬喻來源域考察。

表 5-1-40　蘇軾〈洞仙歌〉（詠柳）詞的譬喻來源域考察

來源域	概念譬喻	角度攝取	語言表達式	目標域	譬喻類型
臘	祭名代時間	臘祭＞冬月	江南臘盡	冬月	轉喻
冬天已過去	時間是有限資源	臘盡＞冬天已過去	江南臘盡	臘盡	結構譬喻
早梅開	花期代季節	早梅開＞春季	早梅花開後	春季	轉喻
人	植物是人	梅柳＞給與收	分付新春與垂柳	梅柳	擬人譬喻
物件	新春是物體	可給與收	分付新春與垂柳	新春	實體譬喻
女人	楊柳是女人	外型比擬；細腰肢＞細柳條	細腰肢、自有入格風流	楊柳	擬人譬喻

女人	楊柳是女人	內涵比擬＞入格風流	細腰肢、自有入格風流	楊柳	擬人譬喻
人	楊柳是人	骨體＞柳枝	仍更是、骨體清英雅秀	楊柳	擬人譬喻
永豐坊	地點代事件	永豐坊＞乏人賞愛之楊柳	永豐坊那畔	乏人賞愛之柳	轉喻
整日過去	時間是有限資源	整日過去＞盡日	盡日無人	盡日	結構譬喻
金絲	顯著特徵代整體	金絲＞柳條	惟見金絲弄晴晝	柳條	轉喻
人	柳是人	有賣弄的行為	惟見金絲弄晴晝	柳	擬人譬喻
人	柳是人	有感情＞斷腸	斷腸是，飛絮時	柳	擬人譬喻
疾病	難過是疾病	難過＞腸斷折	斷腸是，飛絮時	難過	結構譬喻
春天已盡	植物變化即季節改變	楊柳飛絮＞春天已盡	斷腸是，飛絮時	楊柳飛絮	結構譬喻
繁茂	狀態即行為	繁茂＞成陰	綠葉成陰	成陰	結構譬喻
事	整體代部分	事＞事故、變故	無個事、一成消瘦	事故（變故）	轉喻
人	柳是人	柳＞消瘦	無個事、一成消瘦	柳	擬人譬喻
人	東風是人	有追逐的行為	又莫是、東風逐君來	東風	擬人譬喻
人	柳是人	捲曲的柳葉＞人皺眉含愁	便吹散眉間，一點春皺	柳	擬人譬喻

3、定風波（詠紅梅）

好睡慵開莫厭遲，自憐冰臉不時宜。偶作小紅桃杏色，閒雅，尚余孤瘦雪霜姿。　　休把閒心隨物態，何事？酒生微暈沁瑤肌。詩老不知梅格在，吟詠，更看綠葉與青枝。

這是一首詠梅詞，只是這首詠梅詞緣自宋·石延年（字曼卿）的一首〈紅梅〉詩而來。石曼卿的原詩云：「梅好惟傷白，今紅是奇絕。認桃無綠葉，辨杏有青枝。烘笑從人贈，酡顏任笛吹。未應嬌意急，發赤怒春遲。」蘇軾認為石詩僅詠紅梅之形而無紅梅之神，因此自己也寫了〈紅梅〉三首以別石曼卿之詠梅詩。此詞很類似〈紅梅〉三首其中的第一首，或許是由詩點化而來。

此詞主要是藉「植物是人、紅梅是人」的擬人譬喻來歌詠紅梅。其主要的概念譬喻即：「紅梅是人」。譬喻的來源域是「人」，映射至目標域的「紅梅」，其譬喻映射過程如下表所示：

表 5-1-41　蘇軾〈定風波〉（詠紅梅）詞「紅梅是人」的譬喻映射

來源域：人	譬喻映射	目標域：紅梅
貪睡		慵開
臉		花
孤瘦身材		細枝獨立
堅毅性格		在嚴寒的環境中開花
美人酒後暈紅的臉		紅梅的花色

在主要的概念譬喻：「紅梅是人」的運作下，詞的開端首句：「好睡慵開莫厭遲」即以擬人化的手法，請眾人莫要責怪紅梅因慵懶貪睡而遲開。梅花本應開在百花之先，宋·李清照的〈漁家傲〉詞有云：「雪裡已知春信至，寒梅點綴瓊枝膩。」〔註29〕應該是「報春使者」

〔註29〕　見宋·李清照，〈漁家傲〉：「雪裡已知春信至，寒梅點綴瓊枝膩。香臉半開嬌旖旎，當庭際，玉人浴出新妝洗。造化可能偏有意，

的梅花，卻因貪睡而延誤花期致與桃杏撞期開放。此句運用「植物是人、花是人」的概念譬喻，主要是以梅花的晚開對應人的慵懶好睡習性，也使人對梅花產生貴婦慵懶晚起的聯想。承續此「紅梅是人」的概念譬喻，次句以「枝幹是人身、花是人的臉」帶出紅梅「自憐冰臉不時宜」的無奈，梅花生來雖然是晶瑩透白、冰清玉潔，但自忖這種單調冰冷的白色，夾雜在妊紫嫣紅的桃杏之中，恐怕有些不合時宜。怎麼辦呢？只好喬裝打扮一番，以適合環境的需要。於是「偶作小紅桃杏色」，偶爾把臉妝扮成小紅花色，這只是爲了切合時宜罷了，底下「閒雅，尚餘孤瘦霜雪姿」便表明紅梅閒淡雅致的本質未變，凌霜傲雪、孤瘦挺立於寒冬的英姿尚存。

　　過片「休把閒心隨物態，何事？酒生微暈沁瑤肌」幾句，詞人繼續沿用「植物是人、紅梅是美女」以及「紅梅的花是美女的臉」等概念譬喻，表明紅梅不讓尚餘的閒雅之心隨著外在物態而改變，若要問冰臉雪白的花色因何事而變紅？就如美人因不勝酒力、微暈下所沁紅的潔白肌膚一樣，待酒力一過，便會回復原本雪白之色。可惜石曼卿「詩老不知梅格在」，要「吟詠」紅梅不同於桃杏之處，豈只在其「綠葉與青枝」之有無哉！

　　詞人通篇以「花是人」、「紅梅是人」的概念譬喻凸顯紅梅雖「偶作小紅桃杏色」，卻不變其「孤瘦霜雪姿」的堅毅品格，「而梅品即人品，就中不無自我寫照意味」〔註30〕。亦即詞人或許藉由「蘇軾是紅梅」的譬喻蘊涵，以紅梅的堅毅梅格自比。譬喻的來源域是「紅梅」，映射至目標域的「蘇軾」，其譬喻映射過程如下表所示：

故教明月玲瓏地。共賞金尊沉綠蟻，莫辭醉，此花不與群花比。」見唐圭璋編纂，王仲聞參訂，孔凡禮補輯，《全宋詞》（北京：中華書局出版，2005年1月新一版2刷）第二冊，頁1201。另見王學初校注，《李清照集校註》（台北：里仁書局，1982年5月），頁46。

〔註30〕　語見朱德才，蘇軾〈定風波〉詞賞析，張淑瓊主編，《中國文學總新賞》唐宋詞6蘇軾（台北：地球出版社，1990年8月），頁96。

表 5-1-42　蘇軾〈定風波〉（詠紅梅）詞「蘇軾是紅梅」的譬喻映射

來源域：紅梅	譬喻映射	目標域：蘇軾
開花的環境		仕途的遭遇
自憐冰臉不時宜		自忖政治主張與當朝不合
抗霜耐雪		不畏強權
孤獨傲立嚴冬		堅毅自守、不改己志

下表爲這首〈定風波（詠紅梅）〉詞的詳細譬喻來源域考察。

表 5-1-43　蘇軾〈定風波〉（詠紅梅）詞的譬喻來源域考察

來源域	概念譬喻	角度攝取	語言表達式	目標域	譬喻類型
人	紅梅是人	紅梅晚開＞人貪睡	好睡慵開莫厭遲	紅梅	擬人譬喻
人	紅梅是人	有自憐的行爲	自憐冰臉不時宜	紅梅	擬人譬喻
人	紅梅是人	花＞人臉	自憐冰臉不時宜	紅梅	擬人譬喻
人	紅梅是人	花色＞上妝	偶作小紅桃杏色	紅梅	擬人譬喻
人	紅梅是人	有人的品格與情操	閑雅，尙余孤瘦雪霜姿	紅梅	擬人譬喻
人	紅梅是人	具有閒雅之心	休把閑心隨物態	紅梅	擬人譬喻
物態	整體代部分	物態＞物態的變化	休把閑心隨物態	物態的變化	轉喻
酒	物品代使用者	酒＞飲酒者	酒生微暈沁瑤肌	飲酒者	轉喻

微暈	形狀代顏色	微暈＞淡紅色	酒生微暈沁瑤肌	淡紅色	轉喻
沁透出	狀態即行為	淡紅色＞沁出	酒生微暈沁瑤肌	淡紅色	結構譬喻
人	紅梅是人	花的表面＞人的肌膚	酒生微暈沁瑤肌	紅梅	擬人譬喻
詩老	尊稱代人	詩老＞石延年	詩老不知梅格在	石延年	轉喻
人	紅梅是人	具有人的品格	詩老不知梅格在	紅梅	擬人譬喻
吟詠	寫作代寫作對象	吟詠＞吟詠紅梅	吟詠，更看綠葉與青枝	吟詠紅梅	轉喻
不只辨認	辨認是看	更看＞不只辨認	吟詠，更看綠葉與青枝	更看	結構譬喻
綠葉與青枝	部分代整體	綠葉與青枝＞紅梅的外在	吟詠，更看綠葉與青枝	紅梅的外在	轉喻

4、阮郎歸（梅詞）

暗香浮動月黃昏。堂前一樹春。東風何事入西鄰。兒家常
閉門。　雪肌冷，玉容真。香腮粉未勻。折花欲寄嶺頭人。
江南日暮雲。

蘇軾這首〈阮郎歸〉作於宋神宗元豐五年（1082 年）二月，即其 47
歲之時。這首〈阮郎歸〉與前首〈定風波〉（好睡慵開莫厭遲）應是
同時期的作品。惟〈定風波〉詠紅梅，這首〈阮郎歸〉則是歌詠白梅。
內容上，〈定風波〉藉由「梅是人」、「紅梅是女人」的概念譬喻稱許
紅梅孤傲高潔與堅毅不拔的品格（或許也有蘇軾借紅梅自比的「紅梅
是蘇軾」的譬喻蘊涵，請參見前首〈定風波〉詞之分析），這首〈阮
郎歸〉則是藉梅懷友之作，兩首可說是詠梅的姊妹篇。

　　這首詞的上片專寫梅花之幽香，下片則以擬人的方式描寫梅花清
新脫俗的外貌。整體而言，這闋令詞乃是以人格化的方式詠梅，其主

要的概念譬喻即：「梅是人」。譬喻的來源域是「人」，映射至目標域
的「梅」，其譬喻映射過程如下表所示：

表 5-1-44　蘇軾〈阮郎歸〉（梅詞）詞「梅是人」的譬喻
　　　　　映射

來源域：人	譬喻映射	目標域：梅
人格修養		幽香
雪白的肌膚		白色的花朵
女子的容貌		花的外表
香腮		花面
擦粉		花色

　　在主要的概念譬喻：「梅是人」的運作下，開篇首句「暗香浮動
月黃昏」化用宋‧林逋的詩〈梅花〉著名的詩句：「疏影橫斜水清淺，
暗香浮動月黃昏」，配合下句「堂前一樹春」，除點明梅花盛開的時間
是在月色昏黃之時與花開放的地點是在堂前之外，並運用「香味是移
動物」的概念譬喻，形容一股浮動的香氣不知不覺中瀰漫在周遭。次
句揭曉這股幽香的來源，原來是堂前一樹的春香。這裡不直接寫明是
一樹梅花，而是借用「抽象化具體」的方式先將抽象的「春意」具體
化做樹上的「春花」，再用「花期代花」的轉喻，暗示這充滿春之氣
息的花就是梅花。接著「東風何事入西鄰。兒家常閉門」兩句，利用
「東風是人」的擬人譬喻來設下伏筆：東風為了什麼事進入西邊的鄰
居呢？後以「家是容器」、「西鄰是容器」之譬喻蘊涵，通過「閉門」
的描述將容器的出入口封閉起來，使「家」連同「西鄰」成為一個封
閉的容器。這樣的密閉容器有甚麼作用呢？原來詞人通過這些譬喻來
表達：東風不知如何進入了封閉的西邊鄰居，還把堂前的梅花給吹開
了，使得花香四處飄散。

　　下片開頭三句「雪肌冷，玉容真。香腮粉未勻」，運用「植物是

人」、「梅花是人」的概念譬喻，以外形比擬的方式來描寫梅花的外貌：
梅花雪白的外表就如美女白雪般的肌膚微微透出寒意，花朵如美人
白玉般無瑕眞純的容顏，花朵上的色彩就像美女香臉上所擦的粉一
樣濃淡不勻。最後兩句「折花欲寄嶺頭人。江南日暮雲」運用了一些
「整體代部分」的轉喻，如「折花」以花來代喻所折的花枝；「嶺頭
人」則以嶺頭的所有人代指蘇軾在嶺南的友人。意思是說折下一枝梅
花想要寄給嶺南的友人，此時江南黃昏的夕陽正被浮雲遮蔽著……。
最後這「江南日暮雲」寫得可能是當時所見的實景，也有可能另有所
指。饒曉明認爲：

> 全詞，讚頌了梅花的高潔、恬靜、飄逸、朦朧、幽香之美，
> 實爲友人陳季常或趙晦之贈送一枝聖潔的人格之花。這就
> 是「折花欲寄嶺頭人」的本意，也是東坡一貫操持的做人
> 箴言。儘管「江南」黃州尚有「日暮雲」籠罩，但那遮蓋
> 不住「堂前一樹春」的大好春光。〔註31〕

這麼一來，詞中東坡運用了「花是人」疊加「蘇軾是梅花」的雙重譬
喻蘊涵，所讚頌的高格之梅花其實就是東坡自己的投射。而「日暮雲」
中的「日」，既可能是描寫當時的實景，也可以是詞人藉「日是人」
的常規譬喻，延伸爲「日光」來表達自己美好理想和高潔人格。當然
也可能藉「日是君王」的常規譬喻，延伸爲「日光是君王的視線」來
抒發對小人當道和朝廷受到小人蒙蔽的憤懣。而這兩種解釋都以「雲
是人」的常規譬喻延伸爲「浮雲是小人」的詩隱喻，以「浮雲遮蔽日
光」的現象，暗示姦邪小人嫉妒別人才華而加以構陷讒害，以及奸佞
蒙蔽君王視線的事實。〔註32〕下表爲這首〈阮郎歸〉（梅詞）詞的詳
細譬喻來源域考察。

〔註31〕　見葉嘉瑩主編：朱靖華、饒學剛、王文龍、饒曉明編著，《蘇軾詞新
　　　　　釋輯評》，中冊，頁679。
〔註32〕　據本文第三章第二節（二）〈西江月〉詞中的詩隱喻一段稍作修改，
　　　　　其中所探討的「月明多被雲妨」句中「月是人」的譬喻蘊涵與此詞
　　　　　類似。

表 5-1-45　蘇軾〈阮郎歸〉（梅詞）詞的譬喻來源域考察

來源域	概念譬喻	角度攝取	語言表達式	目標域	譬喻類型
幽香	花香代花	幽香＞梅花香	暗香浮動月黃昏	梅花香	轉喻
移動物	香味是移動物	花香＞飄浮移動	暗香浮動月黃昏	花香	實體譬喻
月	整體代部分	月＞月光	暗香浮動月黃昏	月光	轉喻
春	花期代花	春＞梅花	堂前一樹春	梅花	轉喻
人	東風是人	有進入的行為	東風何事入西鄰	東風	擬人譬喻
容器	西鄰是容器	可容納東風	東風何事入西鄰	西鄰	實體譬喻
閉門	部分代整體	閉門＞閉門窗	兒家常閉門	閉門窗	轉喻
容器	兒家是容器	閉門＞封閉容器	兒家常閉門	兒家	實體譬喻
人	梅花是人	白色的花＞雪白的肌膚	雪肌冷	梅花	擬人譬喻
雪	梅花是雪	顏色比擬	雪肌冷	梅花	實體譬喻
觸覺	視覺即觸覺	花白似雪＞冷	雪肌冷	視覺	結構譬喻
人	梅花是人	花的外表＞美女的容貌	玉容真	梅花	擬人譬喻
人	梅花是人	花的表面＞美女的香腮	香腮粉未勻	梅花	擬人譬喻
人	梅花是人	花色＞擦粉	香腮粉未勻	梅花	擬人譬喻
未塗勻	狀態即行為	花色不均＞未塗勻	香腮粉未勻	花色不均	結構譬喻
花	整體代部分	花＞花枝	折花欲寄嶺頭人	花枝	轉喻
嶺頭人	整體代部分	嶺頭人＞嶺南的友人	折花欲寄嶺頭人	嶺南的友人	轉喻

| 人 | 山是人 | 部位比擬；山頂＞人頭 | 折花欲寄嶺頭人 | 山 | 擬人譬喻 |
| 雲 | 物體代物體功能 | 雲＞遮蔽日光 | 江南日暮雲 | 遮蔽日光 | 轉喻 |

5、西江月（梅花）

玉骨那愁瘴霧，冰姿自有仙風。海仙時遣探芳叢。倒掛綠
毛么鳳。　素面翻嫌粉涴，洗妝不褪唇紅。高情已逐曉雲
空。不與梨花同夢。

這首詞作於宋哲宗紹聖三年（1096 年）即蘇軾 61 歲那年的十月。是
蘇軾被貶到惠州（今屬廣東）之後的作品。有的版本題作梅，另有版
本題作梅花。〔註33〕宋代龔頤正《芥隱筆記》說：「東坡梅詞『不與
梨花同夢』，蓋用王建〈夢中梨花雲〉詩，時侍兒朝雲新亡，其寓意
爲朝雲作。」〔註34〕宋代的釋惠洪也說這首詞是爲了悼念侍妾朝雲而
作〔註35〕。詞中既以擬人方式詠梅，透露出憐惜與不捨，悼念朝雲的
說法應爲可信。

　　此詞主要是藉「植物是人、梅花是女子」的擬人譬喻來歌詠梅花。
其主要的概念譬喻即：「梅花是女子」。譬喻的來源域是「女子」，映
射至目標域的「梅花」，其譬喻映射過程如下表所示：

〔註33〕　見龍榆生校箋，《東坡樂府箋》（台北：華正書局，1990 年 3 月初版）。
〔註34〕　見宋・龔頤正，《芥隱筆記》，（四庫全書本）。
〔註35〕　見宋・釋惠洪，《冷齋夜話》卷一：「東坡南遷，侍兒王朝雲者請從
　　　　　行，東坡佳之，作詩，有序曰：世謂樂天有鸞駱放楊枝詞，佳其至
　　　　　老病不忍去也。然夢得（劉禹錫）詩曰：『春盡絮飛留不得，隨風好
　　　　　去落誰家。』樂天亦云：『病與樂天相共住，春同樊素一時歸。』則
　　　　　是樊素竟去也。予家有數妾，四五年相繼辭去，獨朝雲隨予南遷，
　　　　　因讀樂天詩，戲作此贈之云：『不學楊枝別樂天，且同通德伴伶元。
　　　　　伯仁絡秀不同老，天女維摩總解禪。經卷藥爐新活計，舞裙歌板舊
　　　　　因緣。丹成隨我三山去，不作巫陽雲雨仙。』蓋紹聖元年十一月也。
　　　　　三年七月十五日，朝雲卒，葬於棲禪寺松林中，直大聖塔，又和詩
　　　　　曰：『苗而不秀豈其天，不使童烏與我元。駐景恨無千歲藥，贈行惟
　　　　　有小乘禪。傷心一念償前債，彈指三生斷後緣。歸臥竹根無遠近，
　　　　　夜燈勤禮塔中仙。』又作梅花詞曰『玉骨那愁瘴霧』者，其寓意爲
　　　　　朝雲作也。」（四庫全書本）。

表 5-1-46　蘇軾〈西江月〉（梅花）詞「梅花是女子」的
　　　　　譬喻映射

來源域：女子	譬喻映射	目標域：梅花
玉骨		梅枝
芳塚		芳叢
風姿儀態		淡雅的外觀
素面		白色花面
洗妝		花謝
唇紅		花葉四周皆紅

　　在主要的概念譬喻：「梅花是女子」的運作下，詞開篇兩句「玉
骨那愁瘴霧，冰姿自有仙風」，以生長環境的惡劣來反襯梅花的堅毅
清高。句中以「玉骨」代「梅枝」，是身體部位類比下，「梅是人」的
譬喻蘊涵。而梅枝代梅則是植物部位代植物下「部分代整體」的轉喻
運作。「瘴霧」兩字則是以當時惠州常有瘴氣的地方特性來代指惠州，
也是「特色代地點」、「部分代整體」的轉喻運作。次句的「冰姿」以
及「仙風」，是姿態對比之下「梅是人」的譬喻投射與姿態代整個人
的「部分代整體」的轉喻作用。這兩句的意思是說：惠州的梅花不怕
瘴霧的侵害，冰清玉潔的姿態自然具有神仙的風致。但既然這闋詞是
蘇軾藉詠梅，以「梅是人」的譬喻投射來悼念侍妾朝雲的詞，這「玉
骨」兩字，就有了另外的聯想。據宋・釋惠洪〈冷齋夜話〉所載，蘇
東坡在宋哲宗紹聖元年南貶時，只有朝雲相從。朝雲於紹聖三年七月
十五日死於惠州，年三十四。死後葬在惠州棲禪寺松林中〔註36〕。那
麼，這「玉骨」除「梅是人」喻指梅花之花骨外，是否也疊加了「人
是梅」、「人骨是梅骨」的譬喻蘊涵呢？朝雲埋骨於惠州棲禪寺，詞人
希望她的「玉骨」勿受瘴霧侵擾，因此這「玉骨」既指「梅骨」又雙

〔註36〕　同上註，見宋・釋惠洪，《冷齋夜話》卷一。

關「朝雲之骨」便不是沒有可能。上片的最後兩句「海仙時遣探芳叢。倒掛綠毛么鳳〔註37〕」，在「海仙是人」（派遣使者）以及「芳叢代梅花叢」（部分代整體）的譬喻投射下，意思是說這麼高雅清麗、帶有仙人風韻的梅花，引發了海仙的興趣，時常派遣使者渡海探看梅花叢。所派的使者是誰呢？在作者「禽鳥是人」、「么鳳是人」的譬喻運作下，揭露了答案，原來是嶺南珍禽——么鳳也就是倒掛子。

　　下片追憶朝雲的樸實美貌，也就是梅花美麗的形貌。「素面翻嫌粉涴，洗妝不褪唇紅〔註38〕」兩句，以「梅是人」、「梅花是人臉」以及「化妝是人為汙染」、「花謝是卸妝」等譬喻蘊涵，疊加上「人是梅」、「朝雲的臉是梅花」以及「人死即花謝」的譬喻運作，描寫梅花天然素麗的容貌，不須再施脂粉雕飾妝扮。並且唇上的紅潤色澤不會因卸妝而消減。〈雞肋編〉云：「而梅，花葉四周皆紅，故有『洗妝』之句。」〔註39〕即使梅花謝了（洗妝），其梅葉仍有紅色（不褪唇紅）。然而，梅花已謝、斯人已遠，最後兩句「高情已逐曉雲空。不與梨花同夢」，是說梅花既謝，梅花的高尚情操已經追逐曉雲而去，雖然梨花亦是色白，自己卻無法再移愛梨花了。表明既無梅花，已無心夢見他花了，不捨之情溢於言表。

　　這首詞既詠梅花，也悼念朝雲。「梅是人」與「人是梅」雙重概念譬喻疊加在一起，因此梅花是朝雲、朝雲也是梅花，兩者自然而然地縮合到一處，給人以無限的聯想。李廷先就說：

　　　在這首〈西江月〉裏，他緊緊地把握住廣南梅花的特色，
　　　用誇張的描寫手段，多方面烘托出它的亭亭玉立、妖嬈多
　　　姿的形象，單就寫花來說，已經到了絕妙的境地，更妙的

〔註37〕　綠毛么鳳：嶺南珍禽。東坡有詩云：「蓬萊宮中花鳥使，綠衣倒掛扶
　　　　　桑暾。」自注云：「嶺南珍禽，有倒掛子，綠毛紅喙，如鸚鵡而小，
　　　　　自東海來，非塵埃中物也。」
〔註38〕　據說廣南的梅花，花葉四周皆紅。宋・釋惠洪《冷齋夜話》：「嶺外
　　　　　梅花與中國異，其花幾類桃花之色，而唇紅香著。」
〔註39〕　轉引自李廷先，蘇軾〈西江月〉詞賞析，張淑瓊主編，《中國文學總
　　　　　新賞》唐宋詞 6 蘇軾（台北：地球出版社，1990 年 8 月），頁 64。

是這亭亭玉立、妖嬈多姿的形象，同時也就是朝雲的形象，
如莊周化蝶，兩相契合，渾然無迹，把比興的表現手法發
展到了高度。最後兩句，回宕一筆，點明了主題，淒然傷
懷之情，溢於言外。廣南的梅花在這首詞裡獲得了永久的
生命，朝雲也隨之而獲得了永久的生命，兩種生命同時存
在於僅僅五十個字的一首小令之中，這種回天的筆力，巧
妙的構思，在詠物的詩詞裡極爲罕見。〔註40〕

從認知的角度來說，其實開篇二句就是作者想要表達的主旨：朝雲就
如廣南堅毅的梅花一樣，不畏瘴癘，跟隨著他貶至惠州，無怨無尤。
如今伊人已逝，她的玉骨也如梅花一般，不受瘴霧的損害。她既已仙
逝，海仙自是常常遣派使者至芳塚探望。深情款款、令人感動。下表
爲這首〈西江月〉（梅花）詞的詳細譬喻來源域考察。

表 5-1-47　蘇軾〈西江月〉（梅花）詞的譬喻來源域考察

來源域	概念譬喻	角度攝取	語言表達式	目標域	譬喻類型
人	梅花是人	梅枝＞人之骨	玉骨那愁瘴霧	梅花	擬人譬喻
人	梅花是人	會發愁	玉骨那愁瘴霧	梅花	擬人譬喻
梅枝	部分代整體	枝幹代指花	玉骨那愁瘴霧	梅花	轉喻
瘴霧	特色代地點	瘴霧＞惠州	玉骨那愁瘴霧	惠州	轉喻
人	梅花是人	淡雅的外觀＞人的姿態	冰姿自有仙風	梅花	擬人譬喻
神仙	梅花是神仙	淡雅清瘦＞仙姿	冰姿自有仙風	梅花	擬人譬喻
人	海仙是人	有派遣使者之行爲	海仙時遣探芳叢	海仙	擬人譬喻

〔註40〕見張淑瓊主編，《中國文學總新賞》唐宋詞 6 蘇軾（台北：地球出版社，1990 年 8 月），頁 65。

時遣	行為代行為接受者	時遣＞時遣使者	海仙時遣探芳叢	時遣使者	轉喻
梅花叢	部分代整體	芳香＞梅花	海仙時遣探芳叢	芳叢	轉喻
人	禽鳥是人	擔任使者	倒掛綠毛么鳳	么鳳	擬人譬喻
人	梅花是人	花的外表＞人臉	素面翻嫌粉涴	梅花	擬人譬喻
汙染	化妝是汙染	粉涴＞汙染臉	素面翻嫌粉涴	化妝	結構譬喻
人	梅花是人	有卸妝之行為	洗妝不褪唇紅	梅花	擬人譬喻
人	梅花是人	花葉四周皆紅＞唇紅	洗妝不褪唇紅	梅花	擬人譬喻
人	梅花是人	具高雅的情致	高情已逐曉雲空	梅花	擬人譬喻
人	情致是人	有追逐之行為	高情已逐曉雲空	情致	擬人譬喻
容器	情致是容器	高情＞已空	高情已逐曉雲空	情致	實體譬喻
奔逃物	曉雲是奔逃物	被追逐	高情已逐曉雲空	曉雲	實體譬喻
容器	夢是容器	可容納梨花	不與梨花同夢	夢	實體譬喻

第二節　柳蘇詠妓詞的比較

　　柳永的《樂章集》中與歌妓有關的妓情詞不少。這類詞作歷來受到許多責難，宋代就有人說他「辭語塵下」〔註41〕、「未免有鄙俗語」〔註42〕的，也有批評他多「閨門淫媒之語」〔註43〕的。不過，近代學

〔註41〕 語出宋‧李清照《詞論》，見唐圭璋編，《詞話叢編》（北京：中華書局，1986年）卷一，頁201～202。

〔註42〕 語出宋‧沈義父《樂府指迷》，見唐圭璋編，《詞話叢編》卷一，頁278。

〔註43〕 語出宋‧胡仔《苕溪漁隱叢話》卷二，見唐圭璋編，《詞話叢編》卷一，頁171～172。

者從反映當時市民意識的角度，認為不應全盤否定柳永的妓情詞，這種跳脫道德束縛，從時代潮流趨向著眼的看法應該是比較公允的。

　　蘇軾現存約三百多首詞作中，雖然比較少直接在妓院與歌妓互動的詞，但也有一些寄贈酬答詞中寫到歌妓。這類作品，主要的作用在於宴席上的唱和以及佐酒助興，也有些是回應侍人歌妓的求索，絕少涉及狎妓私情者，很有蘇軾的個人特色。

一、柳永的詠妓詞

　　柳永的妓情詞數量頗多，本文第四章已有不少析論。本節選擇他詠讚歌妓情態神情的兩首作品為代表，以做為對其詠妓詞探討視點之補充。

（一）荔枝香

> 甚處尋芳賞翠，歸去晚。緩步羅襪生塵，來繞瓊筵看。金縷霞衣輕裎，似覺春游倦。遙認，眾裏盈盈好身段。　　擬回首，又竚立、簾幃畔。素臉紅眉，時揭蓋頭微見。笑整金翹，一點芳心在嬌眼。王孫空恁腸斷。

這首詞描寫歌妓的動作與神態，作者站在客觀的立場細膩地觀察一位歌妓的幾項動態，生動描繪出歌妓的美麗。其主要的概念譬喻即：「美女是歌妓」。譬喻的來源域是「歌妓」，映射至目標域的「美女」，其譬喻映射過程如下表所示：

表 5-2-1　柳永〈荔枝香〉詞「美女是歌妓」的譬喻映射

來源域：歌妓	譬喻映射	目標域：美女
緩步羅襪生塵		步態美
眾裏盈盈好身段		身段美
擬回首，又竚立、簾幃畔		姿態美
素臉紅眉，時揭蓋頭微見		容貌美
笑整金翹，一點芳心在嬌眼		青春美

在主要的概念譬喻：「美女是歌妓」的運作下，上片側重描寫歌妓的步態與身段之美。首二句「甚處尋芳賞翠，歸去晚」，「尋芳賞翠」，游賞美景。此藉「部分代整體」之轉喻，以芳香翠綠之花卉代指美景。並以「美景是寶藏」之譬喻蘊涵，以美景是隱藏之寶藏形容尋訪美景。此二句意謂歌妓不知到何處游賞美景，歸來已晚。「緩步羅襪生塵，來繞瓊筵看」，「緩步」，猶徐步，慢行。此藉「行為代行為者」之轉喻，以緩步代指緩步者。「羅襪」，絲羅製的襪。「生塵」，沾上塵埃。此藉「羅襪是母性」之譬喻蘊涵，以羅襪生出塵埃形容步履輕盈。「瓊筵」，盛宴，美宴。此藉「宴會代出席者」之轉喻，以瓊筵代指瓊筵的座上客。此二句意謂歌妓歸來後以輕盈的步履繞過來探問出席盛宴的賓客。「金縷霞衣輕褪，似覺春游倦」，「金縷霞衣」，金色輕柔艷麗的衣服。此藉「衣服是雲霞」之譬喻蘊涵，以飄逸之彩霞形容衣服之輕柔艷麗。此二句意謂歌妓探問過賓客後便翩然而去，邊走邊脫下如彩霞般艷麗的外衣，似乎因游賞春景而有些倦意。「遙認，眾裏盈盈好身段」，「遙認」，由遠處看出。「眾裏」，此藉「眾人是容器」之譬喻蘊涵，以與容器其他內容物不同形容歌妓與眾不同。「盈盈」，儀態美好貌。此二句意謂由遠處仍可看出，歌妓在眾人中的美好身段。

下片描寫歌妓的容貌與姿態之美。「擬回首，又竚立、簾幃畔」，「擬」，打算；準備。「回首」，回頭；回頭看。「又竚立」，又站立。「簾幃畔」，猶簾幕旁。此二句意謂歌妓似乎準備回頭，卻又站定在簾幕旁。「素臉紅眉，時揭蓋頭微見」，「素臉」，素淨白皙的臉。「紅眉」，胭脂點染之眉。「蓋頭」〔註44〕，舊時婦女外出時，用以蔽塵的面巾披肩。此二句意謂她終於轉過頭來，不時揭開面巾，稍微露出素淨白皙的臉龐與胭脂點染過的紅眉。「笑整金翹，一點芳心在嬌眼」，「整」，整理。「金翹」，金製的一種婦女首飾，形如鳥尾上的長羽。

〔註44〕　宋‧周輝《清波別志》卷二：「士大夫於馬上披涼衫，婦女步通衢，以方幅紫羅障蔽半身，俗謂之蓋頭。」（四庫全書本）。

此藉「質料形狀代物品」之轉喻，以金翹代指首飾。「一點」，表示甚
少或不定的數量。「芳心」，指女子的情懷。此藉「器官代器官功能」
之轉喻，以芳心代指芳心所想。「嬌眼」，嫵媚可愛之眼。此藉「整體
代部分」之轉喻，以眼代指眼神。此二句意謂歌妓那小小芳心中的少
女情懷，從她嫵媚可愛之眼神中便可窺知一二。「王孫空恁腸斷」，「王
孫」，王的子孫，後泛指貴族子弟。此藉「部分代整體」之轉喻，以
王孫代指尋芳客。「空」，副詞。徒然；白白地。此藉「想望是容器」
之譬喻蘊涵，以容器無內容物形容想望落空。「恁」，代詞，這麼；如
此。「腸斷」，形容極度悲痛。此藉「失望是疾病」之譬喻蘊涵，以腸
斷之疾病形容不受歌妓青睞之失望。此句意謂歌妓可望而不可即，尋
芳的貴族子弟只能忍受想望落空之苦了。下表為這首〈荔枝香〉詞的
詳細譬喻來源域考察。

表 5-2-2　柳永〈荔枝香〉詞的譬喻來源域考察

來源域	概念譬喻	角度攝取	語言表達式	目標域	譬喻類型
芳、翠	部分代整體	芳香翠綠之花卉代指美景	甚處尋芳賞翠	美景	轉喻
寶藏	美景是寶藏	必須追尋	甚處尋芳賞翠	美景	結構譬喻
緩步	行為代行為者	緩步代指緩步者	緩步羅襪生塵	緩步者	轉喻
母性	羅襪是母性	羅襪生出塵埃	緩步羅襪生塵	羅襪	結構譬喻
瓊筵	宴會代出席者	瓊筵＞瓊筵的座上客	來繞瓊筵看	瓊筵的座上客	轉喻
雲霞	衣服是雲霞	輕柔艷麗	金縷霞衣輕裾	衣服	結構譬喻
容器	眾人是容器	歌妓是內容物	眾裏盈盈好身段	眾人	實體譬喻

站著	狀態即行為	站著＞站立之行為	又竚立、簾幃畔	站立之行為	結構譬喻
臉	整體代部分	臉＞臉上肌膚	素臉紅眉	臉上肌膚	轉喻
隱藏物	臉是隱藏物	微見＞顯現	時揭蓋頭微見	臉	實體譬喻
首飾	質料形狀代物品	金翹代指首飾	笑整金翹	金翹	實體譬喻
芳心	器官代器官功能	芳心代指芳心所想	一點芳心在嬌眼	芳心所想	轉喻
眼	整體代部分	眼＞眼神	一點芳心在嬌眼	眼神	轉喻
王孫	部分代整體	王孫＞尋芳客	王孫空恁腸斷	尋芳客	轉喻
容器	想望是容器	失望＞空	王孫空恁腸斷	想望	實體譬喻
疾病	失望是疾病	失望＞腸斷	王孫空恁腸斷	失望	結構譬喻

（二）少年游

　　世間尤物意中人。輕細好腰身。香幃睡起，發妝酒釅，紅
　　臉杏花春。　　　嬌多愛把齊紈扇，和笑掩朱脣。心性溫柔，
　　品流閒雅，不稱在風塵。

這闋詞亦為讚美歌妓之詞。詞中分就歌妓之外表與內在稱頌其美。其
主要的概念譬喻即：「歌妓是尤物」。譬喻的來源域是「尤物」，映射
至目標域的「歌妓」，其譬喻映射過程如下表所示：

表 5-2-3　柳永〈少年游〉詞「歌妓是尤物」的譬喻映射

來源域：尤物	譬喻映射	目標域：歌妓
身材美	⟹	輕細好腰身
容貌美		發妝酒釅，紅臉杏花春

神態美	嬌多愛把齊紈扇，和笑掩朱脣
心性美	心性溫柔
品格美	品流閑雅

在主要的概念譬喻：「歌妓是尤物」的運作下，上片側重描寫歌妓的外在之美。首句「世間尤物意中人」即開宗明義稱頌歌妓是世間尤物。「世間」，人世間；世界上。此藉「世界是容器」之譬喻蘊涵，形容歌妓是容器內之最佳內容物。「尤物」，最珍奇之物；亦指絕色美女。此藉「美女是尤物」之譬喻蘊涵，以最珍奇之物形容絕色女子。「意中人」，專指心裡愛慕的異性。此可見「心是容器」、「人是容器內容物」之譬喻運作。全句意謂所稱美的歌妓是人世間的絕色美女，自己心裡愛慕的對象。接著描寫其身材之美：「輕細好腰身」，「輕細」，輕柔苗條。「腰身」，身段；體態。此藉「人是物」之譬喻蘊涵，以物之輕細形容人之身段。全句意謂歌妓具有輕柔苗條的好身材。上片最後數句強調歌妓的容貌：「香幃睡起，發妝酒釅，紅臉杏花春」，「香幃」，芳香艷麗的幃帳。此藉「物品代地點」之轉喻，以香幃代指女子香閨。「發妝」，化妝。「釅」，指茶、酒等飲料味厚。此藉「化妝是飲酒」之譬喻蘊涵，以飲烈酒臉紅形容化妝之效果。「紅臉」，猶紅顏。婦女艷麗的面容。此藉「顯著特徵代整體」之轉喻，以紅嫩特徵代指青春婦女艷麗的面容。「杏花春」，即如粉紅杏花所散發出之濃濃春意。此乃藉「女子是杏花」之譬喻蘊涵，以粉紅杏花形容美女之臉。此數句意謂歌妓在香閨睡醒，化妝如飲烈酒，粉紅的面容如杏花所散發出之濃濃春意。

下片描寫歌妓的神態以及心性品格之美。「嬌多愛把齊紈扇」，「嬌」，嫵媚可愛。「嬌多」乃「抽象化具體」之譬喻運作，將抽象之嫵媚化作具體可數之物。「把」，握；執。此藉「功能代器官」之轉喻，以握、執之動作代指以手握。「齊紈扇」，以春秋齊地出產的白細絹所製成的團扇。此藉「材料代製品」之轉喻，以齊紈扇代指團扇。全句

意謂嫵媚可愛的歌妓手中喜愛握著團扇。「和笑掩朱脣」，「和笑」，因
喜悅而笑。「掩」，遮沒；遮蔽。此藉「功能代器官」之轉喻，以遮掩
之動作代指以手遮掩。「朱脣」，紅色的口唇。此藉「部分代整體」之
轉喻，以脣代指口。全句意謂歌妓喜悅時會以手掩口而笑，亦即高興
時亦不失其端莊優雅之態。「心性溫柔」，「心性」，性情；性格。此藉
「部分代整體」之轉喻，以心代指人，心性即人之性情。「溫柔」，溫
和柔順。全句意謂歌妓的性情溫和柔順。「品流閒雅」，「品流」，品類；
流別，此指品行而言。「閒雅」，形容舉止情趣嫻靜文雅。全句意謂歌
妓的品行嫻靜文雅。「不稱在風塵」，「不稱」，不相稱；不相副。「風
塵」，風月場。指以色相謀生的場所。此藉「工作場所代職業」之轉
喻，以風塵代指歌妓以色相謀生。全句意謂以歌妓之品行性情，實在
不適合在風月場所謀生。下表為這首〈少年游〉詞的詳細譬喻來源域
考察。

表 5-2-4　柳永〈少年游〉詞的譬喻來源域考察

來源域	概念譬喻	角度攝取	語言表達式	目標域	譬喻類型
容器	世界是容器	人是內容物	世間尤物意中人	世界	實體譬喻
尤物	美女是尤物	美女是最珍奇之物	世間尤物意中人	美女	實體譬喻
容器	心是容器	人是心中之物	世間尤物意中人	心	實體譬喻
物	人是物	身材＞輕細	輕細好腰身	人	實體譬喻
香幃	物品代地點	香幃＞香閨	香幃睡起	香閨	轉喻
飲酒	化妝是飲酒	都可令臉紅	發妝酒釅	化妝	結構譬喻
紅臉	顯著特徵代整體	紅嫩特徵＞婦女艷麗的面容	紅臉杏花春	婦女艷麗的臉	轉喻

杏花	女子是杏花	紅杏花＞紅臉	紅臉杏花春	女子	實體譬喻
具體物	抽象化具體	嬌＞可數之物	嬌多愛把齊紈扇	嬌	實體譬喻
把	功能代器官	把＞以手握	嬌多愛把齊紈扇	以手握	轉喻
齊紈扇	材料代製品	齊紈扇＞團扇	嬌多愛把齊紈扇	團扇	轉喻
掩	功能代器官	掩＞以手遮掩	和笑掩朱脣	以手遮	轉喻
脣	部分代整體	脣代指口	和笑掩朱脣	口	轉喻
心	部分代整體	心代指人	心性溫柔	人	轉喻
品流	部分代整體	品流＞人品	品流閒雅	人品	轉喻
風塵	工作場所代職業	風塵代指歌妓	不稱在風塵	歌妓	轉喻

二、蘇軾的詠妓詞

蘇軾詞與歌妓有關的作品並不少，「《東坡樂府》收了三百多首詞，其中一百八十篇涉及到歌妓。」〔註45〕但一則蘇軾本身的個性使然，二則他甚早進入仕途，因此甚少涉足妓院酒樓等風月場所，其所接觸者多爲公家之官妓或朋友私人之家妓，與一般風月場所之私妓（亦稱露臺妓）不同。

雖有人認爲蘇軾詠妓詞，其中有些「內容確是近乎媟黷了，也許同他所不滿的柳七郎的詞是沒有多大差別的。」〔註46〕不過，蘇軾詠

〔註45〕　見張建國，〈如何評價蘇軾的詞作〉（香港：《文匯報》，1988 年 2 月 23 日）。

〔註46〕　見周子瑜，〈「指出向上一路，新天下耳目」〉，收於《東坡詞論叢》（成都：四川人民出版社，1982 年）。轉引自葉嘉瑩主編，顧之京、

妓詞主要的作用在於宴席上的唱和以及佐酒助興，其內容絕少涉及狎暱與情慾之描寫，這點是與柳永的詠妓詞不同的。

（一）減字木蘭花（贈徐君猷三侍人嫵卿）

> 嬌多媚煞。體柳輕盈千萬態。殢主尤賓。斂黛含顰喜又瞋。
>
> 　徐君樂飲。笑謔從伊情意愜。臉嫩敷紅。花倚朱闌裏住風。

這首詞作於宋神宗元豐五年（西元 1082 年）十二月，蘇軾時 47 歲，在黃州貶所。當時監鄂州酒稅張商英過黃州，與蘇軾會於黃州太守徐君猷宅。徐君猷三侍姬與笙妓皆艷麗，蘇軾應邀作〈減字木蘭花〉與〈菩薩蠻〉分贈之。此為贈侍女嫵卿之詞。

詞人從嬌媚與萬種風情稱頌嫵卿之美。其主要的概念譬喻即：「嫵卿是美女」。譬喻的來源域是「美女」，映射至目標域的「嫵卿」，其譬喻映射過程如下表所示：

表 5-2-5　蘇軾〈減字木蘭花〉詞「嫵卿是美女」的譬喻映射

來源域：美女	譬喻映射	目標域：嫵卿
嫵媚善交際；姿態撩人		嬌多媚煞；殢主尤賓，斂黛含顰喜又瞋
貌美、身材好、舞姿多變	⟹	臉嫩敷紅、體柳輕盈千萬態
受寵		徐君樂飲，笑謔從伊情意愜；花倚朱闌裏住風

在主要的概念譬喻：「嫵卿是美女」的運作下，上片描寫嫵卿的嬌媚撩人與萬種風情。首句「嬌多媚煞」，「嬌多」，極嫵媚可愛。此藉「抽象化具體」之譬喻運作，將抽象之嬌美化作具體可衡量多少之物。「媚」，美好的姿態。「煞」，副詞。極；甚。此藉「狀態即行為」

之譬喻蘊涵，以嫵媚之姿映射媚惑之行爲。此句即總寫嫵卿極其嬌媚撩人。接著「體柳輕盈千萬態」藉「人是楊柳」之譬喻蘊涵，以楊柳隨風舞動之輕柔形容嫵卿姿態纖柔，行動輕快、舞姿千變。「嬭主尤賓」，「嬭」，纏繞。「尤」，纏綿；愛昵。「嬭主尤賓」意謂嫵卿向賓主勸酒時的糾纏嬌嗔之態。「斂黛含顰喜又瞋」則描寫嫵卿的動人多變神態。「斂」，聚集。「黛」，青黑色的顏料。古時女子用以畫眉。此藉「化妝品代化妝部位」之轉喻，以黛代指眉。「含顰」，謂皺眉，形容哀愁。「喜又瞋」，即忽而高興忽而生氣。此藉「表情變化即感情變化」之譬喻蘊涵，以嫵卿嬌豔多變的表情形容其多情善感。全句意謂嫵卿忽而皺眉、忽而哀愁、忽而高興、忽而惱火，其善變多樣之神態逗引眾人注目。

下片由嫵卿受主人寵愛寫起。「徐君樂飲，笑謔從伊情意恁」，「徐君」，即當時黃州太守徐君猷。「樂飲」，暢飲。此藉「部分代整體」之轉喻，以飲代指飲酒。「笑謔」，嬉笑戲謔。此藉「部分代整體」之轉喻，以笑謔代指所有過分之行爲。「從伊」，順著她。此藉「整體代部分」之轉喻，以伊代指伊之行爲。「情意恁」，即這樣之情意。此藉「抽象化具體」之譬喻運作，將抽象之情意化作具體可指之物。此二句意謂徐太守暢快飲酒，嬉笑戲謔完全由著嫵卿，由此即可知徐太守對嫵卿寵愛之情。「臉嫩敷紅」，「嫩」，指物初生時的柔弱狀態。此藉「嫵卿是初生兒」之譬喻蘊涵，以初生兒的柔嫩肌膚形容嫵卿之臉。「敷」，搽；塗。「紅」，紅色。此藉「部分代整體」之轉喻，以紅代指紅色胭脂。此句意謂嫵卿之臉柔嫩似初生兒，並搽上紅色胭脂。「花倚朱闌裏住風」，「倚」，憑藉；仗恃；依賴。「朱闌」，朱紅色的圍欄。此句藉「嫵卿是花」的譬喻蘊涵，以花朵憑藉朱紅色圍欄的保護免於受到風的侵襲，映射嫵卿嬌柔而弱不禁風，在徐太守的寵愛下方能嬌媚艷麗。下表爲這首〈減字木蘭花〉詞的詳細譬喻來源域考察。

表 5-2-6　蘇軾〈減字木蘭花〉詞的譬喻來源域考察

來源域	概念譬喻	角度攝取	語言表達式	目標域	譬喻類型
可量化	抽象化具體	嬌＞可量化	嬌多媚煞	嬌	實體譬喻
媚惑之行為	狀態即行為	媚之姿＞媚惑之行為	嬌多媚煞	媚之姿	結構譬喻
楊柳	人是楊柳	楊柳輕柔＞女子輕盈	體柳輕盈千萬態	人	實體譬喻
糾纏嬌嗔之態	動作即情態	殢、尤＞勸酒時糾纏嬌嗔之態	殢主尤賓	殢、尤	結構譬喻
黛	化妝品代化妝部位	黛＞眉	斂黛含顰喜又瞋	眉	轉喻
忽苦忽愁	表情變化即感情變化	斂黛含顰＞忽哀忽愁	斂黛含顰喜又瞋	斂黛含顰	結構譬喻
喜與惱之動作	狀態即行為	喜又瞋＞喜與惱之動作	斂黛含顰喜又瞋	喜又瞋	結構譬喻
飲	部分代整體	飲代指飲酒	徐君樂飲	飲酒	轉喻
笑謔	部分代整體	笑謔＞過分之行為	笑謔從伊情意愜	過分之行為	轉喻
伊	整體代部分	伊＞伊之行為	笑謔從伊情意愜	伊之行為	轉喻
具體可指之物	抽象化具體	情意＞具體可指之物	笑謔從伊情意愜	情意	實體譬喻
嫵卿之臉	嫵卿是初生兒	嫵卿之臉＞柔嫩	臉嫩敷紅	柔嫩	結構譬喻
紅	部分代整體	紅＞紅色胭脂	臉嫩敷紅	紅胭脂	轉喻
花	嫵卿是花	皆須被保護	花倚朱闌裏住風	嫵卿	結構譬喻

（二）殢人嬌（王都尉席上贈侍人）

> 滿院桃花，儘是劉郎未見。於中更、一枝纖軟。仙家日月，笑人間春晚。濃睡起，驚飛亂紅千片。　　密意難傳，羞容易變。平白地、為伊腸斷。問君終日，怎安排心眼。須信道，司空自來見慣。

蘇軾此詞於宋神宗熙寧十年（1077 年）三月作於汴京郊外，時年 42 歲。明·傅藻《東坡紀年錄》：「熙寧十年丁巳，三月一日，與王詵會四照亭，有倩奴者求曲，遂作〈洞仙歌〉〈喜長春〉與之。」〔註47〕清·王文誥《蘇詩總案》卷一五：「熙寧十年丁巳，三月二日寒食，與王詵作北城之游，飲於四照亭上，作〈殢人嬌〉詞。」〔註48〕則此詞當為蘇軾贈予王詵侍人倩奴之詞。

關於這首詞的內容，劉乃昌認為：

> ……〈殢人嬌〉題「小王都尉席上贈侍人」，與《紀年錄》所記相合。其詞結句，「須信道、司空從來見慣」，對王詵似有規諷。據史載王詵為人「不修細行，生活糜爛」，則他對歌女侍妾，必然輕薄寡情。那麼，王詵家中侍女受玩弄、遭冷落的悲苦遭遇，也就可想而知了。〔註49〕

亦即這闋詞是對侍女、家妓遭受玩弄、冷落的悲苦遭遇表達同情之意。詞中主要以花喻人。其主要的概念譬喻即：「侍女是桃花」。譬喻的來源域是「桃花」，映射至目標域的「侍女」，其譬喻映射過程如下表所示：

表 5-2-7　蘇軾〈殢人嬌〉詞「侍女是桃花」的譬喻映射

來源域：桃花	譬喻映射	目標域：侍女
滿院桃花，儘是劉郎未見	⟹	家中美麗侍女眾多

〔註47〕　見鄒同慶、王宗堂著，《蘇軾詞編年校註》（北京：中華書局，2007年10月），頁198。

〔註48〕　見鄒同慶、王宗堂著，《蘇軾詞編年校註》，頁198。

〔註49〕　見趙樸初著，《唐宋詞鑑賞辭典》〔唐·五代·北宋卷〕，頁672～673。

於中更、一枝纖軟		侍女中最美的一位
亂紅千片		青春消逝、紅顏薄命
花難長久盛開		姣好的容貌易變

　　在主要的概念譬喻：「侍女是桃花」的運作下，上片描寫王詵家中美貌侍女滿屋，倩奴更是最美的一位。首二句「滿院桃花，儘是劉郎未見」，「滿院」，整個庭院。此藉「庭院是容器」之譬喻蘊涵，以桃花是容器內容物形容整個庭院中皆充滿了桃花。「桃花」，桃樹所開的花。此藉「侍女是桃花」之譬喻運作，以桃花映射侍女美貌。「儘是」，完全是；都是。「劉郎」，指東漢劉晨。相傳劉晨和阮肇入天台山采藥，為仙女所邀，留半年，求歸，抵家子孫已七世。此藉「傳說代人」之轉喻，以曾入仙界之劉晨代指見多識廣者。此兩句意謂王詵家中侍女滿屋，其美貌連見過仙女的劉晨都未曾見過（亦可解為王詵家中侍女滿屋，但王詵竟對這些美麗的侍女視若無睹，任令其青春消逝）。「於中更、一枝纖軟」，「於中」，其中。「纖軟」，纖細柔軟。此藉「桃花是容器」之譬喻蘊涵，意謂在所有艷麗的桃花中，有一枝最纖細柔軟者。此處並疊加「侍女是桃花」之主要譬喻，以最纖細柔軟之桃花形容侍女中最美麗之倩奴。「仙家日月，笑人間春晚。濃睡起，驚飛亂紅千片」數句，「仙家」，仙人所住之處。此藉「王詵是仙人」之譬喻蘊涵，以仙家形容其宅。「日月」，時令；時光。此藉「時間單位代時間」之轉喻，以日月代指時光。「笑」，喜愛；羨慕。「人間」，人類社會。「春晚」，猶春暮。此藉「春天是一日」之譬喻蘊涵，以春晚形容春天之盡頭。「濃睡」，酣睡，沉睡。此藉「睡眠是溶液」之譬喻蘊涵，以睡意濃形容沉睡。「驚飛」，受驚而飛。此藉「桃花是禽鳥」之譬喻蘊涵，以受驚而飛之群鳥形容飄落的花。「亂紅」，紛亂飄落的花。此藉「顏色代花」之轉喻，以紅色代指花。此數句表面上是說王詵家滿園桃花盛開，如居住在四季皆春的仙界，反羨慕人間春天將盡，酣睡而醒時可見群花飄落的景象。其寓意似諷王詵身在福中不知

福，家中已有美妾成群，仍意猶未足，續行招納更多侍女。

　　下片轉而描述對倩奴的理解與同情。前三句寫倩奴的遭遇：「密意難傳，羞容易變。平白地、爲伊腸斷」，「密意」，親密的情意。「難傳」，難以傳達。此藉「抽象化具體」之譬喻運作，將抽象之情意具體化爲可傳送之物件。「羞」，怕。「容」，相貌、美貌。「易變」，容易改變。此藉「青春消逝是容貌改變」之譬喻蘊涵，以容貌易變形容青春易逝。「平白」，憑空；無緣無故。「爲伊」，爲他。「腸斷」，形容極度悲痛。此藉「思念是疾病」之譬喻蘊涵，以腸斷之疾形容思念之苦。此三句意謂倩奴的親密情意難以傳達給王詵，也害怕青春消逝、美貌不再。只能白白的任青春流逝，爲王詵而痛苦。詞人最後表達對倩奴的同情：「問君終日，怎安排心眼。須信道，司空自來見慣」，「君」，對對方的尊稱，猶言您。「終日」，整天；良久。「安排」，打算，準備。「心眼」，心意；心思。此藉「心即眼」之譬喻蘊涵，形容心似眼可洞察事物。「信道」，知道；料知。「司空」，官名。主管囚徒之官。此借指王詵，或有「侍女是囚徒」之寓意。「自來」，由來；歷來。此藉「人生是旅行」之譬喻蘊涵，形容自出發點至現地之時間。「見慣」，習慣、習以爲常。此數句意謂這麼久的時間，妳要如何安排自己的感情呢？須知對於讓侍女虛度青春、爲情而苦，王詵早就習以爲常了。下表爲這首〈殢人嬌〉詞的詳細譬喻來源域考察。

表 5-2-8　蘇軾〈殢人嬌〉詞的譬喻來源域考察

來源域	概念譬喻	角度攝取	語言表達式	目標域	譬喻類型
容器	庭院是容器	可裝滿桃花	滿院桃花	庭院	實體譬喻
桃花	侍女是桃花	滿院桃花＞侍女滿屋	滿院桃花	侍女	實體譬喻
劉郎	傳說代人	劉郎＞見多識廣者	儘是劉郎未見	見多識廣者	轉喻
容器	桃花是容器	桃花中＞容器中	於中更、一枝纖軟	桃花	實體譬喻

一枝	部份代整體	一枝＞一枝花	於中更、一枝纖軟	一枝花	轉喻
桃花	侍女是桃花	最纖軟＞最美	於中更、一枝纖軟	侍女	實體譬喻
仙家	王詵是仙人	王詵家＞仙家	仙家日月	王詵家	結構譬喻
日月	時間單位代時間	日月＞時光	仙家日月	時光	轉喻
春末	春天是一日	春晚＞春末	笑人間春晚	春晚	結構譬喻
沉睡	睡眠是溶液	睡意濃＞沉睡	濃睡起	濃睡	實體譬喻
禽鳥	桃花是禽鳥	受驚而飛之群鳥＞飄落的花	驚飛亂紅千片	桃花	實體譬喻
紅	顏色代花	紅＞桃花	驚飛亂紅千片	桃花	轉喻
可傳送之物件	抽象化具體	情意＞可傳送之物件	密意難傳	情意	實體譬喻
青春易逝	青春消逝是容貌改變	容貌易變＞青春易逝	羞容易變	容貌易變	結構譬喻
思念之苦	思念是疾病	腸斷＞思念之苦	平白地、為伊腸斷	腸斷	結構譬喻
洞察事物	心即眼	心眼＞可洞察事物	怎安排心眼	心眼	結構譬喻
司空	王詵是司空	侍女是囚徒	司空自來見慣	王詵	結構譬喻
旅行	人生是旅行	自來＞從來處	司空自來見慣	人生	結構譬喻

（三）西江月（姑熟再見勝之，次前韻）

別夢已隨流水，淚巾猶裛香泉。相如依舊是臞仙。人在瑤台閬苑。　　花霧縈風縹緲，歌珠滴水清圓。蛾眉新作十

分妍。走馬歸來便面。

此詞作於宋神宗元豐七年（1084 年）七月。是時蘇軾 49 歲，離開黃州改任汝州，途中經過當塗縣姑熟，再見徐君猷侍女勝之所作。詞題所謂「前韻」，係指元豐五年在黃州贈徐君猷侍女勝之的作品〈西江月〉（龍焙今年絕品）。

相隔兩年再見勝之，原黃州太守徐君猷已仙逝，勝之改嫁，見東坡竟無情而失態〔註50〕，令東坡感慨萬千而作此詞。詞中主要描寫勝之舞姿歌藝雖如昔，卻已完全變心，就算「新作」的妝扮非常妍麗，仍令東坡不忍卒睹。此詞主要透過「姑熟勝之非黃州勝之」的對比，展現勝之的今非昔比。其對比運作過程如下表所示：

表 5-2-9　蘇軾〈西江月〉詞「姑熟勝之非黃州勝之」的對比運作

來源域 1：黃州勝之	對比	來源域 2：姑熟勝之
妙舞蹁躚，掌上身輕意態妍		花霧縈風縹緲
曲窮力困，笑倚人旁香喘噴		歌珠滴水清圓
嬌眼橫波眉黛翠		蛾眉新作十分妍
老大逢歡，昏眼猶能仔細看		走馬歸來便面

在「姑熟勝之非黃州勝之」的對比運作下，上片寫姑熟再見勝之的感傷。首二句「別夢已隨流水，淚巾猶裛香泉」，「別夢」，離別後思念之夢。「已」，已經。「隨」，跟從；追從。「流水」，流動的水。此

〔註50〕　宋・王明清，《揮麈後錄》：「徐君猷後房甚麗，東坡嘗聞堂上絲竹，詞中所謂『表德原來字勝之』者最寵也。東坡北歸過南都，其人已歸張東全之子張恕矣。東坡復見之，不覺掩面號慟，妾乃顧其徒而大笑。東坡每以語人，為蓄婢之戒。」（四庫全書本）。另見葉嘉瑩主編，顧之京、姚守梅、耿小博編著，《柳永詞新釋輯評》中冊，頁880。

藉「夢是漂流物」之譬喻蘊涵，形容離別後思念之夢已隨流水流逝。「淚巾」，擦淚用的手巾；手帕。此藉「部分代整體」之轉喻，以淚巾代指手巾。「猶」，副詞。還；仍。「裛」，通「浥」。沾濕。「香泉」，泉名。在安徽省和縣北四十里，水有香氣，因名。此藉「眼淚是泉水」之譬喻蘊涵，以香泉形容眼淚。此二句意謂離別後思念之夢雖已隨流水流逝，想起往事仍令人傷感，不自覺淚濕手巾。接著寫徐君猷：「相如依舊是臞仙。人在瑤台閬苑」，「相如」〔註51〕，司馬相如。「依舊」，照舊。「臞仙」，舊時借稱身體清瘦而精神矍鑠的老人。此藉「徐君猷是司馬相如」之譬喻蘊涵，以司馬相如映射徐君猷之體態。「人」，此藉「整體代部分」之轉喻，代指徐君猷。「瑤台」，美玉砌的樓臺；此指傳說中的神仙居處。「閬苑」，閬風之苑，傳說中仙人的住處。此藉「死亡是成仙」之譬喻蘊涵，言徐君猷已升天為仙。此二句意謂徐君猷仙逝後想必依然是仙風道骨，升天居於仙界。

　　下片描述勝之的舞姿與歌藝依舊高超，容貌雖妍，蛾眉新作卻令人傷感而不忍卒睹。前兩句寫舞姿與歌藝：「花霧縈風縹緲，歌珠滴水清圓」「花霧」，蒙上薄霧之花。「縈風」，回旋纏繞的風。「縹緲」，隨風飄揚；隨水浮流。此藉「人是花」之譬喻蘊涵，以蒙霧隨風飄揚之花形容勝之舞姿。「歌珠」，謂圓潤如珠的歌聲。「滴水」，滴注漏壺之水。此藉「整體代部分」之轉喻，以滴水代指滴水聲。「清圓」，謂聲音清亮圓潤。此藉「歌聲是水珠」之譬喻蘊涵，以滴漏之滴水聲形容勝之歌聲之清亮圓潤。此二句意謂勝之的舞姿如蒙霧隨風飄揚之花般輕盈飄逸，其歌聲如滴漏滴水聲般清亮圓潤。最後描寫詞人的感觸：「蛾眉新作十分妍。走馬歸來便面」，「蛾眉」，蠶蛾觸鬚細長而彎曲，因以比喻女子美麗的眉毛。即藉「人是蛾」之譬喻蘊涵，以蠶蛾觸鬚形容人眉。「新作」，新造；新畫。此藉「畫眉是製品」之譬喻蘊

〔註51〕　《漢書》卷五七下〈司馬相如傳〉：「相如見上好仙，因曰：『上林之事未足美也，尚有靡者。臣嘗爲〈大人賦〉，未就，請具而奏之。』相如以爲列仙之儒，居山澤間，形容甚臞。」

涵，以新作形容新畫之眉。「十分」，副詞。非常，極，很。「妍」，美麗；美好。「走馬」，騎馬疾走；馳逐。此藉「旅行方式代旅行」之轉喻，以走馬代旅行。「歸來」，回來。此藉「人生是旅行」之譬喻蘊涵，以旅行歸來形容人生經歷後。「便面」〔註52〕，古代用以遮面的扇狀物。此藉「物品代物品功能」之轉喻，以便面代指遮面。此二句意謂勝之新作蛾眉依然非常妍麗，但黃州歸來想起徐君猷已逝、勝之再嫁，令人傷感而不忍卒睹，只好遮面而行。

下圖爲東坡這闋〈西江月〉詞的概念融合網路：

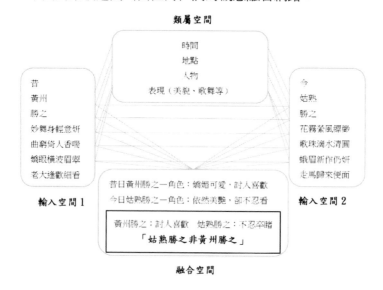

圖 5-2-1　概念融合網路：「姑熟勝之非黃州勝之」的對比

〔註52〕　「便面」：古代用以遮面的扇狀物。《漢書・張敞傳》：「然敞無威儀，時罷朝會，過走馬章臺街，使御吏驅，自以便面拊馬。」顏師古注：「便面，所以障面，蓋扇之類也。不欲見人，以此自障面則得其便，故曰便面，亦曰屏面。今之沙門所持竹扇，上裒平而下圓，即古之便面也。」後稱團扇、摺扇爲便面。宋・楊萬里《誠齋荊溪集序》：「自此，每過午，吏散庭空，即攜一便面，步後園，登古城。」清・孔尚任《桃花扇・寄扇》：「便面小，血心腸一萬條；手帕兒包，頭繩兒繞，抵過錦字書多少。」

下表為這首〈西江月〉詞的詳細譬喻來源域考察。

表 5-2-10　蘇軾〈西江月〉詞的譬喻來源域考察

來源域	概念譬喻	角度攝取	語言表達式	目標域	譬喻類型
漂流物	夢是漂流物	可隨流水漂流	別夢已隨流水	夢	實體譬喻
淚巾	部分代整體	淚巾代指手巾	淚巾猶裛香泉	手巾	轉喻
泉水	眼淚是泉水	皆湧出之液體	淚巾猶裛香泉	眼淚	實體譬喻
司馬相如	徐君猷是司馬相如	高格飄逸、體態臞瘦	相如依舊是臞仙	徐君猷	結構譬喻
神仙	徐君猷是神仙	體態臞瘦、仙風道骨	相如依舊是臞仙	徐君猷	結構譬喻
人	整體代部分	人＞徐君猷	人在瑤台閬苑	徐君猷	轉喻
成仙	死亡是成仙	死後居仙界	人在瑤台閬苑	死亡	結構譬喻
瑤台閬苑	傳說代地點	瑤台閬苑＞仙境	人在瑤台閬苑	仙境	轉喻
花	人是花	花蒙霧隨風飄揚＞人的舞姿	花霧縈風縹緲	人	實體譬喻
水珠	歌聲是水珠	歌聲＞水珠渾圓	歌珠滴水清圓	歌聲	實體譬喻
滴水	整體代部分	滴水＞滴水聲	歌珠滴水清圓	滴水聲	轉喻
蛾	人是蛾	蛾觸鬚＞人眉	蛾眉新作十分妍	人	實體譬喻
新畫之眉	畫眉是製品	新畫之眉＞新作	蛾眉新作十分妍	新作	實體譬喻
旅行	旅行方式代旅行	走馬＞旅行	走馬歸來便面	走馬	結構譬喻

旅行	人生是旅行	旅行歸來＞人生經歷後	走馬歸來便面	人生	結構譬喻
便面	物品代物品功能	便面＞遮面	走馬歸來便面	遮面	轉喻

（四）定風波（南海歸贈王定國侍人寓娘）

常羨人間琢玉郎。天應乞與點酥娘。盡道清歌傳皓齒。風起。雪飛炎海變清涼。　萬里歸來顏愈少。微笑。笑時猶帶嶺梅香。試問嶺南應不好。卻道。此心安處是吾鄉。

此詞爲蘇軾 51 歲時，即宋哲宗元祐元年（1086 年）二月作於東京。據南宋胡仔（胡元任）《苕溪漁隱叢話後集》卷四十引《東皋雜錄》：「王定國嶺外歸，出歌者勸東坡酒，坡作〈定風波〉，序云：王定國歌兒曰柔奴，……」[註53] 另南宋皇都風月主人《綠窗新話》下引《古今詞話》：「東坡初謫黃州，獨王定國以大臣之子不能謹交游，遷置嶺表，後數年召還京師。是時東坡掌翰苑，一日，王定國置酒與東坡會飲，出寵人點酥侑尊，而點酥善談笑。……坡嘆其善應對，賦〈定風波〉一闋以贈之。」[註54] 可知此詞係於王鞏宴席上贈其侍人之作。

詞中主要描寫王鞏（王定國）之侍人甘心隨王鞏貶謫至偏遠之嶺南而無怨尤。並能隨遇而安，恰似嶺梅具有堅毅的情操。詞人以梅比人，其主要的概念譬喻即：「人是植物、侍女是梅花」。譬喻的來源域是「梅花」，映射至目標域的「侍女」，其譬喻映射過程如下表所示：

表 5-2-11　蘇軾〈定風波〉詞「人是植物、侍女是梅花」的譬喻映射

來源域：梅花	譬喻映射	目標域：侍女
寒冬盛開	⟹	不畏環境惡劣
潔白		堅貞美麗

[註53]　見鄒同慶、王宗堂著，《蘇軾詞編年校註》中冊，頁 580。
[註54]　見鄒同慶、王宗堂著，《蘇軾詞編年校註》中冊，頁 580。

經霜傲雪		堅毅
芳香		情操

在主要的概念譬喻：「人是植物、侍女是梅花」的運作下，上片稱讚寓娘（柔奴）與主人非常登對，並讚美其清美的歌聲能令炎海變清涼。首二句寫兩人登對：「常羨人間琢玉郎。天應乞與點酥娘」，「常羨」，時常羨慕。「人間」，人類社會。「琢玉」，雕刻加工過的美玉。「郎」，對男子的敬稱。此藉「男子是美玉」之譬喻蘊涵，以美玉形容王定國的美好姿容。「天應」，上天的感應、顯應。此藉「天是人」之擬人譬喻，令天具有人之回應能力。「乞與」，給與。「點酥」，點抹凝酥。「娘」，為婦女的通稱。此藉「女子是凝酥」之譬喻蘊涵，以凝酥形容寓娘（柔奴）之肌膚光滑細膩。此兩句意謂王定國是令人羨慕人間少有姿容如美玉之男子；上天也顯應給與他肌膚滑膩似凝酥的美麗寓娘。接著幾句寫寓娘清美的歌聲：「盡道清歌傳皓齒。風起。雪飛炎海變清涼」，「盡道」，所有人都說。此藉「稱讚是說話」之譬喻蘊涵，以說形容稱讚。「清歌」，清亮的歌聲。此藉「整體代部分」之轉喻，以歌唱代指歌聲。「傳」，傳達；傳送。「皓齒」，潔白的牙齒。此藉「部分代整體」之轉喻，以牙齒代指口。「風起」，風颳起來。此藉「歌聲是風」之譬喻蘊涵，以風起形容歌聲興起。「雪飛」，雪花紛飛。此藉「歌聲是飛雪」之譬喻蘊涵，以雪形容清冷之歌聲。亦寓含「寓娘是雪」之譬喻蘊涵，以寓娘似雪可使酷熱之地變清涼。「炎海」，喻酷熱。此藉「酷熱之地是火海」之譬喻蘊涵，以火海形容酷熱之廣闊無邊。「變」，變化；改變。「清涼」，寒涼；涼快。此數句意謂眾人皆稱讚寓娘能唱出清亮的歌聲，歌聲一起，如飛雪片片，可使酷熱之火海變清涼。

下片以嶺梅比擬寓娘的堅貞與堅毅品格。「萬里歸來顏愈少。微笑。笑時猶帶嶺梅香」，「萬里」，此藉「距離代地點」之轉喻，以萬里之遙代指嶺南。「歸來」，回來。此寓含「仕途是旅行」之譬喻蘊涵，

以往嶺南爲官是旅行，北返即歸來。「顏」，面容；臉色。「愈少」，愈年輕。此藉「年紀改變即面容改變」之譬喻蘊涵，以面容變化形容年紀變小。「微笑」，輕微地笑；輕微的笑。「笑時」，微笑之時。「猶帶」，還帶著。此藉「笑是人」之擬人譬喻，賦予微笑以人能攜物之功能。「嶺梅」，指大庾嶺上的梅花。大庾嶺上梅花，古來有名。因大庾嶺南北氣候差異，梅花南枝已落，北枝方開。「香」，本指穀物熟後的氣味，引申指一切好聞的氣味，芳香。此藉「抽象化具體」之譬喻運作，將抽象之嶺梅花香具體化作可攜帶之物件。此數句意謂寓娘由萬里之遙的嶺南歸來，面容反而更形年輕。輕微地微笑時，笑容還帶有大庾嶺上梅花的香氣。最後幾句更見寓娘品格：「試問嶺南應不好。卻道。此心安處是吾鄉」，「試問」，試著提出問題；試探性地問。「嶺南」，指五嶺以南的地區，即廣東、廣西一帶。此藉「整體代部分」之轉喻，以嶺南代指王定國被貶之賓州（今廣西賓縣）。「應不好」，應不美、不善。「卻道」，卻說。「此心」，即此思想、意念、感情。此藉「器官代器官功能」之轉喻，以心代指心之思想、意念、感情。「安處」，安定舒適的居處。「即」，就是。「吾鄉」，我的家鄉。此數句意謂試探性地問寓娘，賓州是否生活不便？她卻說，我的心安定無求，任何地方都如家鄉是舒適的居處。事實上，東坡此地是以他人的故事來說自己的志意。下表爲這首〈定風波〉詞的詳細譬喻來源域考察。

表 5-2-12　蘇軾〈定風波〉詞的譬喻來源域考察

來源域	概念譬喻	角度攝取	語言表達式	目標域	譬喻類型
美玉	男子是美玉	玉＞美好姿容	常羨人間琢玉郎	男子	實體譬喻
人	天是人	天具有人回應及給予之能力	天應乞與點酥娘	天	擬人譬喻
凝酥	女子是凝酥	肌膚如凝酥滑膩	天應乞與點酥娘	女子	實體譬喻

說話	稱讚是說話	皆由口發出	盡道清歌傳皓齒	稱讚	結構譬喻
歌唱	整體代部分	歌唱代指歌聲	盡道清歌傳皓齒	歌聲	轉喻
牙齒	部分代整體	牙齒代指口	盡道清歌傳皓齒	口	轉喻
歌聲起	歌聲是風	風起＞歌聲起	風起	風起	結構譬喻
飛雪	歌聲是飛雪	雪飛＞歌聲飛越	雪飛炎海變清涼	歌聲	實體譬喻
雪	寓娘是雪	寓娘可使酷熱之地變清涼	雪飛炎海變清涼	寓娘	實體譬喻
火海	酷熱之地是火海	火海＞酷熱之廣闊無邊	雪飛炎海變清涼	酷熱之地	結構譬喻
萬里	距離代地點	萬里＞指嶺南	萬里歸來顏愈少	指嶺南	轉喻
旅行	仕途是旅行	貶往嶺南是旅行，北返即歸來	萬里歸來顏愈少	仕途	結構譬喻
年紀變小	年紀改變即面容改變	面容變化形容年紀變小	萬里歸來顏愈少	顏愈少	結構譬喻
人	笑是人	笑有攜物功能	笑時猶帶嶺梅香	笑	擬人譬喻
可攜帶之物件	抽象化具體	花香＞可攜帶之物件	笑時猶帶嶺梅香	花香	實體譬喻
嶺南	整體代部分	嶺南＞賓州	試問嶺南應不好	賓州	轉喻
心	器官代器官功能	心＞心之思想、意念、感情	此心安處是吾鄉	心之思想等	轉喻

第三節　柳蘇仕隱詞之比較

柳永早年科場失意，浪跡在汴京的花街柳巷。直到48歲中了進士，踏入仕途，雖短暫受到宋仁宗青睞，卻因一闋〈醉蓬萊〉（漸亭皋葉下）得罪仁宗而斷送大好前程，也使得他的仕途大半都在吳山越水的宦遊中度過。〔註55〕這樣的經歷，使他有諸多無奈的別離經驗，也有著不得志的失望與不滿，這些複雜的感情加上行役路途上的艱辛，表現在詞中即是厭仕與苦旅的內容。

反觀蘇軾雖然出仕與成名甚早，但受到新舊黨爭的牽連，宦途起伏多舛，甚至一度瀕於死地。好在他生性開朗樂觀，不論處境多艱難，總能隨遇而安、正面以對。無論在朝或遭貶，其詩文中總流露出對躬耕生活的嚮往與期待。這種汪汪大度的胸懷與涵養表現在他的詞中就呈現出一種恬退與安適的情懷。

一、柳永之厭仕苦旅詞

柳永豐富又艱辛的宦遊經歷，讓他寫作出許多動人的羈旅行役篇章。對深陷宦遊之苦的柳永來說，這些美麗詩篇都是他苦難的印記。其中除了抒發旅行的艱辛與寂寞苦悶，自然也包含許多對於沉淪下僚、勞碌奔波的感嘆與抱怨。

只是對柳永而言，他既無法放棄對官位俸祿的追求，便不能擺脫吳山越水的宦遊生涯。則其苦旅是真，厭仕云云只能當作是艱苦旅途中的牢騷之詞罷了。

（一）鳳歸雲

向深秋，雨餘爽氣肅西郊。陌上夜闌，襟袖起涼飆。天末殘星，流電未滅，閃閃隔林梢。又是曉雞聲斷，陽烏光動，漸分山路迢迢。　驅驅行役，苒苒光陰，蠅頭利祿，蝸角功名，畢竟成何事，漫相高。拋擲雲泉，狎玩塵土，壯節等閒消。幸有五湖煙浪，一船風月，會須歸去老漁樵。

〔註55〕詳見本論文第四章第一節柳永生平所論。

這是一首羈旅行役詞。寫作方式也依柳永習用的上片寫景、下片抒情之通式而作。詞中主要描寫深秋拂曉前的一次行役之苦，並慨歎功名利祿於己無益，將要歸隱漁樵云云。其主要的概念譬喻即：「功名利祿是塵土」。譬喻的來源域是「塵土」，映射至目標域的「功名利祿」，其譬喻映射過程如下表所示：

表 5-3-1　柳永〈鳳歸雲〉詞「功名利祿是塵土」的譬喻映射

來源域：塵土	譬喻映射	目標域：功名利祿
蠅頭		利祿
蝸角	⟹	功名
塵土		仕途

在主要的概念譬喻：「功名利祿是塵土」的運作下，上片藉景抒發行役之苦。前兩句點明時序與地點：「向深秋，雨餘爽氣肅西郊」，「向」，面對；面臨。「深秋」，猶晚秋。此先藉「抽象化具體」之實體譬喻將秋天化作具體可面對之物，並寓含「秋天是容器」之譬喻蘊涵，以容器深形容秋天之末。「雨餘」，雨後。此藉「雨是完整物」之譬喻蘊涵，以下雨之餘形容雨後。「爽氣」，謂涼爽之氣。「肅」，清除；整飭。「西郊」，城西邊的郊野。此藉「整體代部分」之轉喻，以西郊代指西郊空間。「爽氣肅西郊」則寓含「狀態即行為」之譬喻蘊涵，以涼爽空氣肅清西郊之行為形容西郊滿佈涼爽空氣之狀態。此兩句意謂面對晚秋，雨後城西郊外滿佈著蕭瑟涼爽的空氣。接著寫出發之時間：「陌上夜闌，襟袖起涼飆」，「陌上」，道路上。「夜闌」，夜殘；夜將盡時。此藉「夜是有限資源」之譬喻蘊涵，以夜將盡形容長夜將過。「襟袖」，衣襟衣袖。此藉「整體代部分」之轉喻，以襟袖代指襟袖口。「起」，物或人自下向上的動作。此藉「秋風是人」之擬人譬喻，以人向上而起之行為形容秋風自下向上吹之狀。「涼飆」，秋風。此藉

「顯著特徵代整體」之轉喻，以涼風代指秋風。此兩句意謂在殘夜的道路上，微寒的秋風吹進衣領袖口。接下幾句寫天色狀況：「天末殘星，流電未滅，閃閃隔林梢」，「天末」，天的盡頭。指極遠的地方。「末」原指樹梢或其他植物的梢端。此藉「天是樹」之譬喻蘊涵，以樹的梢端形容天之遠端。「殘星」，剩餘的天星；殘存的天星。此藉「天星是完整物」之譬喻蘊涵，以拂曉仍存之天星爲殘存的天星。「流電」，閃電。「未滅」，未熄滅；未消失。此藉「閃電是燈火」之譬喻蘊涵，以閃電爲未熄滅之燈火。「閃閃」，閃爍不定。「隔」，隔著。「林梢」，林木的尖端或末端。此「閃閃隔林梢」句寓含「狀態即行爲」之譬喻蘊涵，以閃電閃光之行爲形容電光閃爍之狀態。此三句意謂當時天邊仍掛著殘星，隔著林梢還看得到遠處未熄滅、閃爍不定的閃電。上片最後寫破曉時刻：「又是曉雞聲斷，陽烏光動，漸分山路迢迢」，「曉雞」，報曉的雞。「聲斷」，聲音斷絕。此藉「聲音是連續物」之譬喻蘊涵，以聲音斷開形容聲音停歇。「陽烏」，神話傳說中在太陽裡的三足鳥。此藉「傳說代物體」之轉喻，以神話傳說中在太陽裡的三足鳥代指太陽。「光動」，陽光萌生、萌動。此藉「狀態即行爲」之譬喻蘊涵，以陽光照射之行爲形容陽光照耀之狀態。「漸分」，逐漸辨別、區別。此藉「了解是看見」之譬喻蘊涵，以看見形容了解山路遙遠。「山路」，山間道路，「迢迢」，道路遙遠貌。最後數句意謂又在公雞報曉之後，陽光照射下逐漸看出山路的遙遠。

詞人在拂曉行役的背景下，下片抒發對功名利祿的不屑與對歸隱漁樵的想望。「驅驅行役，苒苒光陰，蠅頭利祿，蝸角功名，畢竟成何事，漫相高」，「驅驅」，奔走辛勞。此藉「狀態即行爲」之譬喻蘊涵，以策馬奔馳之行爲形容奔走辛勞之狀態。「行役」，舊指因服兵役、勞役或公務而出外跋涉。「苒苒」，同冉冉，匆忙貌。「光陰」，時間；歲月。「蠅頭」，指像蒼蠅頭那樣小的物體，此藉「利祿是蠅頭」之譬喻蘊涵，以蠅頭形容微小的利祿。「利祿」，財利榮祿。「蝸角」，蝸牛的觸角。此藉「功名是蝸角」之譬喻蘊涵，以蝸角形容極小的功

名。「功名」，舊指科舉稱號或官職名位。「畢竟」，到底；終歸。「成何事」，成就什麼事；實現哪件事。「漫」，長久。「相高」，互相比高、相互爭勝。此藉「名利是地勢」之譬喻蘊涵，以地勢高形容名利大。此數句意謂在行役路上奔走辛勞，時光匆匆飛逝，渺小的功名利祿到底實現了哪件事？長久以來眾人竟為此小名小利而相互爭勝、比高。接下幾句描寫不該沉迷仕途：「拋擲雲泉，狎玩塵土，壯節等閒消」，「拋擲」，丟棄；棄置。「雲泉」，白雲清泉。此藉「部分代整體」之轉喻，以雲泉代指勝景。並寓含「雲泉是物件」之實體譬喻，將雲泉勝景形容為可拋棄之物。「狎玩」，接近、戲弄。「塵土」，細小的灰土。此藉「仕途是塵土」之譬喻蘊涵，以庸俗骯髒之塵土形容為官以與高遠之雲泉相對比。「壯節」，壯烈的節操。「等閒」，無端；平白。「消」，消失。此藉「節操是物件」之實體譬喻，以形容節操如實體物件消失無蹤。此數句意謂自己竟放棄高遠的雲泉勝景，踏入低俗的塵土仕途，高雅的情操平白地消失無蹤。最後他發願：「幸有五湖煙浪，一船風月，會須歸去老漁樵」，「幸有」，本有；正有。「五湖」，春秋末越國大夫范蠡，輔佐越王勾踐，滅亡吳國，功成身退，乘輕舟以隱於五湖。見《國語・越語下》。後因以「五湖」指隱遁之所。此藉「事件代地點」之轉喻，以五湖代指隱居之地。「煙浪」，猶煙波。此藉「部分代整體」之轉喻，以煙浪代指湖景。「一船」，即一艘船。「風月」，清風明月。此藉「部分代整體」之轉喻，以風月代指美好的景色。「會須」，應當。「歸去」，回去。此藉「仕途是旅行」之結構譬喻，以歸去形容離開仕途。「老」，終老；度晚年。「漁樵」，打魚砍柴。此藉「部分代整體」之轉喻，以漁樵代指隱居生活。最後這幾句意謂幸好還有五湖的煙波美景，一艘船即可追尋清風明月。自己應當從仕途歸去，終老於打魚砍柴的快樂生活。

　　總之，柳永這首詞描述天未曉即須出外的行役之苦，強調於短暫人生中，不應為蠅頭利祿與蝸角功名而奔波勞碌，應當從仕途歸去，終老於打魚砍柴的快樂生活。下表為這首〈鳳歸雲〉詞的詳細譬喻來

源域考察。

表 5-3-2　柳永〈鳳歸雲〉詞的譬喻來源域考察

來源域	概念譬喻	角度攝取	語言表達式	目標域	譬喻類型
可面對之物	抽象化具體	秋天＞具體可面對之物	向深秋	秋天	實體譬喻
容器	秋天是容器	容器深＞秋末	向深秋	秋天	實體譬喻
完整物	雨是完整物	雨後＞雨殘餘	雨餘爽氣肅西郊	雨	實體譬喻
肅清溫暖	狀態即行為	滿佈涼爽空氣＞肅清溫暖	雨餘爽氣肅西郊	滿佈涼爽空氣	結構譬喻
西郊	整體代部分	西郊＞西郊空間	雨餘爽氣肅西郊	西郊空間	轉喻
長夜將過	夜是有限資源	夜將盡＞長夜將過	陌上夜闌	夜將盡	結構譬喻
襟袖	整體代部分	襟袖＞襟袖口	襟袖起涼飆	襟袖口	轉喻
人	秋風是人	風起＞人起來	襟袖起涼飆	秋風	擬人譬喻
涼飆	顯著特徵代整體	涼風＞秋風	襟袖起涼飆	秋風	轉喻
樹	天是樹	樹梢＞天末端	天末殘星	天	實體譬喻
完整物	天星是完整物	拂曉仍存之星＞殘存之星	天末殘星	天星	實體譬喻
燈火	閃電是燈火	閃電＞燈未滅	流電未滅	閃電	實體譬喻
閃光之行為	狀態即行為	閃光之行為＞閃爍之狀態	閃閃隔林梢	閃爍之狀態	結構譬喻

連續物	聲音是連續物	聲斷＞聲音停歇	又是曉雞聲斷	聲音	擬人譬喻
陽烏	傳說代物體	陽烏＞太陽	陽烏光動	太陽	轉喻
光動	狀態即行為	光動＞光照耀	陽烏光動	光照耀	結構譬喻
看見	了解是看見	漸分＞漸看清	漸分山路迢迢	了解	結構譬喻
策馬奔馳	狀態即行為	策馬奔馳＞奔走辛勞	驅驅行役	奔走辛勞	結構譬喻
蠅頭	利祿是蠅頭	極微小	蠅頭利祿	利祿	實體譬喻
蝸角	功名是蝸角	極微小	蝸角功名	功名	實體譬喻
地勢	名利是地勢	地勢高＞名利大	漫相高	名利	結構譬喻
物件	雲泉是物件	雲泉＞可拋棄之物	拋擲雲泉	雲泉	實體譬喻
雲泉	部分代整體	雲泉＞美景	拋擲雲泉	美景	轉喻
塵土	仕途是塵土	庸俗骯髒不如隱居高雅	狎玩塵土	仕途	實體譬喻
物件	節操是物件	可以消除	壯節等閒消	節操	實體譬喻
五湖	事件代地點	五湖＞歸隱地	幸有五湖煙浪	歸隱地	轉喻
煙浪	部分代整體	煙浪＞湖景	幸有五湖煙浪	美景	轉喻
風月	部分代整體	風月＞美景	一船風月	美景	轉喻
離開仕途	仕途是旅行	歸去＞離開仕途	會須歸去老漁樵	歸去	結構譬喻
漁樵	部分代整體	漁樵＞隱居生活	會須歸去老漁樵	隱居生活	轉喻

（二）滿江紅

> 暮雨初收，長川靜、征帆夜落。臨島嶼、蓼煙疏淡，葦風
> 蕭索。幾許漁人飛短艇，盡載燈火歸村落。遣行客、當此
> 念回程，傷漂泊。　　桐江好，煙漠漠。波似染，山如削。
> 繞嚴陵灘畔，鷺飛魚躍。游宦區區成底事，平生況有雲泉
> 約。歸去來、一曲仲宣吟，從軍樂。

這首〈滿江紅〉主要描寫蕭瑟秋天宦遊漂泊之苦，詞中也自許與雲泉
有約，高唱歸去來，正是柳永典型的苦旅厭仕之詞。

　　詞中主要的概念譬喻為：「仕途是旅行」。譬喻的來源域是「旅
行」，映射至目標域的「仕途」，其譬喻映射過程如下表所示：

表 5-3-3　柳永〈滿江紅〉詞「仕途是旅行」的譬喻映射

來源域：旅行	譬喻映射	目標域：仕途
起點		進士及第、授官
旅行目標		功名利祿、安邦定國
旅行進展		受重用、官職晉升
旅行實際進展		宦遊漂泊
歸去		離開仕途、隱居

　　在主要的概念譬喻：「仕途是旅行」的運作下，上片描寫行役的
江上景色。前二句述明時間：「暮雨初收，長川靜、征帆夜落」，「暮
雨」，傍晚的雨。「初收」，剛停。此處寓含「天是雨的管理人」之擬
人譬喻，下雨停雨完全由其放與收。「長川」，長的河流。「靜」，寂
靜，無聲。「征帆」，指遠行的船。此藉「部分代整體」之轉喻，以
船帆代指船。「夜落」，夜晚停靠。此藉「停船即落帆」之譬喻運作，
以夜晚落帆形容船停靠休息。此兩句意謂傍晚下的陣雨剛剛停止，
江長而寂靜，遠行的船落帆靠岸。「臨島嶼、蓼煙疏淡，葦風蕭索」，
「臨」，來到，到達。「島嶼」，島的總稱。「蓼煙」，壟罩水邊蓼草的
煙霧。「疏淡」，稀疏淡泊。此處寓含「煙霧是溶液」之譬喻蘊涵，

以煙疏淡形容薄薄煙霧。「葦風」，吹過蘆葦之風。「蕭索」，蕭條冷落；淒涼。此兩句意謂來至島上，壟罩水邊蓼草的煙霧迷濛。吹過蘆葦之風蕭瑟淒涼。「幾許漁人飛短艇，盡載燈火歸村落」，「幾許」，多少；若干。「漁人」，以捕魚為業的人。「飛」，猶飛馳。「短艇」，小船。此處寓含「快是飛」之譬喻蘊涵，以飛短艇形容小船航行迅速。「盡載」，都載著。「燈火」，燃燒著的燈燭等照明物。亦指照明物的火光。此藉「時間變化即狀態變化」之譬喻蘊涵，以所有船隻皆掛上漁燈形容天色已晚。「歸」，返回。「村落」，村莊。此二句意謂多少漁人飛快地駕著小船，全都點著漁燈返回漁村。「遣行客、當此念回程，傷漂泊」，「遣」，使，讓。「行客」，過客；旅客。「當此」，對著、向著此景。「念」，思念，懷念。「回程」，返回的路程。此處寓含「行役是旅行」之譬喻蘊涵，以回程形容返家之路。「傷」，憂思，悲傷。「漂泊」，隨流漂蕩或停泊。此藉「人是漂流物」之譬喻蘊涵，以漂流物形容宦遊行蹤不定，居無定所。此二句意謂面對漁人個個歸心似箭、返回漁村的情景，令出外的遊子想念歸途，感傷居無定所的宦遊生活。

　　下片描寫厭仕及歸隱，先寫桐江的美麗景致：「桐江好，煙漠漠。波似染，山如削」，「桐江」，富春江的上游。即錢塘江流經浙江桐廬縣境內一段。此藉「部分代整體」之轉喻，以桐江代指桐江周遭的景色。「好」，美好。「煙漠漠」，煙霧迷濛貌。「波似染」，江波好像用染料著色。此處寓含「江水是染色」之譬喻蘊涵，以染色形容江水翠綠。「山如削」，山好像用刀斜切般光滑陡峭。此處寓含「山是刀削之物」之譬喻蘊涵，以刀削形容山光滑陡峭。此四句意謂桐江周遭的景色美不勝收，煙霧迷濛、江水翠綠似染，山勢陡峭如刀削一般。「繞嚴陵灘畔，鷺飛魚躍」，「繞」，不直接從正面過去，走曲折迂回的路。「嚴陵灘」，即嚴陵瀨，在浙江桐廬縣南，相傳為東漢嚴光隱居垂釣處。「畔」，旁邊；邊側。此藉「地點代事件」之轉喻，以嚴陵灘代指隱居處。「鷺飛」，水鳥飛。「魚躍」，謂魚跳出水面。

此藉「部分代整體」之轉喻，以鷺飛魚躍代指隱居美景。此二句意
謂繞過東漢嚴光隱居垂釣的嚴陵灘，鷺鳥低飛、魚躍水面的自然美
景歷歷在目。「游宦區區成底事，平生況有雲泉約」，「游宦」，泛指
外出求官或作官。「區區」，謂奔走盡力。區，通「驅」。「成底事」，
成何事。「平生」，平素；往常。「況有」，更有。「雲泉約」，謂隱居
的約定。此藉「部分代整體」之轉喻，以雲泉代指隱居地之美景。
這幾句意謂當個小官到處宦遊、辛勞奔走，到底成就了什麼事？平
素更有隱居的打算。「歸去來、一曲仲宣吟，從軍樂」，「歸去來」，
回去。此處寓含「仕途是旅行」之譬喻蘊涵，以歸去形容離開仕途。
「一曲」，一首樂曲。「仲宣吟」，王粲所吟詠、誦讀。「從軍樂」，從
軍行，樂府《相和歌辭·平調曲》名。內容多寫邊塞情況和戰士的
生活。最後這幾句意謂不如從仕途歸去，吟詠一曲王粲的〈從軍行〉
詩歌。

　　總之，柳永這首詞仍舊圍繞在苦旅及厭仕的情緒之下，只是他
無力自拔、脫離仕途苦海，厭仕歸隱終究是遙不可及的夢。下表爲
這首〈滿江紅〉詞的詳細譬喻來源域考察。

表 5-3-4　柳永〈滿江紅〉詞的譬喻來源域考察

來源域	概念譬喻	角度攝取	語言表達式	目標域	譬喻類型
管理人	天是雨的管理人	下雨停雨完全由天放與收	暮雨初收	天	擬人譬喻
船帆	部分代整體	船帆代指船	長川靜、征帆夜落	船	轉喻
夜晚落帆	停船即落帆	夜晚落帆＞船靠休息	長川靜、征帆夜落	船停靠休息	結構譬喻
溶液	煙霧是溶液	煙疏淡＞薄薄煙霧	臨島嶼、蓼煙疏淡	煙霧	實體譬喻
飛短艇	快是飛	飛短艇＞船行迅速	幾許漁人飛短艇	船行迅速	結構譬喻

短艇	小即短	短艇＞小船	幾許漁人飛短艇	小船	結構譬喻
船貨	燈火是船貨	點燈＞載燈火	盡載燈火歸村落	燈火	實體譬喻
船載燈	時間變化即狀態變化	船隻皆掛上漁燈＞天色已晚	盡載燈火歸村落	天色晚	結構譬喻
旅行	行役是旅行	回程＞返家之路	遣行客、當此念回程	行役	結構譬喻
漂流物	人是漂流物	行止不定	傷漂泊	人	實體譬喻
桐江	部分代整體	桐江代指桐江周遭的景色	桐江好	周遭的景色	轉喻
染色	江水是染色	江水翠綠＞染色	波似染	江水	結構譬喻
刀削物	山是刀削物	刀削＞山光滑陡峭	山如削	山	實體譬喻
嚴陵灘	地點代事件	嚴陵灘代指隱居處	繞嚴陵灘畔	隱居處	轉喻
鷺飛魚躍	部分代整體	鷺飛魚躍代指隱居美景	鷺飛魚躍	隱居美景	轉喻
策馬奔馳	狀態即行為	區區＞驅驅	游宦區區成底事	奔走辛勞	結構譬喻
雲泉	部分代整體	雲泉代指隱居地之美景	平生況有雲泉約	隱居地之美景	轉喻
旅行	仕途是旅行	歸去＞離開仕途	歸去來、一曲仲宣吟	仕途	結構譬喻

二、蘇軾之恬退安適詞

　　所謂恬退，指安然退隱。蘇軾踏入仕途之初原有「致君堯舜」

〔註56〕與「結人心、厚風俗、存紀綱」〔註57〕等遠大的政治理想，卻因朝廷的新舊黨爭而難以實現。每當新黨得勢，他便屢遭貶謫與迫害。值此逆境，蘇軾總能找到自解與調適的方法。

在宦海浮沉中，蘇軾堅持自我、絕不隨波逐流，就算烏臺詩案被下獄幾乎送命，他也毫不妥協。他一方面抱持著「用舍由時，行藏在我」〔註58〕的知命態度，一方面受到陶淵明的影響與精神感召〔註59〕，這使得東坡的詞中透露出安適與恬退的情懷。

（一）南歌子（再用前韻）

> 帶酒衝山雨，和衣睡晚晴。不知鐘鼓報天明。夢裏栩然蝴蝶、一身輕。　老去才都盡，歸來計未成。求田問舍笑豪英。自愛湖邊沙路、免泥行。

此詞寫作時間無法確定。有說為宋神宗元豐五年（1082 年）三月作於黃州。〔註60〕薛瑞生認為應作於宋仁宗嘉祐八年（1063 年）三月，當時 28 歲的詞人在大理評事鳳翔府簽判任上，曾於該年二月因事赴

〔註56〕見蘇軾〈沁園春〉詞：「孤館燈青，野店雞號，旅枕夢殘。漸月華收練，晨霜耿耿；雲山摛錦，朝露漙漙。世路無窮，勞生有限，似此區區長鮮歡。微吟罷，憑征鞍無語，往事千端。
　　當時共客長安，似二陸初來俱少年。有筆頭千字，胸中萬卷；致君堯舜，此事何難。用舍由時，行藏在我，袖手何妨閒處看。身長健，但優游卒歲，且鬥尊前。」

〔註57〕見蘇軾〈上神宗皇帝書〉。

〔註58〕見蘇軾〈沁園春〉（孤館燈青）。

〔註59〕蘇軾除有〈和陶止酒〉、〈和陶連雨獨飲二首〉、〈和陶勸農五首〉、〈和陶九日閒居〉、〈和陶擬古九首〉、〈和陶雜詩十一首〉、〈和陶贈羊長史〉、〈和陶停雲四首〉、〈和陶形贈影〉、〈和陶影答形〉、〈和陶劉柴桑〉、〈和陶酬劉柴桑〉、〈和陶郭主簿〉等百來篇和陶詩外，詞中也常見陶淵明的身影。如本論文第三章第四節曾論及，其〈江城子〉（夢中了了醉中醒）詞，除直接於詞中陳明「只淵明，是前生」外，並以「雪堂是斜川、蘇軾是陶淵明」的概念譬喻，映射出蘇軾願如淵明田園躬耕的心願，其他如〈卜算子〉（揀盡寒枝不肯棲）、〈哨遍〉（為米折腰）等詞，皆顯見蘇軾受陶淵明「走遍人間、依舊卻躬耕」的深厚影響。

〔註60〕見鄒同慶、王宗堂著，《蘇軾詞編年校註》上冊，頁 365～366。

長安，經岐山，三月過寶雞斯飛閣，重遊終南，前韻〈南歌子〉（寓意）（雨暗初疑夜）即為此行之紀游寫景詞；另一首和韻〈南歌子〉（和前韻）（日出西山雨）為此次行役途中在「亂山深處過清明」之作；此首〈南歌子〉（再用前韻）則為返回鳳翔時所作。〔註61〕

　　詞中主要描寫短暫行役歸來的身心疲憊，並渴望歸隱田園，免於仕宦之路的牽絆。其主要的概念譬喻即：「歸隱是走沙路、仕宦是泥行」。譬喻的來源域是「走沙路（泥行）」，映射至目標域的「歸隱（仕宦）」，其譬喻映射過程如下表所示：

表 5-3-5　蘇軾〈南歌子〉詞「歸隱是走沙路、仕宦是泥行」的譬喻映射

來源域：走沙路（泥行）	譬喻映射	目標域：歸隱（仕宦）
乾爽（潮濕汙濁）		自由（爭名逐利）
不沾滯（拖泥帶水）	⟹	不受牽絆（瞻前顧後）
好走（難行）		歡喜自得（憂慮操勞）

　　在主要的概念譬喻：「歸隱是走沙路、仕宦是泥行」的運作下，上片先述明行役歸來的身體疲累與夢中的想望。首句「帶酒衝山雨」，「帶酒」，猶醉酒。此藉「部分代整體」之轉喻，以帶酒代指酒醉者。其中亦含「抽象化具體」之譬喻蘊涵，將抽象之酒意、酒醉具體化作人可攜帶之物件。「衝」，冒。多指不顧危險或惡劣環境而向前行進。「山雨」，山中的陣雨。此含「雨是危險物」之譬喻蘊涵，以冒雨前進為衝冒危險。此句意謂帶著酒意毫不畏懼、直衝山雨。次句「和衣睡晚晴」，「和衣」，謂不脫衣服。「睡」，睡覺。此藉「衣服是人、衣服是夥伴」之譬喻蘊涵，謂不脫衣而睡為與衣服一起入睡。「晚晴」，謂傍晚晴朗的天色。此句意謂傍晚歸來時天已放晴，詞人因為累極，未及脫衣，倒頭便睡。接著「不知鐘鼓報天明」，「不知」，不知道。

〔註61〕　詳見宋・蘇軾著、薛瑞生箋證，《東坡詞編年箋證》卷一，頁9～13。

此藉「沉睡是昏迷」之譬喻蘊涵，謂沉睡爲無知覺。「鐘鼓」，鐘和鼓。
古代擊以報時之器。此藉「整體代部分」之轉喻，以鐘鼓代指敲擊鐘
鼓之聲。「報」，泛稱報告；告知。「天明」，天亮。此句意謂因睡得太
沉，竟未聽見報時者敲擊鐘鼓告知天亮之聲。最後「夢裏栩然蝴蝶、
一身輕」，「夢裏」，夢中。此藉「夢是容器」之譬喻蘊涵，謂夢爲可
容納想像之容器。「栩然」，歡喜自得貌。「蝴蝶」，亦作「蝴蜨」。昆
蟲名。翅膀闊大，顏色美麗。靜止時四翅豎於背部。腹瘦長。吸花蜜。
種類繁多。也稱蛺蝶。此藉「人是蝴蝶」之譬喻蘊涵，謂人在夢中如
蝴蝶輕盈自由。「一身」，指整個身體。此藉「部分代整體」之轉喻，
以身代指整個身體。「輕」，物體的重量小。與「重」相對。王文龍認
爲這句：

> 顯然是用典，而不是夢境的實錄。其用意可能有兩點：一
> 是表示行旅生活（雖然是短暫的）結束後的一身輕鬆，二
> 是表示自己具有源於老莊的淡泊功名的意識，因爲莊周夢
> 中化爲蝴蝶，物我不分，是意味著超然物外的。〔註62〕

王文龍所說的第一點可藉「人是蝴蝶」之譬喻蘊涵概括，亦即表示詞
人在短暫的行役旅程結束後，人就像蝴蝶一般的輕盈飛翔、一身輕
鬆。若爲王說的第二點，則此夢即爲詞人的歸隱之夢。即詞人藉「歸
隱是夢」疊加「人是蝴蝶」的譬喻蘊涵，表明在歸隱的夢中，除去仕
宦的諸多羈絆，隱者就如蝴蝶般輕鬆自由。

下片轉寫詞人的恬退之心與自適之情。「老去才都盡」，「老去」，
謂人漸趨衰老。此藉「人生是旅行」之譬喻蘊涵，謂人不斷走向衰老
之路。「才都盡」，謂才思都衰退枯竭。此藉「才思是有限資源」之譬
喻蘊涵，謂才思隨年華老去逐漸衰退枯竭。此句意謂人漸趨於衰老，
才思不斷衰退枯竭。「歸來計未成」，「歸來」，回去。此藉「仕途是旅
行」之譬喻蘊涵，謂離開仕途歸隱爲歸來。「計」，計策；謀略。「未

〔註62〕 見葉嘉瑩主編：朱靖華、饒學剛、王文龍、饒曉明編著，《蘇軾詞新
　　　　 釋輯評》，上冊，頁68。

成」，未完成；未實現；未成功。此藉「計畫是製品」之譬喻蘊涵，謂計畫未實現爲製品未完成。此句意謂離開仕途歸隱之計畫尚未實現。「求田問舍笑豪英」，「求田問舍」，謂專營家產而無遠大志向。此藉「行爲代事件」之轉喻，以求田問舍代指歸隱之事。「笑」，指可笑、不認同。「豪英」，形容才能出眾。此句意謂詞人欲置營家產歸隱田園，笑看困在宦途奔勞的有才之士。「自愛湖邊沙路、免泥行」，「自愛」，自己喜愛。「湖邊沙路」，謂湖邊的沙石路。「免」，省去。「泥行」，在汙泥中行走。此藉「歸隱是走沙路、仕宦是泥行」的譬喻蘊涵，謂歸隱爲走乾爽之沙石路，免於深陷仕途的汙泥中行走艱難。亦即詞人此句表面上強調自己喜愛行走於鳳翔東湖邊的乾爽沙石路，而不喜行役路上的風雨與泥行之不便，實際上或即暗指其喜愛者爲歸隱走在乾爽之沙石路上，免於深陷仕途的汙泥中行走艱難也。

　　東坡這闋小令雖然簡短，卻非常形象化的以「歸隱是走沙路、仕宦是泥行」的主要譬喻，揭露歸隱與仕宦之路在其心中的不同。一爲輕便易行之道，一是阻滯難行之途，無怪乎他要強調「自愛湖邊沙路、免泥行」了。下表爲這首〈南歌子〉（再用前韻）詞的詳細譬喻來源域考察。

表 5-3-6　蘇軾〈南歌子〉（再用前韻）詞的譬喻來源域考察

來源域	概念譬喻	角度攝取	語言表達式	目標域	譬喻類型
帶酒	部分代整體	帶酒＞酒醉者	帶酒衝山雨	酒醉者	轉喻
可攜帶之物件	抽象化具體	酒意、酒醉＞人可攜帶之物件	帶酒衝山雨	酒意、酒醉	實體譬喻
危險物	雨是危險物	冒雨前進＞衝冒危險	帶酒衝山雨	雨	結構譬喻
夥伴	衣服是人、衣服是夥伴	不脫衣而睡＞與衣服一起睡	和衣睡晚晴	衣服	實體譬喻

昏迷	沉睡是昏迷	沉睡＞無知覺	不知鐘鼓報天明	沉睡	結構譬喻
鐘鼓	整體代部分	鐘鼓＞敲擊鐘鼓之聲	不知鐘鼓報天明	敲擊鐘鼓之聲	轉喻
容器	夢是容器	夢＞可容納想像之容器	夢裏栩然蝴蝶、一身輕	夢	實體譬喻
蝴蝶	人是蝴蝶	輕盈、自由飛翔	夢裏栩然蝴蝶、一身輕	人	實體譬喻
夢	歸隱是夢	隱者就如蝴蝶般輕鬆自由	夢裏栩然蝴蝶、一身輕	歸隱	結構譬喻
旅行	人生是旅行	衰老是終點	老去才都盡	人生	結構譬喻
有限資源	才思是有限資源	才思隨年華老去逐漸枯竭	老去才都盡	才思	結構譬喻
旅行	仕途是旅行	離開仕途歸隱＞歸來	歸來計未成	仕途	結構譬喻
製品	計畫是製品	計畫未實現爲製品未完成	歸來計未成	計畫	實體譬喻
求田問舍	行爲代事件	求田問舍代指歸隱之事	求田問舍笑豪英	歸隱之事	轉喻
走沙路或泥行	歸隱是走沙路（仕宦是泥行）	輕便易行或阻滯難行	自愛湖邊沙路、免泥行	歸隱或仕宦	結構譬喻

（二）漁家傲

臨水縱橫回晚鞚。歸來轉覺情懷動。梅笛煙中聞幾弄。秋陰重。西山雪淡雲凝凍。　　美酒一杯誰與共。尊前舞雪狂歌送。腰跨金魚旌旆擁。將何用。只堪妝點浮生夢。

此詞據薛瑞生考證〔註63〕或作於宋哲宗元祐八年（1091 年）九、十月間出守穎州時，時東坡 56 歲。

　　詞中主要感嘆人生如夢般短暫，即使擁有高官顯爵，也似夢般虛幻，只是短暫人生的裝飾品罷了。其主要的概念譬喻即：「人生是夢」。譬喻的來源域是「夢」，映射至目標域的「人生」，其譬喻映射過程如下表所示：

表 5-3-7　蘇軾〈漁家傲〉詞「人生是夢」的譬喻映射

來源域：夢	譬喻映射	目標域：人生
夢的長度		人的一生
虛幻、短暫		人壽苦短、美好事物容易失去
幻滅、易醒		掌握的一切終將消逝

　　在主要的概念譬喻：「人生是夢」的運作下，上片寫策馬奔馳歸來之後的感懷。首句「臨水縱橫回晚鞚」，「臨水」，來到水濱。此藉「整體代部分」之轉喻，以水代指水濱。「縱橫」，肆意奔行，無所顧忌。此藉「狀態即行為」之譬喻蘊涵，謂縱橫的道路即不定方向肆意奔馳。「回」，收回。「晚」，日暮；黃昏。「鞚」，馬籠頭。此藉「部分代整體」之轉喻，以收馬籠頭代指回馬而走。此句意謂來到水邊，放馬肆意奔馳，直到日暮才收束馬籠頭、調轉馬頭而回。「歸來轉覺情懷動」，「歸來」，回來。「轉覺」，反而覺得；反倒覺得。「情懷」，心情。「動」，感動；觸動。此藉「抽象化具體」之譬喻蘊涵，謂心情為可觸動之具體物。此句意謂跑馬歸來反而觸動心中思緒。「梅笛煙中聞幾弄」，「梅笛」，指梅花弄笛曲。此藉「整體代部分」之轉喻，以笛代指笛曲。「煙中」，煙霧繚繞中。此藉「煙霧是容器」之譬喻蘊涵，謂人處煙霧中為被容器包覆之內容物。「聞幾弄」，樂曲一闋或演奏一遍稱一弄，聞幾弄即聽幾闋、聽幾遍。此藉「部分代整體」之轉喻，

────────────

〔註63〕　見宋・蘇軾著、薛瑞生箋證，《東坡詞編年箋證》卷三，頁 602～603。

以樂曲單位弄代指樂曲。此句意謂在茫茫煙靄中，已經聽得吹奏幾次梅花弄笛曲了？此處或寓含「歲月是吹奏次數」之譬喻蘊涵，以聽得吹奏幾次梅花弄笛曲爲過了多少年之意。「秋陰重。西山雪淡雲凝凍」，「秋陰重」，秋天之雲塊沉重。此藉「功能代物體」之轉喻，以雲能遮陰代指雲。亦寓含「重量即形狀」之譬喻蘊涵，謂雲厚即沉重。「西山」，西方的山。「雪淡」，雪少。此藉「雪是溶液」之譬喻蘊涵，謂雪量少爲雪淡。「雲凝凍」，雲凍結。此二句意謂秋天雲塊沉重，西邊的山雪量少，空中的雲卻似乎凍結了。

轉到下片，抒發對人生的感慨。「美酒一杯誰與共」，「美酒」，美味的酒。「一杯」，指一杯的容量。「誰與共」，誰與共飲。此句意謂一杯美酒有誰相伴共飲？「尊前舞雪狂歌送」，「尊前」，在酒樽之前。「舞雪」，在雪中起舞。「狂歌」，縱情歌詠。此藉「行爲代功能」之轉喻，以歌唱代指歌聲。「送」，傳送。此句意謂在酒樽之前，獨自於雪中起舞，並縱情歌唱。「腰跨金魚旌旆擁。將何用」，「腰跨」，腰上配有。「金魚」，指金魚袋。魚袋的一種。金飾，用以盛放金魚符。唐制，三品以上官員佩金魚袋。宋代無魚符，官員公服則繫魚袋於帶而垂於後，但不復如唐之符契。此藉「配飾代官位」之轉喻，以佩金魚袋代指高官顯爵。「旌旆擁」，旗幟簇擁、環圍。此藉「部分代整體」之轉喻，以旌旆代指人舉著旌旆。此處並寓含「儀仗代官位」之轉喻，以旗幟簇擁代指高官。「將何用」，有何用？此二句意謂即使當到了腰配金魚袋，出入有旗幟簇擁的高官大員，又有什麼用呢？「只堪妝點浮生夢」，「只堪」，只能夠；只可以。「妝點」，謂點綴。此藉「官位是裝飾品」之譬喻蘊涵，謂高官爲人生之裝飾品。「浮生」，語本〈莊子·刻意〉：「其生若浮，其死若休。」以人生在世，虛浮不定，因稱人生爲「浮生」。「夢」，睡眠時局部大腦皮質還沒有完全停止活動而引起的腦中的表象活動。此藉「人生是夢」之譬喻蘊涵，謂人生就似一場夢般短暫虛幻。此句意謂高官顯爵只能夠作爲短暫人生的點綴罷了，人生像夢一樣很快就消逝了，高官

顯爵也將隨之而逝。

　　東坡這闋詞乃在被召回朝任翰林學士與龍圖閣學士之後所作，既受重用，卻又謳歌人生如夢、高官顯爵只是點綴，一方面是黨爭傾軋，逼迫日甚；另一方面則是個性使然。從入仕伊始，他即以恬退為志，雖未付諸實現，對田園的高遠之志倒是一以貫之，從未改變。下表為這首〈漁家傲〉詞的詳細譬喻來源域考察。

表 5-3-8　蘇軾〈漁家傲〉詞的譬喻來源域考察

來源域	概念譬喻	角度攝取	語言表達式	目標域	譬喻類型
水	整體代部分	水代指水濱	臨水縱橫回晚鞿	水濱	轉喻
不定方向奔馳	狀態即行為	縱橫的道路＞不定方向奔馳	臨水縱橫回晚鞿	縱橫的道路	結構譬喻
收馬籠頭	部分代整體	收馬籠頭代指回馬而走	臨水縱橫回晚鞿	回馬而走	轉喻
具體物	抽象化具體	心情為可觸動之具體物	歸來轉覺情懷動	心情	實體譬喻
笛	整體代部分	笛代指笛曲	梅笛煙中聞幾弄	笛曲	轉喻
容器	煙霧是容器	煙中＞容器中	梅笛煙中聞幾弄	煙霧	實體譬喻
樂曲單位	部分代整體	樂曲單位弄代指樂曲	梅笛煙中聞幾弄	樂曲	轉喻
吹奏次數	歲月是吹奏次數	聞幾弄＞過了多少年	梅笛煙中聞幾弄	歲月	結構譬喻
陰	功能代物體	雲能遮陰＞雲	秋陰重	雲	轉喻
形狀	重量即形狀	雲厚即沉重	秋陰重	重量	結構譬喻
溶液	雪是溶液	雪量少＞雪淡	西山雪淡雲凝凍	雪	實體譬喻

歌唱	行爲代功能	歌唱代指歌聲	尊前舞雪狂歌送	歌聲	轉喻
佩金魚袋	配飾代官位	佩金魚袋代指高官顯爵	腰跨金魚旌旆擁	高官顯爵	轉喻
旌旆	部分代整體	旌旆代指人舉著旌旆	腰跨金魚旌旆擁	人舉著旌旆	轉喻
旌旆擁	儀仗代官位	旌旆擁＞高官	腰跨金魚旌旆擁	高官	轉喻
裝飾品	官位是裝飾品	好看、無實際用途	只堪妝點浮生夢	官位	實體譬喻
夢	人生是夢	短暫虛幻	只堪妝點浮生夢	人生	結構譬喻

（三）謁金門（秋興）

> 秋池閣。風傍曉庭簾幕。霜葉未衰吹未落。半驚鴉喜鵲。　自笑浮名情薄。似與世人疏略。一片懶心雙懶腳。好教閑處著。

此詞薛瑞生認爲是宋哲宗紹聖四年（1097 年）東坡 62 歲於儋州所作。〔註 64〕饒曉明則以「儋州屬於亞熱帶地區，沒有霜凍現象」〔註 65〕認爲此詞不作於儋州，應是宋神宗熙寧六年（1073 年），蘇軾 38 歲在杭州通判任上與人酬唱之作。〔註 66〕姑不論此詞究竟作於何時，詞中對浮名的看淡與閒適之心是其自入仕以來始終不變的情調。

全詞以秋景起興，在秋景的襯托下，描述對浮名情薄的感慨與閑處的無奈。其主要的概念譬喻即：「浮名是情薄之人」。譬喻的來源域是「情薄之人」，映射至目標域的「浮名」，其譬喻映射過程如下表所示：

〔註 64〕 見宋・蘇軾著、薛瑞生箋證，《東坡詞編年箋證》卷三，頁 666。

〔註 65〕 見葉嘉瑩主編；朱靖華、饒學剛、王文龍、饒曉明編著，《蘇軾詞新釋輯評》，上冊，頁 160～161。

〔註 66〕 見葉嘉瑩主編；朱靖華、饒學剛、王文龍、饒曉明編著，《蘇軾詞新釋輯評》，上冊，頁 160。

表 5-3-9　蘇軾〈謁金門〉（秋興）詞「浮名是情薄之人」
　　　　　的譬喻映射

來源域：情薄之人	譬喻映射	目標域：浮名
感情淡薄		不會主動使人獲得
不念情義		難以求取
刻薄、不寬厚		多數人無緣求得

　　在主要的概念譬喻：「浮名是情薄之人」的運作下，上片描述秋
景。「秋池閣」，秋天的池苑樓閣。此藉「整體代部分」之轉喻，以池
閣代指池閣旁之區域。「風傍曉庭簾幕」，「風」，秋風。此藉「整體代
部分」之轉喻，以風代指秋風。「傍」，貼近；靠近。此寓含「風是人」
之擬人譬喻，謂風具有人依傍靠近之行為。「曉庭」，拂曉時的廳堂。
「簾幕」，用於門窗處的簾子與帷幕。此句意謂秋風在破曉時貼近廳
堂的簾幕而吹拂。「霜葉未衰吹未落」，「霜葉」，經霜的葉子。「未衰」，
未枯萎，未凋謝。此藉「樹葉是人」之擬人譬喻，謂葉未凋謝為未衰
老。「吹」，秋風吹。「未落」，未凋落。此句意謂經霜的葉子尚未凋謝，
雖經秋風吹拂，仍掛在枝上未凋落。「半驚鴉喜鵲」，「半驚」，稍稍驚
嚇。「鴉」，烏鴉。「喜鵲」，即鵲。舊時民間傳說鵲能報喜，故稱喜鵲。
此寓含「鴉與鵲是人」之擬人譬喻，謂鴉與鵲如人會受到驚嚇。此句
意謂秋風雖未吹落霜葉，卻稍稍驚嚇到烏鴉與喜鵲。這兩句雖似描寫
實景，卻隱含以霜葉自比之意，或許是說詞人經過多少風霜波折，仍
舊挺立未衰，秋風小人仍吹己而未落，只能嚇嚇在旁看熱鬧的烏鴉與
喜鵲吧！
　　在秋景的烘托下，下片轉寫詞人的感慨。「自笑浮名情薄」，
「自」，自己。「笑」，可笑；暗笑。「浮名」，虛名。「情薄」，感情淡
薄。此藉「浮名是人」之擬人譬喻，謂浮名情薄難以親近交好，亦
即難以獲得。此句意謂自己暗笑虛名是感情淡薄的人。「似與世人疏

略」，「似」，似乎。「與世人」，跟世間的人、一般的人。「疏略」，疏遠情略。此句意謂浮名情薄，似乎跟世間的人疏遠情略。「一片懶心雙懶腳」，「一片」，數量詞。用於人的心情、心地、心意。「懶心」，怠惰的心。此藉「器官代功能」之轉喻，以懶心代指人懶於操心。「雙懶腳」，不勤快的雙腳。此亦藉「器官代功能」之轉喻，以雙懶腳代指人懶於奔走辛勞。此句意謂自己原就懶於操心與奔波辛勞。「好教閑處著」，「好」，正，恰。「教」，使；令；讓。「閑處著」，謂在家閑居著。此句意謂正好趁機讓自己在家閑居著。

　　既然浮名是情薄之人，與世人疏略而無情，世人何苦要爲虛名操心奔波？就依詞人之言，不如讓自己的身心趁機閑處著吧！下表爲這首〈謁金門〉（秋興）詞的詳細譬喻來源域考察。

表 5-3-10　蘇軾〈謁金門〉（秋興）詞的譬喻來源域考察

來源域	概念譬喻	角度攝取	語言表達式	目標域	譬喻類型
池閣	整體代部分	池閣＞池閣旁	秋池閣	池閣旁	轉喻
風	整體代部分	風＞秋風	風傍曉庭簾幕	秋風	轉喻
人	風是人	風具有人依傍靠近之行爲	風傍曉庭簾幕	風	擬人譬喻
人	樹葉是人	葉未凋謝爲未衰老	霜葉未衰吹未落	樹葉	擬人譬喻
人	鴉與鵲是人	會受到驚嚇	半驚鴉喜鵲	鴉與鵲	擬人譬喻
人	浮名是人	難以親近交好	自笑浮名情薄	浮名	擬人譬喻
物件	感情是物件	情少＞物薄	自笑浮名情薄	感情	實體譬喻
片狀物	心是片狀物	以片計數	一片懶心雙懶腳	心	實體譬喻

懶心	器官代功能	懶心＞懶於操心	一片懶心雙懶腳	懶於操心	轉喻
雙懶腳	器官代功能	雙懶腳＞懶於奔走辛勞	一片懶心雙懶腳	懶於奔走	轉喻

（四）行香子（述懷）

> 清夜無塵。月色如銀。酒斟時、須滿十分。浮名浮利，虛苦勞神。歎隙中駒，石中火，夢中身。　雖抱文章，開口誰親。且陶陶、樂盡天眞。幾時歸去，作個閒人。對一張琴，一壺酒，一溪雲。

此詞作於宋哲宗元祐八年（1093 年），蘇軾時 58 歲以兩學士出知定州。據〈宋史・蘇軾傳〉：「（元祐）八年，宣仁后崩，哲宗親政，軾乞補外，以兩學士出知定州，時國是將變，軾不得入辭。」〔註67〕在哲宗親政、朝中有變的政治氛圍下，東坡寫下這首〈行香子〉感述其懷。

　　詞中除感嘆人生苦短，浮名浮利，虛苦勞神外，也期盼隱退作個閒人，對著溪雲飲酒彈琴，閒居自適。詞中主要的概念譬喻即：「人生苦短」。譬喻的來源域是「短暫」，映射至目標域的「人生」，其譬喻映射過程如下表所示：

表 5-3-11　蘇軾〈行香子〉（述懷）詞「人生苦短」的譬喻映射

來源域：短暫	譬喻映射	目標域：人生
白駒過孔隙		一生之光陰
敲石之火花		存在世間之時光
虛幻夢中之身		空虛軀殼

　　在主要的概念譬喻：「人生苦短」的運作下，詞人於上片用三個

〔註67〕　見《二十四史・宋史》第 16 冊，卷三百三十八，列傳第九十七〈蘇軾傳〉，（北京：中華書局，1997 年 11 月一版，2008 年 9 月二刷），頁 2459。

鮮明的形象描寫人生的短暫，以及浮名浮利，使人虛苦勞神。「清夜無塵。月色如銀」，「清夜」，清靜的夜晚。「無塵」，不著塵埃。此藉「夜是人」之擬人譬喻，謂其未擁有塵埃，以示夜之清爽潔淨。「月色」，月光。「如銀」，像銀子的顏色。此藉「整體代部分」之轉喻，以銀代指銀之色。亦寓含「月是銀」之譬喻蘊涵，謂月是銀能具有銀之金屬光澤。此二句意謂清靜無絲毫塵埃的夜晚，月光皎潔如銀。「酒斟時、須滿十分」，「酒斟時」，即以壺倒酒時。「須」，一定，必定。「滿十分」，即全倒滿。此藉「飲酒即倒酒」之譬喻蘊涵，謂酒倒滿爲痛飲。此句意謂須盡情飲酒。「浮名浮利，虛苦勞神」，「浮名浮利」，空虛、飄浮無定的名利。此藉「名利是飄浮物」之譬喻蘊涵，謂名利虛無飄忽，難以追求。「虛苦」，耗盡辛苦。此藉「名利是食物」之譬喻蘊涵，謂辛苦追求名利爲嘗盡苦味。「勞神」，耗損精神。此處寓含「人是容器」之譬喻蘊涵，謂辛勞追尋名利爲耗損人體內之精神。此二句意謂名利虛無飄忽，耗盡辛苦與精神也難以追求。「歎隙中駒，石中火，夢中身」，「歎」，嘆氣，嘆息。「隙中駒」，《莊子・知北游》：「人生天地之間，若白駒之過郤，忽然而已。」唐・成玄英疏：「白駒，駿馬也，亦言日也。隙，孔也……如馳駿駒之過孔隙，欻忽而已，何曾足云也！」唐・陸德明釋文：「郤，本亦作隙。」後因以「隙駒」比喻易逝的光陰。此藉「人生是白駒過孔隙」之譬喻蘊涵，謂人生極其短暫。「石中火」，猶石火，以石敲擊，迸發出的火花。其閃現極爲短暫。此亦藉「人生是敲石之火花」之譬喻蘊涵，謂人生如敲石之火花，瞬生即滅。「夢中身」，即夢中之身。此藉「夢是容器」之譬喻蘊涵，謂人之身虛幻無常如虛幻夢中之物。此數句感嘆人生如白駒過孔隙、如敲石之火花，身軀如虛幻夢中之物，皆虛無又短暫。

　　過片描述詞人有才不遇、欲歸隱田園的心願。「雖抱文章，開口誰親」，「雖抱」，雖然胸中懷有、藏有。此藉「胸懷即懷抱」之譬喻蘊涵，以懷中所抱之物形容心中所有之才。「文章」，指才學。此藉「抽

象化具體」之實體蘊涵，以具體寫出之文章形容心中之才學、見識。「開口」，指提出意見、見解。此藉「提議即開口」之譬喻蘊涵，以開口說話表示提出看法。「誰親」，誰會信任，誰會相信。此藉「信任即親近」之譬喻蘊涵，以親近表示對人之信任。此二句意謂雖然胸中懷有才學，但提出的意見誰能信任採用呢？「且陶陶、樂盡天眞」，「且」，副詞。姑且；暫且。「陶陶」，和樂貌。「樂」，快樂，歡樂。「盡」，努力完成。「天眞」，指不受禮俗拘束的品性。此藉「天眞是有限資源」之譬喻蘊涵，以竭盡表示完全回歸自己的樸實天性。此句意謂姑且快樂地回歸自己的樸實天性。「幾時歸去，作個閒人」，「幾時」，什麼時候。「歸去」，回去。「作個閒人」，作一個清閒無事的人。此藉「仕途是旅行」之譬喻蘊涵，以歸去表示離開仕途。此二句意謂何時才能返鄉作一個清閒無事的人。「對一張琴，一壺酒，一溪雲」，此藉「琴酒溪雲是伴侶」之譬喻蘊涵，將一張琴，一壺美酒與溪流的雲彩擬人化爲每天面對的伴侶。意指過著極樸實簡略但愜意自適的隱居生活。

　　在這首詞中，詞人感嘆胸懷才學，提出的建言卻無人信任採納的無奈，只能權且回返本眞，等待隱退田園，與琴酒爲伍，常伴一溪雲彩的清閒生活。下表爲這首〈行香子〉（述懷）詞的詳細譬喻來源域考察。

表 5-3-12　蘇軾〈行香子〉（述懷）詞的譬喻來源域考察

來源域	概念譬喻	角度攝取	語言表達式	目標域	譬喻類型
人	夜是人	未擁有塵埃	清夜無塵	夜	擬人譬喻
銀	整體代部分	銀＞銀之色	月色如銀	銀之色	轉喻
銀	月是銀	具有銀之光澤	月色如銀	月	實體譬喻
痛飲	飲酒即倒酒	酒倒滿＞痛飲	酒斟時、須滿十分	酒倒滿	結構譬喻
飄浮物	名利是飄浮物	名利虛無飄忽，難以追求	浮名浮利	名利	實體譬喻

食物	名利是食物	追求名利為嘗盡苦味	虛苦勞神	名利	實體譬喻
容器	人是容器	追尋名利耗損人體內之精神	虛苦勞神	人	實體譬喻
白駒過孔隙	人生是白駒過孔隙	時間極短	歎隙中駒	人生	結構譬喻
敲石之火花	人生是敲石之火花	瞬起旋滅	石中火	人生	結構譬喻
容器	夢是容器	人身＞夢中物	夢中身	夢	實體譬喻
懷抱	胸懷即懷抱	才能＞懷抱物	雖抱文章	胸懷	結構譬喻
文章	抽象化具體	文章＞才學	雖抱文章	才學	實體譬喻
開口	提議即開口	開口＞提出看法	開口誰親	提議	結構譬喻
親近	信任即親近	誰親＞誰信任	開口誰親	信任	結構譬喻
有限資源	天真是有限資源	可以竭盡	且陶陶、樂盡天真	天真	結構譬喻
旅行	仕途是旅行	歸去＞離開仕途	幾時歸去	仕途	結構譬喻
伴侶	琴酒溪雲是伴侶	歸隱後每天面對的伴侶	對一張琴，一壺酒，一溪雲	琴酒溪雲	擬人譬喻

第四節　柳蘇悼亡詞之比較

　　悼亡即悼念亡者。早在先秦《詩經》的時代，就有悼亡詩出現。〈邶風·綠衣〉即已具悼亡詩的本質，雖然「詩旨古今說法差異甚大，今人以為悼亡詩之先河」[註68]，而〈唐風·葛生〉更「為悼亡詩之

────────────────

〔註68〕見呂師珍玉著，〈詩經詳析〉（台北：五南圖書出版股份有限公司，2010 年 11 月），頁 070。

祖」〔註69〕。西晉潘岳因妻死，作〈悼亡〉詩三首，後因稱喪妻爲悼亡。而潘岳之〈悼亡〉與唐元稹的〈遣悲懷〉也被認爲是悼亡詩中之佳作。〔註70〕

　　至於詞中的悼亡作品則以蘇軾的〈江城子〉（十年生死兩茫茫）最爲眞摯感人。柳永雖也有悼亡作品，但後人多以其悼亡對象爲歌妓而未加重視。撇開敘寫對象不談，柳永的悼亡詞或仍有可觀之處。

一、柳永之悼亡詞

　　柳永現存兩首悼亡詞是〈秋蕊香引〉（留不得）與〈離別難〉（花謝水流倏忽），儘管大多數學者認爲其悼亡的對象是歌妓，薛瑞生卻認爲這兩闋詞皆可能是柳永爲其妻早逝而作之悼亡詞，可惜未能有更多資料證實。薛瑞生云：「然此處之證，乃全係詞中之內證，尚乏確切之資料予以外證，未敢自專，聊作柳永研究引玉之磚耳。」〔註71〕

　　縱然無法判定此悼亡詞柳永究係爲誰而作，亦不妨害我們由認知譬喻角度所進行的觀察與解析。

秋蕊香引

留不得。光陰催促，奈芳蘭歇，好花謝，惟頃刻。彩雲易散琉璃脆，驗前事端的。　　風月夜，幾處前蹤舊迹。忍思憶。這回望斷，永作天涯隔。向仙島，歸冥路，兩無消息。

這是一首悼亡詞，悼亡的對象不能確定是其妻或是歌妓。詞中的主題既慨歎好花易謝、美好的事物容易消逝，也痛惜兩人生死兩隔、空自望斷。其主要的概念譬喻即：「女子是花、（人死即花謝）」。譬喻的來源域是「花」，映射至目標域的「女子」，其譬喻映射過程如下表所示：

〔註69〕　見呂師珍玉著，《詩經詳析》，頁238。
〔註70〕　見葉嘉瑩主編，顧之京、姚守梅、耿小博編著，《柳永詞新釋輯評》，頁341。〈離別難〉（花謝水流倏忽）【講解】：「提起悼亡之作，文學史上，詩寫得最好的有潘安仁與元微之，他們的作品悲切感人。」
〔註71〕　見薛瑞生著，《柳永別傳》，頁94。

表 5-4-1　柳永〈秋蕊香引〉詞「女子是花、（人死即花謝）」的譬喻映射

來源域：花	譬喻映射	目標域：女子
花期		壽命
花開		活著
花謝		死亡

　　在主要的概念譬喻：「女子是花、（人死即花謝）」的運作下，上片嘆息美好事物總難留。首句「留不得」，留不住。此藉「死亡是離去」之譬喻蘊涵，謂死亡爲留不住之離別。「光陰催促」，「光陰」，時間；歲月。「催促」，促使趕快行動；推動從速去做。此藉「光陰是人」之擬人譬喻，謂時光不停催人。「奈芳蘭歇，好花謝，惟頃刻」，「奈」，無奈，怎奈。「芳蘭」，芬芳的蘭花。「歇」，盡；消失。「好花」，美好的花朵。「謝」，凋謝、枯萎。「惟」，副詞。相當於「只有」、「只是」。也作「唯」、「維」。「頃刻」，片刻，此以「人生是片刻」之譬喻蘊涵，謂人生僅存在極短的時間。此藉「女子是花、（人死即花謝）」之譬喻蘊涵，謂死亡爲花凋謝。此數句意謂在時光的催逼下，奈何只在片刻間芬芳的蘭花與美好的花兒都凋謝了。亦即美麗的青春女子瞬間就失去了生命。「彩雲易散琉璃脆」，「彩雲」，絢麗的雲彩。「易散」，容易消散。此藉「生命是彩雲」之譬喻蘊涵，謂生命似彩雲容易消散。「琉璃」，指玻璃。「脆」，脆弱；單薄；容易折斷破碎。此藉「生命是琉璃」之譬喻蘊涵，謂生命似琉璃脆弱。「驗前事端的」，「驗」，驗證；證實。「前事」，先前之事。指女子去世之事。「端的」，眞的；確實。

　　下片詞人描述失去女子的傷感。「風月夜，幾處前蹤舊迹。忍思憶」，「風月夜」，清風明月的夜晚。此藉「部分代整體」之轉喻，以風月代指美好的夜色。「幾處」，幾個地方。「前蹤舊迹」，指從前到過

之處。此藉「部分代整體」之轉喻，以蹤跡代指所到之處。「忍思憶」，禁不住想念。此數句意謂在清風明月的夜晚，面對著兩人曾經到過之處，禁不住想念對方。「這回望斷，永作天涯隔」，「這回」，此次。「望斷」，向遠處望直至看不見。此藉「視覺是線」之實體譬喻，謂看不見為線斷也。此亦含「心想是眼望」之譬喻蘊涵，以想望落空為望斷。「永作」，永遠使得。「天涯」，猶天邊。此藉「天是疆域」之實體譬喻，謂天邊為極遠的地方。「隔」，分開；分隔。此含「生與死是分隔的兩地」之譬喻蘊涵，謂死者與生者永遠分離。此二句意謂這次不論如何盼望，兩人永遠生死分離了。「向仙島，歸冥路，兩無消息」，「向」，去；前往。「仙島」，傳說中仙人居住的海島。此含「死是成仙」之譬喻蘊涵，謂死者往仙島而去，成仙去也。「歸」，返回。「冥路」，冥途。此含「人生是旅行、死是歸去」之譬喻蘊涵，謂死者返冥府而去。「兩無消息」，謂向仙島或歸冥路，兩者皆無音信、信息。此數句意謂女子過世後，是向仙島成仙或歸地府冥路，兩者皆無任何音信。

　　整體而言，詞人以「女子是花、（人死即花謝）」的譬喻運作，感傷好花易謝、美好的事物難以久存，並以「生與死是分隔的兩地」之譬喻蘊涵，強調生死永隔的哀痛，情意真摯悲慟。下表為這首〈秋蕊香引〉詞的詳細譬喻來源域考察。

表 5-4-2　柳永〈秋蕊香引〉詞的譬喻來源域考察

來源域	概念譬喻	角度攝取	語言表達式	目標域	譬喻類型
離去	死亡是離去	死亡離去難留	留不得	死亡	結構譬喻
人	光陰是人	有催促的行為	光陰催促	光陰	擬人譬喻
蘭花	女子是蘭花	芳蘭歇＞人死	奈芳蘭歇	女子	實體譬喻

花	女子是花	花謝＞人死	好花謝	女子	實體譬喻
片刻	人生是片刻	人生＞極短暫	惟頃刻	人生	結構譬喻
彩雲	生命是彩雲	易消散	彩雲易散琉璃脆	生命	結構譬喻
琉璃	生命是琉璃	脆弱	彩雲易散琉璃脆	生命	結構譬喻
風月	部分代整體	風月代指美好的夜色	風月夜	美好的夜色	轉喻
蹤跡	部分代整體	蹤跡代指所到之處	幾處前蹤舊迹	所到之處	轉喻
線	視覺是線	看不見＞線斷	這回望斷	視覺	實體譬喻
眼望	心想是眼望	想望落空＞望斷	這回望斷	心想	結構譬喻
疆域	天是疆域	天涯＞天之邊	永作天涯隔	天	實體譬喻
分隔的兩地	生與死是分隔的兩地	生與死＞永遠相隔	永作天涯隔	生與死	結構譬喻
成仙	死是成仙	死者＞往仙島	向仙島	死	結構譬喻
歸去	死是歸去	死者＞返冥府	歸冥路	死	結構譬喻

二、蘇軾之悼亡詞

　　蘇軾的悼亡詞共有悼念王弗夫人（死後十年所作）〈江城子〉（十年生死兩茫茫）、悼念繼室王閏之（死後三年所作）〈蝶戀花〉（泛泛東風初破五）與悼念侍妾王朝雲（死後數月即作）〈西江月〉（玉骨那愁瘴霧）等三首。皆感情眞摯、情懷高遠。尤以〈江城子〉（十年生死兩茫茫）最爲感人，千古以來，觸動無數人心。

　　若不計柳永的兩首悼亡詞〔註72〕，「在眾多的詞集中，表現對亡妻思念的悼亡詞，應該說這還是第一首。《花間集》有張泌的〈浣溪沙〉（枕障薰爐隔繡帷）〔註73〕一首，是寫對死去姬妾的悼念，所表達的感情也不能與這首〈江城子〉相較。」〔註74〕

江城子（乙卯正月二十日夜記夢）

　　十年生死兩茫茫。不思量。自難忘。千里孤墳，無處話淒涼。縱使相逢應不識，塵滿面，鬢如霜。　　夜來幽夢忽還鄉。小軒窗。正梳妝。相顧無言，惟有淚千行。料得年年斷腸處，明月夜，短松岡。

蘇軾這首悼念妻子王弗〔註75〕的〈江城子〉情動古今，感動世人無數，咸認是悼亡詞的千古絕唱。此詞作於宋神宗熙寧八年（1075年），時東坡40歲知密州。

　　這首詞的詞題為記夢，直書與亡妻生死相隔十年的深深哀思，更藉由夢境的無言相對，深深打動人心，極富感發的力量。詞中主要的概念譬喻即：「重逢是夢」。譬喻的來源域是「夢」，映射至目標域的「重逢」，其譬喻映射過程如下表所示：

〔註72〕　即〈秋蕊香引〉（留不得）與〈離別難〉（花謝水流倏忽）兩首，雖薛瑞生認為這兩闋詞皆可能是柳永為其妻早逝而作之悼亡詞，可惜未能有更多資料證實。

〔註73〕　按：一說此詞作者為唐・張曙。

〔註74〕　見唐玲玲，《東坡樂府研究》（成都：巴蜀書社，1993年）。引自葉嘉瑩主編：朱靖華、饒學剛、王文龍、饒曉明編著，《蘇軾詞新釋輯評》，頁323。

〔註75〕　王弗為蘇軾元配，宋眉州青神（今四川省眉山市青神縣）人，鄉貢進士王方之女。於宋仁宗至和元年（1054年）16歲時歸于蘇軾。有子蘇邁。侍奉公婆以謹肅聞。相夫教子，為東坡賢內助。不幸於宋英宗治平二年（1065年）五月丁亥卒於汴京，年僅27歲。葬於眉州東北彭山縣安鎮鄉可龍里其公婆墓之西北八步。資料出自宋・蘇軾〈亡妻王氏墓誌銘〉，詳見宋・蘇軾著、傅成穆儔標點，《蘇軾全集・蘇軾文集》卷十五，頁962。

表 5-4-3　蘇軾〈江城子〉（乙卯正月二十日夜記夢）詞
「重逢是夢」的譬喻映射

來源域：夢	譬喻映射	目標域：重逢
夢中的空間		重逢的地點
夢中的時間		重逢的時刻
夢中的景象		重逢的情景
作夢的時間長度		重逢的時間長度
夢醒		重逢結束

　　在主要的概念譬喻：「重逢是夢」的運作下，上片描寫十年生死
相隔的渺茫與淒涼。「十年生死兩茫茫」，「十年」，王弗於宋英宗治
平二年（1065 年）卒於汴京，至宋神宗熙寧八年（1075 年）蘇軾作
此詞恰爲十年。「生死」，生和死；此藉「狀態代人」之轉喻，以生
死代指生者與死者。「兩」，指生和死的兩人。「茫茫」，渺茫遙遠。
此寓含「死是未知的遙遠世界」之譬喻蘊涵，謂兩人一生一死相隔
茫茫。整句意謂妻子去世十年了，兩人生死分離、相隔渺遠。「不思
量。自難忘」，此藉「行爲代對象」之轉喻，以思量與難忘代指思念
與難忘的人。此二句意即不必刻意想起，自然就無法忘懷。「千里孤
墳，無處話淒涼」，「千里」，指路途遙遠。此藉「距離代地點」之轉
喻，以千里代指亡妻葬地。「孤墳」，沒有合葬的墳墓。「無處」，無
一處，沒有任何地方。此藉「地點代人」之轉喻，以無處代指無人。
「話」，訴說。「淒涼」，悲涼。此二句意即想起遠在千里之外的亡妻
孤墳，沒有任何人可以訴說心中的悲涼。「縱使相逢應不識，塵滿面，
鬢如霜」，「縱使」，即使。「相逢」，彼此遇見。此寓含「生死是旅行」
之結構譬喻，謂生者與死者可在旅途上相逢。「應不識」，應該不認
得。此寓含「時間改變即相貌改變」之結構譬喻，謂因相貌改變而
不識。「塵」，塵土。「滿面」，整張臉。此寓含「面是容器」之譬喻

蘊涵，謂整張臉爲滿面。此處亦藉「狀態即行爲」之結構譬喻，謂宦途奔波致塵滿面也。「鬢」，臉旁靠近耳朵的頭髮。「如霜」，像霜一樣白。此藉「整體代部分」之轉喻，以霜代指霜之白色。此句亦寓含「鬢是霜」之實體譬喻，謂鬢髮像霜一樣白。此三句意即十年來宦途奔波，風塵滿面、鬢髮像霜一樣白，亡妻即使遇見自己，應已認不出了。言下有深切的哀痛與傷感。

　　轉入下片敘述夢境。「夜來幽夢忽還鄉」，「夜來」，夜間。此藉「夜是人」之擬人譬喻，謂夜晚如人到來。「幽夢」，隱約的夢境。此藉「夢代作夢」之轉喻，以幽夢代指做夢。「忽還鄉」，忽然返回鄉里。此寓含「夢是交通工具」之譬喻蘊涵，謂夢可載人還鄉。此句意謂日有所思，夜有所夢，在隱約的夢境中，突然跨越千里返回家鄉。「小軒窗。正梳妝。相顧無言，惟有淚千行」，「小軒窗」，小閨閣之窗。此藉「部分代整體」之轉喻，以小軒代指故鄉居室。「正梳妝」，正在梳洗打扮。「相顧」，相視；互看。「無言」，說不出話。此藉「狀態即行爲」之結構譬喻，謂不說話致無語。「惟有」，只有。「淚千行」，流淚不止。此藉「狀態即行爲」之結構譬喻，謂流淚不止致有千行淚。此數句意謂在夢中妻子彷彿仍對著臥室的小窗梳洗打扮，兩人相視淚下不停，卻說不出話。「料得年年斷腸處，明月夜，短松岡」，「料得」，預測到；估計到。「年年」，每年。「斷腸處」，形容極度思念或悲痛之處。此寓含「思念是斷腸」之譬喻蘊涵，謂思念猶如斷腸之痛。「明月夜」，即月明之夜。「短松岡」，長著矮松的山嶺。此藉「特徵代地點」之轉喻，以短松岡代指王弗墓地。此數句意即詞人可預料每年的悲痛斷腸之地，正是明月照著矮松山嶺中妻子孤墳的夜晚。

　　東坡這首悼亡詞雖寫幽微的夢境，卻以夫妻重逢的細緻動作表達無盡的思念與淒涼。尤其以夫妻相處時，日日所見妻子的梳妝動作，暗示此情此景只能在夢中再現，一旦夢醒，再也見不到妻子梳妝了，沉重哀痛、令人不忍卒讀。下表爲這首〈江城子〉（乙卯正月

二十日夜記夢）詞的詳細譬喻來源域考察。

表 5-4-4　蘇軾〈江城子〉（乙卯正月二十日夜記夢）詞
　　　　　的譬喻來源域考察

來源域	概念譬喻	角度攝取	語言表達式	目標域	譬喻類型
生死	狀態代人	生死代指生者與死者	十年生死兩茫茫	生者與死者	轉喻
未知的世界	死是未知的遙遠世界	生者與死者相隔茫茫	十年生死兩茫茫	死	結構譬喻
思量	行為代對象	思量＞思念的人	不思量	思念的人	轉喻
難忘	行為代對象	難忘＞難忘的人	自難忘	難忘的人	轉喻
千里	距離代地點	千里＞葬地	千里孤墳	葬地	轉喻
無處	地點代人	無處＞無人	無處話淒涼	無人	轉喻
旅行	生死是旅行	生死可相逢	縱使相逢應不識	生死	結構譬喻
相貌改變	時間改變即相貌改變	因相貌改變而不識	縱使相逢應不識	時間改變	結構譬喻
容器	面是容器	整張臉＞滿面	塵滿面	面	實體譬喻
宦途奔波	狀態即行為	塵滿面＞宦途奔波	塵滿面	塵滿面	結構譬喻
霜	鬢是霜	皆為白色	鬢如霜	鬢	實體譬喻
霜	整體代部分	霜＞霜之白色	鬢如霜	白色	轉喻
人	夜是人	夜晚如人到來	夜來幽夢忽還鄉	夜	擬人譬喻
幽夢	夢代作夢	幽夢＞作夢	夜來幽夢忽還鄉	作夢	轉喻

交通工具	夢是交通工具	可載人還鄉	夜來幽夢忽還鄉	夢	實體譬喻
小軒	部分代整體	小軒＞故居	小軒窗	故居	轉喻
不說話	狀態即行為	無言＞不說話	相顧無言	無言	結構譬喻
流淚不止	狀態即行為	淚千行＞流淚不止	惟有淚千行	淚千行	結構譬喻
斷腸	思念是斷腸	思念猶如斷腸之痛	料得年年斷腸處	思念	結構譬喻
短松岡	特徵代地點	短松岡代指王弗墓地	短松岡	王弗墓地	轉喻

第五節　柳蘇懷古詞之比較

懷古即思念古代的人和事。詩人憑弔古蹟的懷古作品「往往不是關心歷史的得失，而通常是將瞬間的功業成敗和萬古常新的景物相對而言，從永恆的自然中體會人生的短暫，從而抒發滄海桑田、功業不再的悲哀。」〔註76〕亦即所謂懷古「實際上是（詩人）所表達的一種人生感受。」〔註77〕

就懷古詞的發展而言，「花間詞人牛嶠的〈江城子〉（郊鷸飛起郡城東）、李珣的〈巫山一段雲〉（古廟依青障）、歐陽炯的〈江城子〉（晚日金陵岸草平）、孫光憲的〈後庭花〉（石城依舊空江國）等，都是以小令的形式，敘寫懷古的幽情，寄寓一種較為空靈虛泛的感慨，可說是開北宋懷古詞的先聲。」〔註78〕隨後柳永致力於慢詞長調的創作，「以長調慢詞的形式懷古，鋪陳展衍開懷古的主題，並將空靈虛泛的感嘆深化為對歷代興亡的悲慨，把懷古詞的創作推向了一個更新

〔註76〕　見葉嘉瑩主編，顧之京、姚守梅、耿小博編著，《柳永詞新釋輯評》，頁527。
〔註77〕　同上註，頁527。
〔註78〕　同上註，頁218。

更高的境地。」〔註79〕及至王安石、蘇軾更將北宋的懷古詞推至巔峰。王安石的「『金陵懷古』表現出關心國事盛衰的重大主題」〔註80〕，蘇軾氣勢磅礴的「『赤壁懷古』將懷古的主題引向自我、人生的價值取向上」〔註81〕，可說都是名垂千古的巨作。

柳永的「姑蘇懷古」雖不若王安石的「金陵懷古」與蘇軾的「赤壁懷古」知名，但「柳永、王安石、蘇東坡的三首懷古詞，正代表了北宋前期懷古詞思想內涵的三種走向；三首懷古詞正可謂北宋前期懷古詞中鼎足而三的力作。」〔註82〕

一、柳永的懷古詞

柳永的懷古詞不如他的羈旅行役詞受人稱頌，甚至也不若其妓情詞受到關注。然而柳永以慢詞創作懷古詞，將歷史盛衰與古今滄桑融入詞中，表現時空變易、人事皆非的傷感，亦頗有可觀之處。尤其他的〈雙聲子〉（晚天蕭索）描寫姑蘇懷古之情，亦有學者認爲此詞與王安石的「金陵懷古」、蘇軾的「赤壁懷古」，「正代表了北宋前期懷古詞思想內涵的三種走向」〔註83〕，有其一定的價值。

雙聲子

晚天蕭索，斷蓬蹤迹，乘興蘭棹東游。三吳風景，姑蘇臺榭，牢落暮靄初收。夫差舊國，香徑沒、徒有荒丘。繁華處，悄無覩，惟聞麋鹿呦呦。　想當年、空運籌決戰，圖王取霸無休。江山如畫，雲濤煙浪，翻輸范蠡扁舟。驗前經舊史，嗟漫載、當日風流。斜陽暮草茫茫，盡成萬古遺愁。

〔註79〕 見葉嘉瑩主編，顧之京、姚守梅、耿小博編著，《柳永詞新釋輯評》，頁218～219。

〔註80〕 同上註，頁219。

〔註81〕 同上註。

〔註82〕 同上註。

〔註83〕 見葉嘉瑩主編，顧之京、姚守梅、耿小博編著，《柳永詞新釋輯評》，頁219。

這是一首描寫姑蘇今昔蛻變的懷古詞。詞中主要的概念譬喻即：「朝代變遷即景觀變化」。譬喻的來源域是「景觀變化」，映射至目標域的「朝代變遷」，其譬喻映射過程如下表所示：

表 5-5-1　柳永〈雙聲子〉詞「朝代變遷即景觀變化」的譬喻映射

來源域：景觀變化	譬喻映射	目標域：朝代變遷
香徑變荒丘		夫差舊國已亡
繁華的都城變麋鹿出沒之草野		吳國已亡、都城不存
當日風流變斜陽暮草茫茫		歷代霸業盡成萬古遺愁

在主要的概念譬喻：「朝代變遷即景觀變化」的運作下，上片描寫懷古的時地背景。「晚天蕭索，斷蓬蹤迹，乘興蘭棹東游」，「晚天」，傍晚的天空。「蕭索」，蕭條冷落；淒涼。「斷蓬」，猶飛蓬。比喻漂泊無定。此藉「人是斷蓬」之實體譬喻，謂漂泊之人如斷蓬隨風而飛。「蹤迹」，行蹤。此藉「部分代整體」之轉喻，以蹤迹代指行蹤。「乘興」，趁一時高興；興會所至。此藉「興致是交通工具」之實體譬喻，謂興致爲可乘坐之交通工具。「蘭棹」，蘭舟。此藉「部分代整體」之轉喻，以船棹代指小舟。「東游」，即往東航行。此三句意謂在蕭條冷落的傍晚天色下，詞人行蹤如飛蓬一樣漂泊無定，趁著遊興，乘坐小舟往東航行。「三吳風景，姑蘇臺榭，牢落暮靄初收」，「三吳」，地名。宋指蘇州、常州、湖州。此藉「簡稱代地點」之轉喻，以三吳代指三吳地區。「風景」，風光景色。「姑蘇」，蘇州吳縣的別稱。因其地有姑蘇山而得名。此亦藉「簡稱代地點」之轉喻，以姑蘇代指蘇州吳縣。「臺榭」，臺和建在高臺上的木屋。此藉「部分代整體」之轉喻，以臺榭代指樓臺等建築物。「牢落」，稀疏零落。「暮靄」，傍晚的雲霧。「初收」，剛剛消散。此藉「暮靄是物件」之實體譬喻，謂暮靄爲可

收起之物件。此三句意謂三吳地區的風光景色，因傍晚的雲霧剛剛消散，可以看見姑蘇的樓臺建築。「夫差舊國，香徑沒、徒有荒丘」，「夫差」，指春秋吳國之主即吳王夫差。此藉「人名代職位」之轉喻，以夫差代指春秋吳王。「舊國」，原來的國家；故國。「香徑」，蘇州勝跡采香徑的省稱。采香徑爲香山旁的小溪，春秋時吳王種香於香山，使美人泛舟於溪以采香。此藉「省稱代地點」之轉喻，以香徑代指蘇州采香徑。此處亦寓含「小溪即小徑」之譬喻蘊涵，謂窄狹小溪爲小徑。「沒」，隱沒；消失。「徒有」，只有、僅有。「荒丘」，廢墟；故墟。此藉「朝代變遷即景觀變化」之結構譬喻，謂吳國沒落致采香徑湮沒，香山只剩廢墟。此二句意謂春秋吳國之故國所在地，原來爲吳王采香之采香徑已經湮沒，香山也只剩廢墟了。「繁華處，悄無覩，惟聞麋鹿呦呦」，「繁華處」，繁榮美盛之地。此藉「特徵代地點」之轉喻，以繁華處代指春秋吳國都城。「悄」，渾，直。「無覩」，未見，沒有看見。此藉「存在是看見」之結構譬喻，謂未見爲不存在。「惟聞」，只聽見。「麋鹿」，麋與鹿。此藉「整體代部分」之轉喻，以麋鹿代指麋鹿之叫聲。「呦呦」，象聲詞。鹿鳴聲。此亦寓含「朝代變遷即景觀變化」之結構譬喻，謂吳國已亡、都城不存致繁華的都城變爲麋鹿出沒之草野。此三句意謂原本吳國都城繁華之所在，如今已渾然未見。只聽見麋鹿呦呦的鳴叫聲。

　　轉入下片，詞人以自己的歷史情懷敘寫春秋吳越爭霸故事。「想當年、空運籌決戰，圖王取霸無休」，「想當年」，回想吳越爭霸當時。「空」，副詞。徒然；白白地。「運籌」，制定策略；籌劃。「決戰」，敵對雙方進行決定勝負的戰鬥。此寓含「戰果是容器」的實體譬喻，謂戰爭失敗爲空籌畫一場。「圖王取霸」，圖謀王業、爭取霸權。此寓含「王霸大業是物件」的實體譬喻，謂王霸大業可以拿取。「無休」，不休止。此寓含「狀態即行爲」的結構譬喻，謂積極狀爲無休。此三句意謂回想吳越爭霸當時，吳王徒然籌劃進行決定勝負的戰鬥，不休止地圖謀王業、爭取霸權。「江山如畫，雲濤煙浪，翻輸范蠡扁舟」，

「江山如畫」，江河山岳像圖畫般美麗。此藉「江山代所有者」之轉喻，以江山代指吳國江山。此亦寓含「江山是畫」的實體譬喻，謂江河山岳像圖畫般美麗靈秀。「雲濤」，翻飛著白浪的波濤。此寓含「波濤是雲」的譬喻蘊涵，謂波濤翻起的白浪像雲一樣白。「煙浪」，猶煙波。此寓含「國力是浪濤」的譬喻蘊涵，謂強大的國力如浪濤般強勁。「翻輸」，謂翻騰的巨浪輸給小小的扁舟。「范蠡」，春秋楚人。與文種一同臣事越王句踐二十餘年，勞苦戮力，最後滅吳，尊為上將軍。此藉「人名代事蹟」之轉喻，以范蠡為戰勝吳國之代表人物。「扁舟」，小船。此寓含「吳國是浪濤、越國是扁舟」的譬喻蘊涵，謂吳國似洶湧翻騰的巨浪最後竟輸給如小小一葉扁舟的越國。此三句意謂吳國江山像圖畫般美麗，強大的國力如浪濤般強勁，可是「徒」、「空」二字竟將這些宏圖霸業消解，最後竟輸給駕著小小一葉扁舟歸隱的越國范蠡。「驗前經舊史，嗟漫載、當日風流」，「驗」，謂查閱經史記載為檢驗史事。「前經」，以前的經典。此藉「整體代部分」之轉喻，以前經代指前經上的記載。「舊史」，先前的史書。此藉「整體代部分」之轉喻，以舊史代指舊史上的記載。「嗟」，感嘆。「漫載」，許多記載。此藉「整體代部分」之轉喻，以漫載代指經史上的許多記載。「當日」，昔日；從前。「風流」，指傑出不凡的人物。此藉「事功代人物」之轉喻，以風流代指風流人物。此二句意謂查閱先前經史上的記載，感嘆許多歷史上的風流人物，如今皆已不存。「斜陽暮草茫茫，盡成萬古遺愁」，「斜陽」，此藉「自然狀態代時間」之轉喻，以斜陽代指傍晚。「暮草」，暮晚的草野。此藉「部分代整體」之轉喻，以草代指草原。「茫茫」，廣大而遼闊。「盡成」，全部變成。「萬古」，猶萬代；萬世。「遺愁」，不盡的哀愁。此寓含「哀愁是物件」的實體譬喻，謂哀愁可以遺留。此處斜陽的意象似也映射人生之短暫，亦即寓含「短暫人生是夕陽」之譬喻蘊涵；另外暮草茫茫的意象似也映射宇宙時空之廣漠無垠，亦即寓含「宇宙時空是茫茫暮草」之譬喻蘊涵。即此二句意謂短暫的人生似夕陽終將西落，自然時空如廣大遼闊的草原無窮無

盡，歷史上的盛世與風流人物也終將湮滅，留與後人的只是萬世不盡
的哀愁。

　　總之，柳永這首姑蘇懷古雖不若蘇軾赤壁懷古傳誦千古，但他以
獨特的歷史情懷詠唱強弱盛衰的虛幻，尤其以「吳國是浪濤、越國是
扁舟」的譬喻蘊涵，意謂吳國強大的國力如浪濤般強勁，最後竟輸給
駕著小小一葉扁舟的越國范蠡。頗具在時間的長河裡，終究誰強又誰
弱的歷史視野。詞中最後以「斜陽暮草茫茫，盡成萬古遺愁」作結，
更以「短暫人生是夕陽」之譬喻蘊涵疊加上「宇宙時空是茫茫暮草」
之譬喻蘊涵，將短暫人生置放於無窮的宇宙時空中檢視，最後得出歷
史上的盛世與風流人物又如何，終將盡成萬古遺愁！下圖爲柳永這闋
懷古詞的概念融合網路：

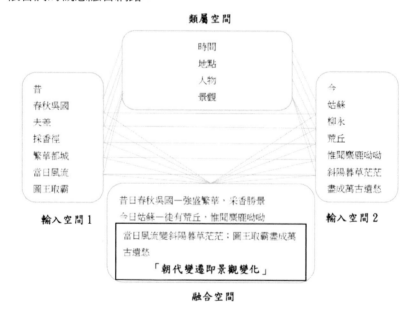

圖 5-5-1　概念融合網路：「朝代變遷即景觀變化」的對比

下表爲這首〈雙聲子〉詞的詳細譬喻來源域考察。

表 5-5-2　柳永〈雙聲子〉詞的譬喻來源域考察

來源域	概念譬喻	角度攝取	語言表達式	目標域	譬喻類型
斷蓬	人是斷蓬	漂泊無定	斷蓬蹤迹	人	實體譬喻
行蹤	部分代整體	蹤迹代指行蹤	斷蓬蹤迹	蹤迹	結構譬喻
交通工具	興致是交通工具	可乘坐	乘興蘭棹東游	興致	實體譬喻
船棹	部分代整體	船棹代指小舟	乘興蘭棹東游	小舟	轉喻
三吳	簡稱代地點	三吳代指三吳地區	三吳風景	三吳地區	轉喻
姑蘇	簡稱代地點	姑蘇代指蘇州吳縣	姑蘇臺榭	蘇州吳縣	轉喻
臺榭	部分代整體	臺榭代指樓臺等建築物	姑蘇臺榭	樓臺等建物	轉喻
物件	暮靄是物件	可收起	牢落暮靄初收	暮靄	實體譬喻
夫差	人名代職位	夫差＞春秋吳王	夫差舊國	春秋吳王	轉喻
香徑	省稱代地點	香徑代指蘇州采香徑	香徑沒、徒有荒丘	蘇州采香徑	轉喻
小徑	小溪即小徑	皆為窄狹通道	香徑沒、徒有荒丘	小溪	實體譬喻
景觀變化	朝代變遷即景觀變化	吳國沒落＞采香徑湮沒	香徑沒、徒有荒丘	朝代變遷	結構譬喻
繁華處	特徵代地點	繁華處代指春秋吳國都城	繁華處	春秋吳國都城	轉喻
看見	存在是看見	未見＞不存在	悄無覩	存在	結構譬喻
麋鹿	整體代部分	麋鹿代指麋鹿之叫聲	惟聞麋鹿呦呦	麋鹿之叫聲	轉喻

景觀變化	朝代變遷即景觀變化	吳國亡＞繁華之都城變爲麋鹿出沒之草野	繁華處，悄無覩，惟聞麋鹿呦呦	朝代變遷	結構譬喻
容器	戰果是容器	戰敗＞空籌畫	想當年、空運籌決戰	戰果	實體譬喻
物件	王霸大業是物件	可圖謀拿取	圖王取霸無休	王霸大業	實體譬喻
無休	狀態即行爲	積極狀爲無休	圖王取霸無休	積極狀	結構譬喻
江山	江山代所有者	江山代指吳國江山	江山如畫	吳國江山	轉喻
畫	江山是畫	美麗靈秀	江山如畫	江山	實體譬喻
雲	波濤是雲	白浪＞白雲	雲濤煙浪	波濤	實體譬喻
浪濤	國力是浪濤	強勁壯大	雲濤煙浪	國力	實體譬喻
范蠡	人名代事蹟	范蠡爲戰勝吳國之代表人物	翻輸范蠡扁舟	越勝吳之代表	轉喻
浪濤、扁舟	吳國是浪濤、越國是扁舟	弱竟勝強	雲濤煙浪，翻輸范蠡扁舟	吳國、越國	實體譬喻
檢驗	查閱是檢驗	查閱經史記載爲檢驗史事	驗前經舊史	查閱	結構譬喻
經	整體代部分	經＞經典上的記載	驗前經舊史	經典上的記載	轉喻
史	整體代部分	史＞史書上的記載	驗前經舊史	史書上的記載	轉喻
漫載	整體代部分	漫載代指經史上的許多記載	嗟漫載、當日風流	經史上的記載	轉喻
風流	事功代人物	風流代指風流人物	嗟漫載、當日風流	風流人物	轉喻

斜陽	自然狀態代時間	斜陽代指傍晚	斜陽暮草茫茫	傍晚	轉喻
草	部分代整體	草代指草原	斜陽暮草茫茫	草原	轉喻
夕陽	短暫人生是夕陽	即將西落	斜陽暮草茫茫	短暫人生	結構譬喻
茫茫暮草	宇宙時空是茫茫暮草	廣大無垠	斜陽暮草茫茫	宇宙時空	結構譬喻
物件	哀愁是物件	可遺留後世	盡成萬古遺愁	哀愁	實體譬喻

二、蘇軾的懷古詞

　　蘇軾憑弔古蹟，思念古代的人和事，往往是藉以表達自己的人生態度，也就是借古人的酒杯來澆自己的塊壘。他藉著詠史或者懷古的詩篇，對歷史上的盛衰、成敗或得失有一種超然而通觀的領悟。並「能夠把個人的得失、成敗和榮辱放開，能夠讓歷史上的人物跟他分擔他的這種感慨和悲苦」〔註84〕，亦即東坡懷古詞中除了超然、通觀的歷史視野之外，更重要的是他曠達理性，能夠通過古今的人物或事件，「對自己生命的意義和價值有一種真切的認識。」〔註85〕

　　東坡的史觀與曠觀結合他忠義奮發的思想，造就他懷古詞的恢弘與博大，這也是他的〈念奴嬌〉（赤壁懷古）能夠成為千古絕唱的原因。

念奴嬌（赤壁懷古）〔註86〕

　　大江東去，浪淘盡、千古風流人物。故壘西邊，人道是、三國周郎赤壁。亂石穿空，驚濤拍岸，卷起千堆雪。江山如畫，一時多少豪傑。　　遙想公瑾當年，小喬初嫁了，

〔註84〕　見葉嘉瑩著，《北宋名家詞選講》，頁173。
〔註85〕　見葉嘉瑩著，《北宋名家詞選講》，頁175。
〔註86〕　此詞各本斷句多有差異，本論文依葉嘉瑩《北宋名家詞選講》中之斷句。

雄姿英發。羽扇綸巾，談笑間、檣櫓灰飛煙滅。故國神游，
多情應笑，我早生華髮。人生如夢，一尊還酹江月。

這首被譽為千古絕唱的懷古之作是東坡於宋神宗元豐五年（1082 年）
八月遊黃州赤壁時所作。當時東坡 47 歲，在烏臺詩案後被貶至黃州任
黃州團練副使。歷經幾乎瀕臨死亡的政治危難之後，東坡對人生有更
深切的體悟。在面對峻偉的黃州赤壁與長江洶湧澎湃的景象時，感嘆
時光如江水不斷流逝，對歷史上的盛衰、成敗或得失有深深的感觸，
因而寫下這首〈念奴嬌〉（赤壁懷古），實際是借古人的酒杯澆自己的
塊壘。詞中主要的概念譬喻即：「時光是長江水」。譬喻的來源域是「長
江水」，映射至目標域的「時光」，其譬喻映射過程如下表所示：

表 5-5-3　蘇軾〈念奴嬌〉（赤壁懷古）詞「時光是
　　　　　長江水」的譬喻映射

來源域：長江水	譬喻映射	目標域：時光
不停東流		不斷流逝
後浪接前浪	⟹	後代取代前代
沖刷舊岸土		汰除老一輩人

在主要的概念譬喻：「時光是長江水」的運作下，上片描寫詞人
親見黃州赤壁江水奔流、岸石高聳入雲，心中激盪而生的思古之情。
「大江東去，浪淘盡、千古風流人物」，「大江」，長江 。此藉「整
體代部分」之轉喻，以大江代指長江水。「東去」，向東流去。此藉
「江水是人」之擬人譬喻，謂水東流為東去。此亦寓含「時光是長
江水」的譬喻蘊涵，謂時光不斷流逝如長江水不停東流。「浪」，長
江的波浪。「淘盡」，指江水沖刷岸土。此藉「時光是長江水」的譬
喻蘊涵，謂時光汰除老一輩人如長江水不停沖刷舊岸土。「千古」，
久遠的年代。「風流人物」，英俊瀟灑、傑出不凡的人物。此二句意
謂長江水不停向東流去，正如時光不斷流逝；江水不停沖刷舊岸土，
一如時光汰除遠古的傑出人物。「故壘西邊，人道是、三國周郎赤

壁」,「故壘」,古代的堡壘;舊堡壘。「西邊」,泛指西面。此藉「整
體代部分」之轉喻,以西邊代指西面地區。「人道是」,聽人說是。「三
國」,三國時代。「周郎」,指三國吳將周瑜。因其年少,故稱。此藉
「人物代事件」之轉喻,以周郎赤壁代指蜀吳聯軍破曹的赤壁之戰。
「赤壁」,山名。指漢獻帝建安十三年(公元 208 年)孫權與劉備聯
軍大破曹操軍隊處。在今湖北武昌西赤磯山,與漢陽南紗帽山隔江
相對。此二句意謂舊軍隊堡壘的西邊地區,聽人說是三國吳將周瑜
帶領聯軍大破曹操軍隊的赤壁之戰之所在。「亂石穿空,驚濤拍岸,
卷起千堆雪」,「亂石」,紛雜的岩石。「穿空」,聳入天空。此藉「岩
石是人」的擬人蘊涵,謂紛雜的岩石聳入天空如人穿破天空一般。「驚
濤」,震攝人心的波濤。「拍岸」,拍擊江岸。此藉「浪濤是人」的擬
人蘊涵,謂驚人巨浪推上江岸如人拍擊江岸一般。「卷起」,掀起。
此亦寓含「浪濤是人」的擬人蘊涵,謂浪濤有捲起白浪的人類行為。
「千堆雪」,千層白浪。此藉「浪花是雪」的譬喻蘊涵,謂巨浪掀起
的千層白浪有如千堆白色雪花一般。此三句意謂紛雜的岩石聳入天
空如同貫穿天空一般;驚人巨浪推上江岸如同拍擊著江岸一般,掀
起的千層白浪有如千堆白色雪花一般。「亂石穿空,驚濤拍岸,卷起
千堆雪。」這三句凝聚起一股氣勢轉喻赤壁壯闊的場景,轉而烘托
出下面的「江山如畫,一時多少豪傑」,「江山」,江河山岳。「如畫」,
像圖畫一樣靈秀美麗。此藉「江山是圖畫」的實體譬喻,謂江河山
岳像圖畫般美麗靈秀。「一時」,一代;當代。「多少豪傑」,許多才
能出眾的人。此二句意謂赤壁的江河山岳像圖畫一樣靈秀美麗,一
代之間出了許多才能出眾的人,隱喻地靈人傑。

　　一般而言,懷古詞常有時間或空間的壓縮運作,即將不同時間空
間發生的人事物壓縮到同一平面上來比較評論,今昔對比,凸顯今非
昔比或物是人非的蒼涼惆悵之感。蘇軾此詞即呈現時空同時壓縮的融
合,不同空間時間的人物與心境放到同一時空來作對比,古今人物的
境遇不同,成就迴異,使得今不如昔的對比更為強烈,詞人的失落感

更為強烈。

下片即在此基礎下，轉入詞人馳騁的歷史想像以及對人生短暫如夢的感慨。「遙想公瑾當年，小喬初嫁了，雄姿英發」，「遙想」，悠遠地思索或想像。此藉「想像是跨越時空的載具」的實體譬喻，謂想像可載人跨越至遙遠的地方或時代。「公瑾」，即三國吳將周瑜。「當年」，往年；昔年。「小喬」，三國吳將周瑜之妻。後用以泛指美人。「初嫁了」，謂剛出嫁。「雄姿」，雄壯威武的姿態。「英發」，才華顯露；神采煥發。此寓含「周瑜與小喬是英雄與美女」之譬喻蘊涵，謂當年小喬嫁給周瑜是英雄與美女的結合。此三句意謂回想遙遠的當年，周瑜剛娶得美女小喬，雄武的姿態，神采煥發。「羽扇綸巾，談笑間、檣櫓灰飛煙滅」，「羽扇」，用長羽毛製成的扇子。「綸巾」，冠名。古代用青色絲帶做的頭巾。一說配有青色絲帶的頭巾。此藉「裝束代職務」之轉喻，以羽扇綸巾代指儒將。「談笑間」，說笑中；此寓含「狀態即行為」之譬喻蘊涵，謂身處變局能談笑為態度從容不迫。「檣」，船的桅杆。「櫓」，比槳長大的划船工具，安在船尾或船旁。此藉「部分代整體」之轉喻，以船的桅杆和長槳代指船艦。「灰飛煙滅」，比喻人或事物迅速消亡。此寓含「燒盡即灰飛煙滅」之譬喻蘊涵，灰與煙皆為燃燒後之物，故灰飛煙滅為燃燒殆盡。此二句意謂周瑜從容不迫、談笑用兵即令曹操船艦灰飛煙滅，以寡擊眾、志得意滿。「故國神游，多情應笑，我早生華髮」，「故國」，已經滅亡的國家；前代王朝。「神游」，謂形體不動而心神向往，如親游其境。此寓含「想像即神遊」之譬喻蘊涵，謂想像為心神親往遊歷。「多情」，富於感情，對人對事物感情深摯。此寓含「感情是物件」之實體譬喻，謂感情為可計數之物件。「應笑」，大概會被認為可笑。「我」，即詞人自己。「早生華髮」，很早就長了花白頭髮。此寓含「年齡變化即髮色改變」之譬喻蘊涵，謂髮色變白為衰老。此三句意謂在想像中，心神親往前代王朝遊歷，遇到周瑜應會取笑我感情過於豐富致提早衰老吧！「人生如夢，一尊還酹江月」，「人生」，人的生存和生活。「如夢」，像一場

夢般。此寓含「人生是夢」之譬喻蘊涵，謂人的一生如一場夢般短暫虛幻。「一尊」，一杯。此藉「部分代整體」之轉喻，以一杯代指一杯酒。「還酹」，回頭以酒澆地，表示祭奠。「江月」，江面上空的月亮。此藉「地點代居住者」之轉喻，以月代指月神。此二句意謂人的一生如一場夢般短暫虛幻，歷史上的盛衰、成敗或得失都將隨長江水而一去不返，自己的成敗得失不也如此，又有什麼好掛懷的呢？不如回頭以酒澆地，敬月神一杯酒。

　　東坡這首赤壁懷古藉故國神遊，與娶得美人歸，贏得赤壁之戰，正少年得志、意氣風發的周瑜古今相逢。自慚於功業未建、理想猶未實現卻多愁多感而早生華髮，但在「時光是長江水」的譬喻運作下，通過古今以觀之，體悟到不論盛衰、成敗或得失都將被江水淘盡、隨長江水而東逝；更可貴的是在「人生是夢」之譬喻蘊涵下，東坡通過歷史的視野看待自己的人生，在廣闊的時空中，拋棄個人的得失、成敗和榮辱，結合史觀和曠觀，創作出這首千古絕唱。下圖為東坡這闋赤壁懷古的概念融合網路：

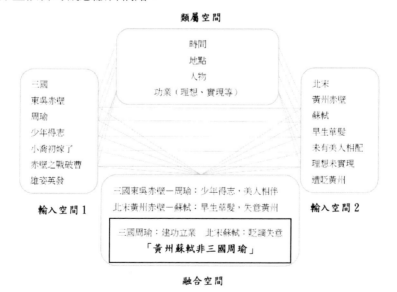

圖 5-5-2　概念融合網路：「黃州蘇軾非三國周瑜」的對比

下表爲這首〈念奴嬌〉（赤壁懷古）詞的詳細譬喻來源域考察。

表 5-5-4　蘇軾〈念奴嬌〉（赤壁懷古）詞的譬喻來源域
　　　　考察

來源域	概念譬喻	角度攝取	語言表達式	目標域	譬喻類型
大江	整體代部分	大江代指江水	大江東去	長江水	轉喻
人	江水是人	水東流＞東去	大江東去	江水	擬人譬喻
長江水	時光是長江水	時光流逝＞長江水不停東流	大江東去	時光	結構譬喻
長江水	時光是長江水	時光汰除老輩人如長江水不停沖刷舊岸土	浪淘盡、千古風流人物	時光	結構譬喻
西邊	整體代部分	西邊代指西面地區	故壘西邊	西面地區	轉喻
周郎赤壁	人物代事件	周郎赤壁代指蜀吳聯軍破曹的赤壁之戰	人道是、三國周郎赤壁	蜀吳破曹的赤壁之戰	轉喻
人	岩石是人	岩石聳入天空如人穿破天空	亂石穿空	岩石	擬人譬喻
人	浪濤是人	巨浪推上江岸如人拍擊江岸	驚濤拍岸	浪濤	擬人譬喻
人	浪濤是人	有捲起白浪的人類行爲	卷起千堆雪	浪濤	擬人譬喻
雪	浪花是雪	白色浪花有如千堆白色雪花	卷起千堆雪	浪花	實體譬喻
圖畫	江山是圖畫	美麗靈秀	江山如畫	江山	實體譬喻

跨越時空的載具	想像是跨越時空的載具	可載人移動、跨越時空	遙想公瑾當年	想像	實體譬喻
英雄與美女	周瑜與小喬是英雄與美女	謂當年小喬嫁給周瑜是英雄與美女的結合	遙想公瑾當年，小喬初嫁了，雄姿英發	周瑜與小喬	結構譬喻
羽扇綸巾	裝束代職務	羽扇綸巾代指儒將	羽扇綸巾	儒將	轉喻
談笑	狀態即行為	談笑＞態度從容	談笑間、檣櫓灰飛煙滅	態度從容	結構譬喻
檣櫓	部分代整體	船的桅杆和長槳代指船艦	談笑間、檣櫓灰飛煙滅	船艦	轉喻
灰飛煙滅	燒盡即灰飛煙滅	灰與煙皆為燃燒後之物	談笑間、檣櫓灰飛煙滅	燒盡	結構譬喻
神遊	想像即神遊	想像為心神親往遊歷	故國神游	想像	結構譬喻
物件	感情是物件	感情＞可計數	多情應笑	感情	實體譬喻
髮色改變	年齡變化即髮色改變	髮色變白＞衰老	我早生華髮	年齡變化	結構譬喻
夢	人生是夢	短暫虛幻	人生如夢	人生	結構譬喻
一杯	部分代整體	一杯＞一杯酒	一尊還酹江月	一杯酒	轉喻
月	地點代居住者	月代指月神	一尊還酹江月	月神	轉喻

第六節　柳蘇酬贈詞之比較

　　柳永由於早年科場失利，在 48 歲考取進士之前，一直汲汲營營想要獲取功名；迨至考上進士又因得罪仁宗而無法更上一層。因此除

了寄贈歌妓的詞外，他的酬贈詞以投獻詞居多。中進士前投獻高官謀取進身，中進士後投獻當朝以求轉官，這類作品歌功頌德，有些還跡近阿諛奉承的程度，讀來索然無味。相反的，蘇軾的酬贈詞就精采多了。

蘇軾的酬贈詞種類繁多，「除了送別的主題外，還有許多描寫師友、師友之間情誼的詞篇。蘇軾一生愛惜人才，廣交朋友，而且心胸豁達，待人樸實眞誠，可謂朋友遍天下。他常因爲升遷、貶謫而輾轉江湖，因此常常有許多酬唱寄贈詞寫下與朋友聚會或遊玩的情況，或抒發與朋友分別悵然的情緒，在酬唱寄贈詞常可以看出蘇軾與朋友之間情深義重的友誼。」〔註 87〕

當然，更重要的一個原因是蘇軾將詞詩化的結果，也就是他將原本屬於交付歌女演唱的歌辭之詞，大量使用於唱和以及寄贈等用途，也因此蘇軾詞中出現大量酬唱寄贈作品。柳永當時因尚未將詞作爲交遊唱和之工具，所以酬贈詞的種類與數量較少是不難理解的。

一、柳永的酬贈詞

柳永的酬贈詞以投獻詞居多，這類作品大多平鋪直敘、歌功頌德而少變化。歌頌的節奏也有跡可循，大都先歌詠投獻對象的戰功彪炳或功勳卓著、榮耀鄉里；接著讚其治績斐然，轄下百姓稱頌；最後總稱其爲朝廷不可或缺之棟樑、將獲升遷重用等，雖屬阿諛之詞，卻也非全無價值。

柳永投獻詞中常寫到投獻對象所治理地區的自然風光與繁榮富庶的景象，可說是對「北宋前期『承平氣象』的眞實寫照。正是在這個意義上，我們說，柳永以詞的形式再現了當時的社會生活圖景，擴大了詞的題材。」亦即柳詞爲所描寫地區與都市的社會生活保留了可貴的實錄，在此層面上，其投獻詞仍有不可抹滅的貢獻。

〔註 87〕 見陳怡蘭，《柳永與蘇軾詞之比較研究》（逢甲大學中國文學系，碩士論文，2009 年），頁 45。

早梅芳

海霞紅，山煙翠。故都風景繁華地。譙門畫戟，下臨萬井，
金碧樓臺相倚。芰荷浦漵，楊柳汀洲，映虹橋倒影，蘭舟
飛棹，游人聚散，一片湖光裏。　　漢元侯，自從破虜征
蠻，峻陟樞庭貴。籌帷厭久，盛年畫錦，歸來吾鄉我里。
鈴齋少訟，宴館多歡，未周星，便恐皇家，圖任勳賢，又
作登庸計。

此詞為投獻之詞。據薛瑞生考證，此詞為宋仁宗皇祐五年（1053
年）柳永投獻予當時杭州太守孫沔之作。時柳永 67 歲，在杭州任
官。〔註 88〕

　　此詞在杭州的美麗風光與繁榮富庶的背景下，歌頌杭州太守過
去破虜征蠻的戰功顯赫，如今衣錦還鄉治理杭州的政績卓著，不久
必定更獲重用、升登要職。詞中以漢元侯喻指杭州太守，其主要的
概念譬喻即：「杭州太守孫沔是漢元侯張既」。譬喻的來源域是「漢
元侯張既」，映射至目標域的「杭州太守孫沔，其譬喻映射過程如下
表所示：

表 5-6-1　柳永〈早梅芳〉詞「杭州太守孫沔是漢元侯張既」的譬喻映射

來源域：漢元侯張既	譬喻映射	目標域：杭州太守孫沔
平定匈奴、胡羌之亂	⟹	破虜征蠻
因首功而封侯		峻陟樞庭貴

　　在主要的概念譬喻：「杭州太守孫沔是漢元侯張既」的運作下，
上片描寫杭州的美麗風光與繁榮富庶。「海霞紅，山煙翠。故都風景
繁華地」，「海霞紅」，湖邊的紅色雲霞。「山煙翠」，霧靄環繞下的翠
綠遠山。此藉「景觀代地點」之轉喻，以海霞、山煙的美麗景色代指

〔註 88〕　見宋・柳永著；薛瑞生校註，《樂章集校註》（北京：中華書局，1994
　　　　年 12 月一版、2002 年 10 月 3 刷），頁 9～11。

有湖山之美的杭州。「故都」，舊都，昔日的國都。此藉「舊行政中心
代地點」之轉喻，以五代時吳越故都代指杭州。「風景」，風光景色。
「繁華地」，繁榮美盛之地。此三句意謂湖邊映著紅霞，霧靄環繞著
翠綠遠山，杭州是五代時吳越故都，風光景色秀麗、繁榮美盛之地。
「譙門畫戟，下臨萬井，金碧樓臺相倚」，「譙門」，建有瞭望樓的城
門。「畫戟」，古兵器名。因有彩飾，故稱。舊時常作爲儀飾之用。此
藉「部分代整體」之轉喻，以譙門畫戟代指杭州城門上。「下臨」，下
對；下視。「萬井」，千家萬戶。此藉「部分代整體」之轉喻，以井代
指住戶。此亦寓含「趨勢即行爲」之譬喻蘊涵，謂城門下有住家，如
同住家面對著自己。「金碧」，金黃和碧綠的顏色。「樓臺」，高大建築
物的泛稱。「相倚」，互相偎依、貼近。此亦藉「趨勢即行爲」之譬喻
蘊涵，謂樓臺與樓臺相連，如同互相偎依在一起。此三句意謂從城樓
上往下望，正面對千家萬戶。金黃和碧綠的樓臺矗立在一起。「芰荷
浦漵，楊柳汀洲，映虹橋倒影，蘭舟飛棹，游人聚散，一片湖光裏」，
「芰荷」，指菱葉與荷葉。此藉「整體代部分」之轉喻，以芰荷代指
其葉。「浦漵」，水邊。「楊柳」，泛指柳樹。「汀洲」，水中小沙洲。
「映」，反映。「虹橋」，拱曲如虹的長橋。此藉「拱橋是虹」之譬喻
蘊涵，謂拱橋形狀如虹。「倒影」，物體倒映於水中。「蘭舟」，小舟。
「飛棹」，飛快地划槳。此寓含「狀態即行爲」之譬喻蘊涵，謂飛快
划槳即船行迅速。「游人」，游客；游逛的人。「聚散」，會聚與分散。
此寓含「來去是聚散」之譬喻蘊涵，謂游客來來去去爲聚散。「一片」，
數量詞。用於瀰漫散布的景色、氣象。「湖光裏」，在湖水的波光裏。
此寓含「水波是光」之譬喻蘊涵，謂水波似光、明亮光滑。此亦寓含
「波光是容器」之實體譬喻，謂遊人來去都壟罩在湖水的波光中。此
數句描寫杭州西湖景色，意謂湖邊漂著菱葉與荷葉，水中小沙洲也長
著柳樹。拱曲如虹的長橋倒影倒映於水中。在光滑的湖水中，小船飛
快地划行，游客來去不息。

　　在杭州的美景與繁華中，下片進入歌頌太守的主題。「漢元侯，

自從破虜征蠻，峻陟樞庭貴」，「漢元侯」，指三國時魏將張既因功勞第一而封侯。〔註89〕「自從」，介詞。表示時間的起點。「破虜征蠻」，指破除叛逆、征討來犯外族。「峻陟」，即登上高處。此寓含「升官是登高」之譬喻蘊涵，謂升官即登上高處。「樞庭」，政權中樞，即樞密院。「貴」，地位顯要。此藉「杭州太守孫沔是漢元侯張既」之譬喻蘊涵，謂孫沔如張既因有平叛與守邊之功而迅速高升。此數句即此投獻詞之主要譬喻所在，意謂杭州太守孫沔自破除叛逆、征討來犯外族後，如三國時魏將張既因功勞第一而封侯一樣，迅速高升進入樞密院，地位顯要。「籌帷厭久，盛年晝錦，歸來吾鄉我里」，「籌帷」，在軍帳中謀劃軍機。此藉「物品代使用地點」之轉喻，以帷代指軍帳中。「厭久」，久而生厭。「盛年」，指青壯年。「晝錦」，〈漢書・項籍傳〉載秦末項羽入關，屠咸陽。或勸其留居關中，羽見秦宮已毀，思歸江東，曰：「富貴不歸故鄉，如衣錦夜行。」〈史記・項羽本紀〉作「衣繡夜行」。後遂稱富貴還鄉為「衣錦晝行」，省作「晝錦」。此藉「孫沔是項羽」之譬喻蘊涵，謂孫沔如項羽富貴還鄉。「歸來」，回來。「吾鄉我里」，即我們家鄉。此藉「鄉民聚居地代家鄉」之轉喻，以鄉里代指故鄉。此數句意謂孫沔在軍中謀劃軍機，日久生厭，遂於壯盛之年富貴還鄉，回到我們杭州家鄉。「鈴齋少訟，宴館多歡」，「鈴齋」，古代州郡長官辦事的地方。此藉「治所代治地」之轉喻，以鈴齋代指杭州太守治理之地。「少訟」，少訴訟事。「宴館」，謂游冶之所。「多歡」，歡會多。此二句寓含「部分代整體」之轉喻，以治理之地少訟事多歡會代指治理者治績卓著。此二句即意謂孫沔治理下的杭州訴訟少，酒館歌樓多歡會，治績卓著。「未周星，便恐皇家，圖任勳賢，又作登庸計」，「未」，尚未。「周星」，本指歲星，歲星十二年在天空循環一周，因又借指十二年。此或借指周年、一年。此寓含「時間變

〔註89〕　據《三國志・張既傳》記載：張既曾輔佐曹操定關中，數次平定匈奴與胡羌之亂，先後任雍州、涼州刺史，封為武始亭侯、都鄉侯、西鄉侯。

化是星象改變」之結構譬喻，謂周星為一年。「便恐」，就恐怕。「皇家」，皇室。此藉「家族代個人」之轉喻，以皇家代指皇帝。「圖任」，猶謀任，打算任用。「勳賢」，有功勳有才能的人。此藉「才能代人」之轉喻，以勳賢代指孫沔。「又作」，又興起。「登庸」，選拔任用。「計」，考慮。此數句即意謂就恐怕沒有多久，朝廷打算任用有功勳有才能的人時，又會有選拔任用孫沔的考慮。

　　總之柳永的這首投獻詞通篇平鋪直敘，運用許多典故轉喻，只為了表達「杭州太守孫沔是漢元侯張既」的主要譬喻，若非還有保留社會生活實錄與城市風光的作用，這類作品鮮能引起讀者的感情波動，感發的力量較小，讀來還真有些索然無味。下表為這首〈早梅芳〉詞的詳細譬喻來源域考察。

表 5-6-2　柳永〈早梅芳〉詞的譬喻來源域考察

來源域	概念譬喻	角度攝取	語言表達式	目標域	譬喻類型
海霞、山煙	景觀代地點	海霞、山煙＞湖山之美的杭州	海霞紅，山煙翠	杭州	轉喻
五代吳越故都	舊行政中心代地點	五代時吳越故都代指杭州	故都風景繁華地	杭州	轉喻
譙門畫戟	部分代整體	譙門畫戟＞杭州城門	譙門畫戟	杭州城門	轉喻
井	部分代整體	井代指住戶	下臨萬井	住戶	轉喻
住家面對自己	趨勢即行為	有住家＞住家面對著自己	下臨萬井	有住家	結構譬喻
互相偎依	趨勢即行為	樓臺相連＞互相偎依	金碧樓臺相倚	樓臺相連	結構譬喻
芰荷	整體代部分	芰荷代指其葉	芰荷浦漵	芰荷葉	轉喻

虹	拱橋是虹	拱橋形狀如虹	映虹橋倒影	拱橋	實體譬喻
飛快划槳	狀態即行為	飛快划槳即船行迅速	蘭舟飛棹	船行迅速	結構譬喻
聚散	來去是聚散	游客來來去去為聚散	游人聚散	來去	結構譬喻
光	水波是光	水波似光、明亮光滑	一片湖光裏	水波	結構譬喻
容器	波光是容器	都壟罩在湖水的波光中	一片湖光裏	波光	實體譬喻
登上高處	升官是登高	升官＞登上高處	峻陟樞庭貴	升官	結構譬喻
漢元侯張既	杭州太守孫沔是漢元侯張既	因功勞迅速高升要職	漢元侯，自從破虜征蠻，峻陟樞庭貴	杭州太守孫沔	結構譬喻
帷	物品代使用地點	帷代指軍帳中	籌帷厭久	軍帳中	轉喻
項羽	孫沔是項羽	孫沔如項羽富貴還鄉	盛年晝錦	孫沔	結構譬喻
鄉里	鄉民聚居地代家鄉	鄉里代指故鄉	歸來吾鄉我里	故鄉	轉喻
鈴齋	治所代治地	鈴齋＞杭州太守治理之地	鈴齋少訟	太守治理之地	轉喻
少訟多歡	部分代整體	少訟多歡＞治理者治績卓著	鈴齋少訟，宴館多歡	治理治績卓著	轉喻
星象改變	時間變化是星象改變	未周星＞未一年	未周星	時間變化	結構譬喻
皇家	家族代個人	皇家代指皇帝	便恐皇家	皇帝	轉喻
勳賢	才能代人	勳賢代指孫沔	圖任勳賢	孫沔	轉喻

二、蘇軾的酬贈詞

　　蘇軾以詩入詞，故其詞中酬唱寄贈作品頗多。「這類作品在蘇軾詞中所佔比重較大，或為死去的師友悲傷，詞中寄予對他們深沉的懷念，情意十分真摯，而對同輩朋友的交往中也是情重意深。他對朋友情意深厚，一切出於真誠，發自內腑，詞中灌注著對朋友真摯的情感，記載彼此相互鼓勵的情況，風格哀而不傷。常在嘆離傷別、懷人念舊的詞中，通過瀟灑清麗的風格，灌注積極進取的精神，將富有思致的豁達之情給朋友激勵。」〔註90〕

　　東坡的酬贈詞真情流露，有些更是他在多舛人生中對生命意義的真切感受，可觸動人類共通之情感，富於感發的力量，可讀性高。

（一）八聲甘州（寄參寥子）

　　　有情風、萬里卷潮來，無情送潮歸。問錢塘江上，西興浦口，幾度斜暉。不用思量今古，俯仰昔人非。誰似東坡老，白首忘機。　記取西湖西畔，正暮山好處，空翠煙霏。算詩人相得，如我與君稀。約他年、東還海道，願謝公、雅志莫相違。西州路，不應回首，為我沾衣。

這首詞作於宋哲宗元祐六年（1091年）三月六日，時蘇軾56歲，由杭州知州任召為翰林學士承旨，即將離杭赴京前寫給參寥的話別之作，也是東坡有名的代表作之一。

　　雖為寄贈之詞，但東坡這首詞中的內涵非常豐富。其中有對人生的短暫、大自然的無情與對古今變遷的感慨；也有與參寥相知的深厚友情，兩人共約歸隱，感情深摯。詞中主要的概念譬喻即：「蘇軾之約是謝安雅志」。譬喻的來源域是「謝安雅志」，映射至目標域的「蘇軾之約」，其譬喻映射過程如下表所示：

〔註90〕　見陳怡蘭，《柳永與蘇軾詞之比較研究》，頁45。

表 5-6-3　蘇軾〈八聲甘州〉（寄參寥子）詞「蘇軾之約是謝安雅志」的譬喻映射

來源域：謝安雅志	譬喻映射	目標域：蘇軾之約
東山之志（歸隱）		歸隱之約
希望經略稍定，由江道還東		約他年、東還海道
雅志未就而死		望實現約定

　　在主要的概念譬喻：「蘇軾之約是謝安雅志」的運作下，上片描寫錢塘江潮無情來去以及對人生短暫的感慨。「有情風、萬里卷潮來，無情送潮歸」，「有情風」，有情感的風。此藉「風是人」之擬人譬喻，賦予風以人類的情感。「萬里」，極言其遠。此寓含「距離即長度」之譬喻蘊涵，長度長則距離遠。「卷潮來」，捲擁江潮而來。此藉「風是人」之擬人譬喻，賦予風以捲物之能力。此亦寓含「江潮是圓筒物」之譬喻蘊涵，謂江潮被風捲動而來。「無情」，沒有感情。此藉「風是人」之擬人譬喻，謂風是無情之人。「送潮歸」，遣送江潮歸去。此寓含「江潮是人」之擬人譬喻，謂潮退為歸去。此二句意謂風似有情，不遠萬里捲擁江潮而來予人觀賞，卻又無情地遣送江潮歸去。「問錢塘江上，西興浦口，幾度斜暉」，「問」，試問。「錢塘江上」，浙江的下游，稱錢塘江。江口呈喇叭狀，海潮倒灌，成著名的「錢塘潮」。「西興浦口」，即西興渡口，在錢塘江南，杭州對岸。此藉「地點代景點」之轉喻，以錢塘江上、西興浦口代指觀潮所在。「幾度」，幾次、幾回。「斜暉」，指傍晚西斜的陽光。此藉「部分代整體」之轉喻，以斜暉代指夕陽。此三句意謂試問在錢塘江上、西興浦口這些觀潮所在，可以度過幾回夕陽呢？亦即感嘆人生苦短、幾度夕陽紅。另外，夕陽也蘊含人生末年之意，亦即寓含「人是太陽」之實體譬喻疊加「一生是一日」之結構譬喻，則夕陽即代表晚年。東坡寫作此詞時已 56 歲，

或感嘆自己已如將落之夕陽，還有多少日子可過呢？「不用思量今古，俯仰昔人非」，「不用思量」，不必考慮。「今古」，現時與往昔。「俯仰」，低頭和抬頭。此寓含「時間是俯仰之動作」之結構譬喻，比喻時間短暫。「昔人非」，從前的人就不是同一群人了。此二句意謂不必考慮現在與過去，低頭抬頭之間，從前的人就又改變了，不是同一群人了。「誰似東坡老，白首忘機」，「誰似」，誰像。「東坡」，即蘇軾。此藉「別稱代人」之轉喻，以東坡代指詞人自己。「老」，衰老。「白首」，猶白髮。此藉「整體代部分」之轉喻，以白首代指白髮。「忘機」，消除機巧之心。常用以指甘於淡泊，與世無爭。此寓含「無欲是遺忘」之結構譬喻，謂無機巧之心爲遺忘。此二句意謂誰像東坡這麼衰老，滿頭白髮早已無機巧之心。

下片寫與參寥難得的相知之情，並相約他年歸隱。「記取西湖西畔，正暮山好處，空翠煙霏」，「記取」，記住；記得。「西湖」，即杭州西湖。「西畔」，西邊。「正」，正在。「暮山」，暮晚之山。「好處」，美好的時候，美好的地方。「空翠」，指幽靜翠綠的山。此寓含「幽靜是空曠」之結構譬喻，謂幽靜之山爲空山。「煙霏」，雲煙瀰漫。此二句意謂記得在杭州西湖西側，暮晚之山正是最美好的地方，幽靜翠綠又雲煙瀰漫。「算詩人相得，如我與君稀」，「算」，推測；料想。此寓含「料想即推算」之結構譬喻，謂料想爲推算出之結果。「詩人」，寫詩的作家。「相得」，彼此投合。此寓含「投合即相配」之結構譬喻，謂彼此投合爲天地之數相配。「如」，像、似。「我與君」，我與你。「稀」，少。此二句意謂料想彼此投合的詩人中，如你我這般相知相惜的極少。「約他年、東還海道，願謝公、雅志莫相違」，「約他年」，約定將來。「東還海道」，由海路乘船東返。此藉「旅行之路代旅行方式」之轉喻，以海道代指乘船。此亦寓含「東還即歸隱」之結構譬喻，謂東返爲歸隱。「願」，祈求。「謝公」，指晉朝謝安。此藉「泛稱代人」之轉喻，以謝公代指謝安。「雅志」，平素的意願。此藉「典故代願望」

之轉喻，以謝公雅志代指歸隱之願。此二句亦寓含「蘇軾之約是謝安雅志」之結構譬喻，謂蘇軾之約爲謝安平素的歸隱意願。「莫相違」，不要彼此違背。此二句意謂與參寥約定將來由海路乘船東返隱居，祈求歸隱的意願不要彼此違背。「西州路，不應回首，爲我沾衣」，「西州路」，《晉書·謝安傳》：「羊曇者，太山人，知名士也，爲安所愛重。安薨後，輟樂彌年，行不由西州路。嘗因石頭大醉，扶路唱樂，不覺至州門。左右白曰：『此西州門。』曇悲感不已，以馬策扣扉，誦曹子建曰：『生存華屋處，零落歸山丘。』慟哭而去。」按，羊曇爲謝安之外甥。後遂以「西州路」爲典實，表示感舊興悲、悼亡故人之情。此藉「地點代事件」之轉喻，以西州路代指悼亡故人之事。「不應」，不須。「回首」，回想，回憶。此寓含「回想即回首」之結構譬喻，謂回頭望爲回想前事。「爲我沾衣」，爲我慟哭。此寓含「狀態即行爲」之結構譬喻，謂淚沾衣爲慟哭。此二句意謂參寥將來路過西州路，不須如羊曇悼亡謝安之情，爲蘇軾慟哭。亦即希望實現歸隱之志，勿如謝安志未就而死之遺憾。

　　總之，東坡在這首詞中充分表露對歸隱杭州的堅持與期盼，期待與相知相得的好友參寥一同歸隱「西湖西畔，正暮山好處」，祈求勿如謝安志未就而死之遺憾。然而身爲後代讀者，我們知道他的約定並未實現，仍與謝安一樣，雅志未就身先死，怎不令人悲嘆惋惜？！王水照云：

> 本篇語言明淨駿快，音調鏗鏘響亮，但反映的心境仍是複雜的：有人生迍邅的悒鬱，有興會高昂的豪宕，更有了悟後的閒逸曠遠——「骨重神寒，不食人間煙火氣」。這種超曠的心態，又眞實地交織著人生矛盾的苦惱和發揚蹈厲的豪情，使這首看似明快的詞作蘊含著玩味不盡的情趣和思索不盡的哲理。〔註91〕

<hr>

〔註91〕　見張淑瓊主編，《中國文學總欣賞》唐宋詞 6 蘇軾，頁 154。

下表爲這首〈八聲甘州〉（寄參寥子）詞的詳細譬喻來源域考察。

表 5-6-4　蘇軾〈八聲甘州〉（寄參寥子）詞的譬喻來源域考察

來源域	概念譬喻	角度攝取	語言表達式	目標域	譬喻類型
人	風是人	具有人類情感	有情風、萬里卷潮來	風	擬人譬喻
長度	距離即長度	萬里＞距離遠	有情風、萬里卷潮來	距離	結構譬喻
人	風是人	具有人捲物之能力	有情風、萬里卷潮來	風	擬人譬喻
圓筒物	江潮是圓筒物	江潮可被風捲動	有情風、萬里卷潮來	江潮	實體譬喻
人	風是人	風是無情之人	無情送潮歸	風	擬人譬喻
人	江潮是人	潮退＞歸去	無情送潮歸	江潮	擬人譬喻
錢塘江上、西興浦口	地點代景點	錢塘江上、西興浦口＞觀潮所在	問錢塘江上，西興浦口	觀潮所在	轉喻
斜暉	部分代整體	斜暉代指夕陽	幾度斜暉	夕陽	轉喻
太陽	人是太陽	夕陽＞晚年	幾度斜暉	人	實體譬喻
俯仰之動作	時間是俯仰之動作	俯仰＞時間短暫	俯仰昔人非	時間	結構譬喻
東坡	別稱代人	東坡＞蘇軾	誰似東坡老	蘇軾	轉喻
白首	整體代部分	白首代指白髮	白首忘機	白髮	轉喻
遺忘	無欲是遺忘	無機心＞遺忘	白首忘機	無欲	結構譬喻
空曠	幽靜是空曠	幽靜之山＞空山	空翠煙霏	幽靜	結構譬喻
推算	料想即推算	料想爲推算出之結果	算詩人相得	料想	結構譬喻

相配	投合即相配	彼此投合為天地之數相配	算詩人相得	投合	結構譬喻
海道	旅行之路代旅行方式	海道代指乘船	約他年、東還海道	乘船	轉喻
歸隱	東還即歸隱	東返為歸隱	約他年、東還海道	東還	結構譬喻
謝公	泛稱代人	謝公代指謝安	願謝公、雅志莫相違	謝安	轉喻
謝公雅志	典故代願望	謝公雅志代指歸隱之願	願謝公、雅志莫相違	歸隱之願	轉喻
謝安雅志	蘇軾之約是謝安雅志	蘇軾之約為謝安的歸隱意願	願謝公、雅志莫相違	蘇軾之約	結構譬喻
西州路	地點代事件	西州路代指悼亡故人之事	西州路	悼亡故人之事	轉喻
回首	回想即回首	回頭＞想前事	不應回首	回想	結構譬喻
慟哭	狀態即行為	淚沾衣為慟哭	為我沾衣	沾衣	結構譬喻

（二）生查子（訴別）

　　三度別君來，此別真遲暮。白盡老髭須，明日淮南去。　　酒
罷月隨人，淚濕花如霧。後月逐君還，夢繞湖邊路。

此詞作於宋哲宗元祐七年（1092 年），時東坡 57 歲。東坡於該年七月以兵部尚書充南郊鹵簿使召還汴京，九月即離開揚州，此詞應作於八月間，為贈別友人蘇伯固（蘇堅）之作。

　　詞中主要傾訴別情依依，東坡感慨一生漂泊，至老仍受離別之苦。尤其與蘇堅三度離別，此番分別卻已是遲暮之年，將來能否再見實難預料，不捨之情溢於言表。下片則言酒罷人散，多情的月卻隨人而行，似乎也不捨分離。隨後言月也跟隨友人歸去，相會無期，只能

在夢中再與摯友一同環繞著湖邊小路漫步了。詞中藉月傳達依依別情，賦予月以人的情感，其主要的概念譬喻即：「月是人」之擬人譬喻。譬喻的來源域是「人」，映射至目標域的「月」，其譬喻映射過程如下表所示：

表 5-6-5　蘇軾〈生查子〉（訴別）詞「月是人」的譬喻映射

來源域：人	譬喻映射	目標域：月
有感情、不捨別離	⟹	隨人而行
心隨友人歸去		逐君而還

在主要的概念譬喻：「月是人」的運作下，上片感慨一生漂泊，至老仍受離別之苦，尤其自己已是遲暮之年，此次與蘇堅分別，將來能否再見實難預料，不捨之情溢於言表。「三度別君來，此別眞遲暮」，「三度」，三次，三回。「別君來」，與你離別以來。此寓含「時間是移動物」之結構譬喻，謂自彼時移動來到此時。「此別」，這次別離。「眞」，實在。「遲暮」，比喻晚年。此藉「一生是一日」之結構譬喻，謂年老爲一日之遲暮。此二句意謂三次與你離別以來，這次別離實在是衰老了。「白盡老髭須，明日淮南去」，「白盡」，即全變白了。此藉「狀態即行爲」之結構譬喻，謂鬚白之狀爲全數染白之行爲。「老髭須」，老鬍子。唇上曰髭，唇下爲鬚。此藉「髭須是人」之擬人譬喻，謂髭鬚如人會老。「明日」，不遠的將來。此藉「部分代整體」之轉喻，以明日代指不遠的將來。「淮南」，指淮南路，治所在揚州。此藉「行政區代治所」之轉喻，以淮南路代指揚州。「去」，離開。此二句意謂詞人髭須已因衰老盡白，不久又將離開揚州他往，一生漂泊無定。

下片藉月表達依依不捨之別情。「酒罷月隨人，淚濕花如霧」，「酒罷」，酒宴結束。此藉「部分代整體」之轉喻，以酒代指酒宴。「月隨人」，月亮跟隨著人走。此寓含「月是人」之擬人譬喻，謂月能跟從人而走。「淚濕」，即流淚。此藉「行爲即狀態」之結構譬喻，謂流

淚爲淚濕之狀。「花如霧」，即如霧中看花。此藉「眼淚是霧」之實體譬喻，謂隔淚視物如隔霧看花。此二句意謂離別之宴結束後月亮似亦不捨而跟著詞人離去，詞人因惜別而流淚，淚眼視物如隔霧看花。「後月逐君還，夢繞湖邊路」，「後」，隨後。「月」，月亮。「逐君還」，追逐你而回。此亦寓含「月是人」之擬人譬喻，謂月逐人而回。「夢繞」，夢中環繞。此藉「行爲代行爲者」之轉喻，以夢代指入夢者。「湖邊路」，湖邊小路。此二句意謂隨後月亮也跟隨著你回去了，相會無期，將來只能在夢中再與你一同環繞著湖邊小路漫步了。

　　總之東坡這闋贈別詞詞短情長，主要譬喻「月是人」是習用的常規譬喻，卻是「語淺情深，正不易及。」〔註92〕下表爲這首〈生查子〉（訴別）詞的詳細譬喻來源域考察。

表5-6-6　蘇軾〈生查子〉（訴別）詞的譬喻來源域考察

來源域	概念譬喻	角度攝取	語言表達式	目標域	譬喻類型
移動物	時間是移動物	自別君時移動來到此時	三度別君來	時間	實體譬喻
一日	一生是一日	年老＞一日之遲暮	此別眞遲暮	一生	結構譬喻
染白	狀態即行爲	鬚白＞染白	白盡老髭須	鬚白	結構譬喻
人	髭須是人	鬍鬚如人會老	白盡老髭須	髭須	擬人譬喻
明日	部分代整體	明日＞將來	明日淮南去	將來	轉喻
淮南路	行政區代治所	淮南路代指揚州	明日淮南去	揚州	轉喻
酒	部分代整體	酒代指酒宴	酒罷月隨人	酒宴	轉喻
人	月是人	月能跟從人	酒罷月隨人	月	擬人譬喻

〔註92〕見清・陳廷焯，《詞則・放歌集》卷一，《詞話叢編》本（北京：中華書局，1986年）。

淚濕狀	行爲即狀態	流淚爲淚濕狀	淚濕花如霧	流淚	結構譬喻
霧	眼淚是霧	隔淚視物如隔霧看花	淚濕花如霧	眼淚	實體譬喻
人	月是人	月能逐人而回	後月逐君還	月	擬人譬喻
夢	行爲代行爲者	夢代指作夢者	夢繞湖邊路	作夢者	轉喻

（三）醉落魄（席上呈元素）

> 分攜如昨。人生到處萍飄泊。偶然相聚還離索。多病多愁，
> 須信從來錯。　尊前一笑休辭卻。天涯同是傷淪落。故山
> 猶負平生約。西望峨嵋，長羨歸飛鶴。

這首詞作於宋神宗熙寧七年（1074 年）十月，時蘇軾 39 歲，由杭州赴密州知州任，與當時奉召還朝的楊繪（楊元素）自杭州同行至潤洲分手時的贈別之作。

詞人在詞中感嘆人如浮萍，漂泊無定，經歷過多次的離別之苦，加上詞人於宋神宗熙寧六、七年間健康狀況似乎不佳，故曰多病多愁，使他相信自始走上宦途便是個錯誤。下片勸楊元素既然同在宦海漂泊，勿辭樽前一笑。並感慨猶未能實現與蘇轍早日歸隱故山的約定。其詞中主要的概念譬喻即：「人是浮萍」。譬喻的來源域是「浮萍」，映射至目標域的「人」，其譬喻映射過程如下表所示：

表 5-6-7　蘇軾〈醉落魄〉（席上呈元素）詞「人是浮萍」
　　　　　的譬喻映射

來源域：浮萍	譬喻映射	目標域：人
無根		無固定居處
隨水漂泊		四處流浪、行止無定
隨水漂泊，聚散無定		偶然相遇

在主要的概念譬喻：「人是浮萍」的運作下，上片感嘆人如浮萍，

漂泊無定，在多病多愁下經歷過多次的離別之苦。「分攜如昨。人生到處萍飄泊。偶然相聚還離索」，「分攜」，離別。「如昨」，如在昨日。此寓含「離別是每日」之譬喻蘊涵，謂上次離別如在昨日，今日又將離別。「人生」，指人的一生。「到處」，處處，各處。「萍」，浮萍。「飄泊」，比喻東奔西走，行止無定。此寓含「人是浮萍」之實體譬喻，謂人如浮萍四處漂泊。「偶然」，偶爾。「相聚」，彼此聚會。「還離索」，還離群索居。此藉「整體代部分」之轉喻，以離索代指離友而分居。此三句意謂人如浮萍，漂泊無定，上次離別如在昨日，今日又將離別。才短暫相聚，馬上又要離友而分居。「多病多愁，須信從來錯」，「多病」，常患疾病。「多愁」，常憂愁。此寓含「愁病是物件」之譬喻蘊涵，謂抽象之愁與病可計算數量多少。「須信」，終於相信。「從來」，從前；原來；向來。此寓含「時間是旅行」之譬喻蘊涵，謂從前至今爲從來處至此。「錯」，誤，不正確。此二句意謂常患疾病宦途又常有憂愁，終於相信自始走上宦途便是錯誤。

　　下片希望與楊繪樽前共樂，並感慨還未能實現與蘇轍早日歸隱故山的約定。「尊前一笑休辭卻。天涯同是傷淪落」，「尊前」，在酒樽之前。指酒筵上。此藉「部分代整體」之轉喻，以酒樽代指酒筵。「一笑」，一樂。此藉「部分代整體」之轉喻，以笑代指盡興。「休辭卻」，不要推辭。「天涯」，猶天邊。指極遠的地方。此寓含「極遠是天邊」之譬喻蘊涵，謂天之邊爲極遠之地。「同是」，同樣是。「傷」，憂思，悲傷。此藉「行爲代行爲者」之轉喻，以悲傷代指悲傷者。「淪落」，流落；漂泊。此二句意謂同樣是遠離故鄉、悲傷宦遊漂泊的人，莫要推辭酒筵盡興飲酒。「故山猶負平生約。西望峨嵋，長羨歸飛鶴」，「故山」，舊山。喻家鄉。此藉「部分代整體」之轉喻，以故山代指故鄉。「猶負」，還背棄；還辜負。「平生」，平素；往常。「約」，約定。「西望」，向西遙望。此寓含「想念即眼望」之譬喻蘊涵，謂眼望爲心中想念。「峨嵋」，也寫作峨眉。山名。在四川峨眉縣西南，因山勢逶迤，有山峰相對如蛾眉，故名。東坡在此藉「部分代整體」之轉喻，以峨

峨嵋山代指四川家鄉。「長羨」，常常羨慕；經常羨慕。「歸飛鶴」，往回飛的鶴。此寓含「鶴是人」之譬喻蘊涵，謂鶴都能歸飛返家，人卻漂泊外鄉不得歸。末三句意謂詞人遺憾未能實現往日與胞弟共返故鄉歸隱的約定。向西遙望故鄉的峨嵋山，常常羨慕歸鶴能歸飛返家，人卻漂泊外鄉不得歸。

　　此詞雖屬東坡早期詞作，受朝廷黨爭的影響，已有天涯淪落的感傷。多愁加上該段時間多病，詞中藉由「人是浮萍」的主要譬喻，感慨宦遊漂泊，有負與蘇轍早日歸隱故山之約，羨慕歸飛鶴能歸飛返鄉，大有不如歸去之感。下表爲這首〈醉落魄〉（席上呈元素）詞的詳細譬喻來源域考察。

表 5-6-8　蘇軾〈醉落魄〉（席上呈元素）詞的譬喻來源域考察

來源域	概念譬喻	角度攝取	語言表達式	目標域	譬喻類型
每日	離別是每日	離別＞頻繁	分攜如昨	離別	結構譬喻
浮萍	人是浮萍	人如浮萍漂泊	人生到處萍飄泊	人	實體譬喻
離索	整體代部分	離索代指離友而分居	偶然相聚還離索	離友而分居	轉喻
物件	愁病是物件	可計數量多少	多病多愁	愁病	實體譬喻
旅行	時間是旅行	從前至今爲從來處至此	須信從來錯	時間	結構譬喻
酒樽	部分代整體	酒樽代指酒筵	尊前一笑休辭卻	酒筵	轉喻
笑	部分代整體	笑代指盡興	尊前一笑休辭卻	盡興	轉喻
天邊	極遠是天邊	天之邊＞極遠	天涯同是傷淪落	極遠	結構譬喻
故山	部分代整體	故山＞故鄉	故山猶負平生	故鄉	轉喻

	體		約		
眼望	想念即眼望	西望＞想念	西望峨嵋	想念	結構譬喻
峨嵋山	部分代整體	峨嵋山＞四川家鄉	西望峨嵋	四川家鄉	轉喻
人	鶴是人	有歸鄉行為	長羨歸飛鶴	鶴	擬人譬喻

第七節　小　結

　　經過本章對柳永與蘇軾詞作的補充與加強，對兩位作家的譬喻思維有進一步的理解。在詠事詠物詞方面，柳永的節令詞通常透過幾個不同的面向來敘寫節日，如〈迎新春〉（嶰管變青律）分別透過「季節變化即氣候改變」、「帝都繁華熱鬧的景象」以及「京城上元是人們的歡樂」等譬喻思維，從節令氣候、帝都繁華熱鬧景象以及人們歡樂情緒等三個面向來描寫上元（元宵）佳節；〈木蘭花慢〉（拆桐花爛漫）則以「京城清明是帝都城郊的美麗春景」與「京城清明是帝都城郊的春遊活動」二個認知譬喻，分別從春日美景、帝都人們清明歡樂遊春的活動兩個面向來描寫京城清明節，這種由多個不同的來源域共同映射至同一個目標域之敘寫方式，除能印證古典詞作適用「總體式隱喻閱讀原則」閱讀與理解之外，還真實地刻劃了當時的一些民俗，保留了可貴的歷史紀錄，這也是柳永詠節日詞作得到後世最多讚賞之處。

　　蘇軾節日詞寫作方式多元，除有多面向的描寫，如〈南鄉子〉（宿州上元）（千騎試春遊）藉「宿州上元日間活動是盡興春遊」與「宿州元宵是熱鬧溫柔」二個認知譬喻，分由白晝春遊與夜晚賞燈兩個活動來描寫宿州上元外，也有極富想像的浪漫之作，如〈水調歌頭〉（明月幾時有）以「天上世界與人間世界」之對比、〈念奴嬌〉（憑高眺遠）藉「人生是仙人下凡之旅」之譬喻運作，分別創造出縹緲的天上世界與月中世界來寄託詞人中秋思親暨抱負未成的感懷，詞中更以通透曠觀的想法，點出天上世界與人間世界一樣，各有長處與短處。對於仕

隱的矛盾，東坡的解決之道便是不強求，只以祈願的方式與樂觀的態度泰然處之。東坡節日詞中更結合其個人遭遇對人生進行反映與省思，如〈西江月〉（重九）（點點樓頭細雨）以「人生是一場宴會」之譬喻蘊涵，表達「俯仰人間今古」的省思；〈水調歌頭〉（明月幾時有）藉「人生的狀態即月亮的狀態」之譬喻蘊涵，反映「人有悲歡離合，月有陰晴圓缺，此事古難全」的曠觀思考。甚至在節日詞中也可見東坡愛民的情懷，如〈蝶戀花〉（密州上元）（燈火錢塘三五夜）藉「密州上元非杭州上元」之譬喻蘊涵，以繁華之杭州對比寂寞之密州，此對比並非出自心中的失望與沮喪，而是出於對密州人民的農桑收成與生活的關懷。

在詠物詞方面，柳永有些詠物詞頗能切合詠唱對象的特徵，以「花是人」（〈受恩深〉雅致裝庭宇）、「黃鶯是人」（〈黃鶯兒〉園林晴晝春誰主）等擬人譬喻來詠唱，這些擬人譬喻大致上是以外形特徵的比擬爲主。有些作品如〈木蘭花〉（柳枝）（黃金萬縷風牽細）則能不露痕跡地將史事與歷史典故融進詞中，這對早期的詠物詞來說已經是非常難能可貴了。更有些新穎的認知譬喻也在柳詠的詠物詞中出現，如〈木蘭花〉（杏花）（翦裁用盡春工意）以「自然即工廠」、「生命是製造」以及「萬物是產品」等概念譬喻來詠唱杏花的天賦美麗、〈受恩深〉（雅致裝庭宇）以「自然即商場」、「開花是可以買賣的權利」、「花期是貨物」等認知譬喻形容花如女子的嫉妒心，可說是既新奇而又富有創意。

蘇軾的詠物詞則除了也能多方面歌詠主題外，大多也蘊含「花是女人」的譬喻運作，但同樣的「花是人」的譬喻蘊涵，東坡卻總能結合自身的遭遇，融鑄更多感人的元素，蘊含更多的感情與思考，有對人生的反思、嘆光陰的易逝等，這種面對人生挫折，更能跳脫出來將自己個人的悲慨幻化爲整個人類共通的情感，並拓展詞境時空，融入歷史情愫與文化認同，使內容更多元，含蘊更深厚。再者，以花的種類而言，蘇軾常以梅花來自比（〈定風波〉好睡慵開莫厭遲、〈阮郎歸〉

暗香浮動月黃昏）並以之投射在小妾朝雲（〈西江月〉玉骨那愁瘴霧）身上，譬喻的攝取角度就在梅花的高潔以及不懼環境的險惡，傲立霜雪之中那股堅毅挺拔、奮發向上的精神。柳永則曾取菊花以自比（〈受恩深〉雅致裝庭宇），其譬喻的攝取角度是藉菊花的寂寞自持、無人賞愛來映射自己懷才不遇、無人提攜的人生挫折。所以同樣是「花是人」的譬喻運作，由其所取譬的花的種類以及攝取角度，即略可窺知詞人所抱持的人生態度與其人生方向。

在詠妓詞方面，單純讚妓而不涉及狎妓者多屬柳永早期作品，他多從色與藝兩方面詠讚歌妓。常見以「舞者是趙飛燕」之譬喻來讚詠歌妓之舞技高超；讚妓美貌則常見「舞者是西施」或「人是花」之譬喻蘊涵；讚妓身材輕盈則常見「人是柳」之譬喻運作；讚妓歌藝則常藉「歌聲是物理力」之譬喻思維以形容其歌聲響遏行雲。也有藉「歌妓是美女」（〈荔枝香〉甚處尋芳賞翠）與「歌妓是尤物」（〈少年游〉世間尤物意中人）等譬喻蘊涵讚美歌妓的各種神態美與溫柔的，大抵也都是由外在著眼。

蘇軾的詠妓詞主要用於宴席上的唱和以及佐酒助興，不能免俗的有純為應酬而寫的詞，這類詞多讚美侍人歌妓的嬌媚與姿態。如〈減字木蘭花〉（贈徐君猷三侍人嫵卿）（嬌多媚煞）藉「嫵卿是美女」的譬喻運作，由嫵媚善交際；姿態撩人貌美、身材好；舞姿多變及受寵等外在表象，在宴席上讚美黃州太守徐君猷的侍人嫵卿。這類詞的譬喻思維並未跳脫宋代文人文化的影響，如多以趙飛燕類比歌妓的高超舞技、以西施或桃花類比歌妓的美貌、以念奴及響遏行雲類比歌妓的歌聲、以楊柳類比歌妓的身材等。除此之外，蘇軾與柳永皆有為歌妓的悲苦命運抱不平之作。柳永從同情與關懷的角度直接為歌妓們代言與打抱不平，這類詞作不少，如〈迷仙引〉（纔過笄年）藉「人是植物、女人是花、歌妓是蕣華」之譬喻蘊涵強調歌妓的青春短暫、〈少年游〉（一生贏得是淒涼）藉「歌妓的人生是賭博」的譬喻運涵感嘆

歌妓的戀情是豪賭等〔註93〕。蘇軾則寫得較少並比較委婉，如〈殢人嬌〉（王都尉席上贈侍人）（滿院桃花）藉「侍女是桃花」之譬喻蘊涵，以桃花喻王詵侍女倩奴之美貌，詞中並暗諷王詵讓侍女虛度青春、爲情而苦，王詵本人卻恍若未見並早就習以爲常了。最具蘇軾個人特色的詠妓詞應是〈西江月〉（姑熟再見勝之，次前韻）（別夢已隨流水）與〈定風波〉（南海歸贈王定國侍人寓娘）（常羨人間琢玉郎）。前一闋藉「姑熟勝之非黃州勝之」之譬喻蘊涵對比姑熟與黃州時期的徐君猷侍女勝之。除感嘆世事多變，僅隔兩年，對老友徐君猷遽然仙去感到不捨，並對勝之的薄情寡義深有感慨。後一闋則藉「人是植物、侍女是梅花」的譬喻蘊涵，以嶺梅喻指王鞏的侍女寓娘，讚美寓娘不畏偏遠，隨王鞏遠赴嶺南賓州貶所的堅貞與堅毅品格。兩相對照，可見東坡對「人是梅花」的取譬角度不限於表面的潔白芬芳，更深入其生長的韌性與堅毅的植物特性。亦可看出蘇軾對歌妓之讚頌是外在與內涵並重的。

　　柳永的羈旅行役詞大都描寫苦旅，幾乎所有的行役詞都蘊含著「人生是旅行」、「仕途是旅行」的譬喻蘊涵。在詞中也總流露著「悔昨恨今」的低迴情緒。他一方面深受苦旅與離別之苦，一方面又困陷於宦遊之途而無法自拔，由是而生出厭仕之想法也就不令人意外了。如其〈鳳歸雲〉（向深秋）以「功名利祿是塵土」的主要譬喻，慨歎功名利祿於己無益，將要歸隱漁樵；又〈滿江紅〉（暮雨初收）即以「仕途是旅行」的譬喻蘊涵，描寫蕭瑟秋天宦遊漂泊之苦，詞中也自許與雲泉有約，高唱歸去來。只是對柳永而言，他既無法放棄對官位俸祿的追求，便不能擺脫吳山越水的宦遊生涯。則其苦旅是眞，厭仕云云只能當作是艱苦旅途中的牢騷之詞罷了。

　　東坡一生官運不佳，在朝受到重用的時日不長，大半的歲月不是自請外放就是遭貶遠地。故其漂泊宦遊、羈旅行役的機會當不比柳永

〔註93〕 詳見本論文第四章第三節之四、柳永妓戀詞之例。

少。但相較於柳詞的苦旅與厭仕，東坡不論身處何地，詞中多流露自得知命、安適恬退的態度。如 28 歲任大理評事鳳翔府簽判時的作品〈南歌子〉（再用前韻）（帶酒衝山雨），非常形象化的以「歸隱是走沙路、仕宦是泥行」的主要譬喻，揭露歸隱與仕宦之路在其心中的不同。一為輕便易行之道，一是阻滯難行之途，無怪乎他要強調「自愛湖邊沙路、免泥行」了。再如〈漁家傲〉（臨水縱橫回晚鞚）是他 56 歲出守穎州時所作，詞中以「人生是夢」的主要譬喻感嘆人生如夢般短暫，即使擁有高官顯爵，也似夢般虛幻，只是短暫人生的裝飾品罷了。當時他處在被召回朝任翰林學士與龍圖閣學士之後因黨爭傾軋，逼迫日甚，自請出守穎州的氛圍中，自是良有所感。另外，〈謁金門〉（秋興）（秋池閣）中他以「浮名是情薄之人」的擬人譬喻描述對浮名情薄的感慨與閑處的無奈。而東坡 58 歲以兩學士出知定州時的作品〈行香子〉（述懷）（清夜無塵）中，他藉「人生苦短」的主要譬喻，感嘆胸懷才學，提出的建言卻無人信任採納的無奈，只能韜光養晦，等待著隱退田園的那天，過著與琴酒為伍，常伴一溪雲彩的清閑生活。由這些例子可知，從入仕伊始，東坡不論是在朝當政抑或外放遭貶，他無不以恬退為志，雖未付諸實現，對田園的高遠之志倒是一以貫之，從未改變。

　　就悼亡詞而言，柳永〈秋蕊香引〉（留不得）以「女子是花、（人死即花謝）」的譬喻運作，感傷好花易謝、美好的事物難以久存，情意真摯哀慟，令人感動。惟其感動乃在傷逝之情，不若蘇軾〈江城子〉（十年生死兩茫茫）以「重逢是夢」之結構譬喻悼念亡妻王弗。詞中描述生死相別十年後的重逢夢境，情感細膩而真實，一舉一動如在眼前。尤其以夫妻相處時，日日所見妻子的梳妝動作，暗示此情此景只能在夢中再現，一旦夢醒，再也見不到妻子梳妝了，沉重哀痛、令人不忍卒讀。也因此能觸動人心最深層之情感，其感發力量之強自非柳詞可比。

　　柳永〈雙聲子〉（晚天蕭索）姑蘇懷古雖不若蘇軾赤壁懷古傳誦

千古，但他以獨特的歷史情懷詠唱強弱盛衰的虛幻，尤其以「吳國是浪濤、越國是扁舟」的譬喻蘊涵，意謂吳國強大的國力如浪濤般強勁，最後竟輸給駕著小小一葉扁舟的越國范蠡。頗具在時間的長河裡，終究誰強又誰弱的歷史視野。詞中最後以「斜陽暮草茫茫，盡成萬古遺愁」作結，更以「短暫人生是夕陽」之譬喻蘊涵疊加上「宇宙時空是茫茫暮草」之譬喻蘊涵，將短暫人生置放於無窮的宇宙時空中檢視，最後得出歷史上的盛世與風流人物又如何，終將盡成萬古遺愁！鏗鏘有力，令人玩味再三。

東坡的赤壁懷古藉著故國神遊，與娶得美人歸，贏得赤壁之戰，正少年得志、意氣風發的周瑜古今相逢。原自慚於功業未建、理想猶未實現卻多愁多感而早生華髮。但在「時光是長江水」的譬喻運作下，通過古今以觀之，體悟到不論盛衰、成敗或得失都將被江水淘盡、隨長江水而東逝；更可貴的亦即他與柳永的最大差別處，就是東坡沒有因人生短暫而讓自己的意志消沉。反而在「人生是夢」之譬喻蘊涵下，通過歷史的視野看待自己的人生，在廣闊的時空中，拋棄個人的得失、成敗和榮辱，結合他的史觀、曠觀與忠義奮發的思想，終於創作出這首千古絕唱。

柳蘇的懷古詞都利用時空壓縮的融合，將不同時空發生的人事物壓縮到同一平面上來比較評論，藉由今昔對比，凸顯今不如昔或物是人非的蒼涼惆悵之感。但同樣是懷古，同樣以歷史情懷詠唱強弱盛衰的虛幻，柳永以「斜陽暮草茫茫，盡成萬古遺愁」作結，如茫茫暮草的萬古遺愁，無盡地延展，直至沉寂而無生氣的夜，幽怨綿長。蘇軾卻一派豪爽，不涉愁怨，先以「多情應笑，我早生華髮。」自嘲，後又以「人生如夢，一尊還酹江月。」將感慨之情外放。亦即，柳蘇儘管在主要譬喻思維與概念譬喻的使用上似無太大差異，但在展現感情的譬喻意象選擇上，仍有著明顯不同，這或許是豪放與婉約在感情表述上的一種對比。

柳永的酬贈詞以投獻詞為主，通常平鋪直敘，詞中運用許多典故

轉喻，對投獻對象歌功頌德，若非還有保留社會生活實錄與城市風光的作用，這類作品鮮能引起讀者的感情波動，感發的力量較小，讀來還真有些索然無味。柳永的酬贈詞歌頌的節奏大多有跡可循，往往先歌詠投獻對象的戰功彪炳或功勳卓著、榮耀鄉里；接著讚其治績斐然，轄下百姓稱頌；最後總稱其為朝廷不可或缺之棟樑、將獲升遷重用等，較少變化；詞中多藉高官顯爵的歷史人物映射詠唱對象的功勳與升遷，或藉吟賞風月、映射詠唱對象的風流閒雅與轄下治績。如〈早梅芳〉（海霞紅）詞「杭州太守孫沔是漢元侯張既」與〈望海潮〉（東南形勝）詞「杭州太守是威武風流的地方長官」的譬喻運作等，變化亦不多。

　　蘇軾的酬贈詞種類繁多，原因已如前文所述，茲不贅述。重要的是，除了酬贈詞多外，蘇軾酬贈詞中的譬喻思維亦較為多元，有歌詠友人的閒居生活與仙風道骨者，如〈滿庭芳〉（三十三年）詞藉「人是植物」、「王先生是蒼檜」的概念譬喻，透過「凜然蒼檜，霜幹苦難雙」映射「王先生」的傲幹奇節、風骨凜然。也有與友人相約歸隱、真情流露之作，如〈八聲甘州〉（寄參寥子）（有情風、萬里卷潮來）詞藉「蘇軾之約是謝安雅志」的譬喻蘊涵，表露對歸隱杭州的堅持與期盼，期待與相知相得的好友參寥一同歸隱「西湖西畔，正暮山好處」，祈求勿如謝安志未就而死之遺憾。更有感慨宦途漂泊、天涯淪落，與友臨別的思鄉之作，如〈醉落魄〉（席上呈元素）（分攜如昨）詞藉由「人是浮萍」的主要譬喻，感慨宦遊漂泊，羨慕歸飛鶴能歸飛返鄉等。可說蘇軾詞中不僅能觸及人類共有的感情，其豁達超脫的個性與人生觀，往往更有一種超越的情感，能激發共鳴，令人景仰、使人欽佩，是以感發力量特強。

第六章　結　論

　　本論文運用 Lakoff-Johnson（1980）「概念譬喻理論」探求文本中之概念譬喻，並在此基礎上加以延伸發展，探索蘇軾與柳永詞作之譬喻蘊涵及其特色。方法上係以認知語言學爲基礎，參考 Lakoff-Turner（1989）所建構的解析整首西洋詩歌的「概念譬喻理論文學分析法則」，並針對漢語詩歌的特色修正解析框架。期能深入文本與作家的心智世界，探求宋詞背後所隱藏的譬喻思維，更盼能提供作爲詮釋之依憑以爲讀者解讀時之參考。

　　本論文藉由認知角度解析蘇軾與柳永的詞作，一方面探討他們譬喻思維的蘊涵以掌握其譬喻運思之特色；另一方面則從詞作的譬喻風格及特色，探求兩位詞人的的語言表達與譬喻思維的異同；更在譬喻思維的導引下，希望促進對宋代文人及社會文化的進一步了解。

一、本論文獲致的成果

　　經由先前各章的研討與析論，本論文對於認知理論的探析與其運用在宋詞的實踐上有不少收穫。透過認知角度的切入，有些研究所得或可作爲前人說詞的旁證，有些則可補強對詞人創作思維的了解，謹將本論文所獲致之成果分爲理論探討與作品實踐兩部分，分別概述於後。

（一）理論探討的成果

在深入文本與作家的心智世界，探求宋詞背後所隱藏的譬喻思維之目標下，本論文第二章以美學、文藝心理學理論與認知譬喻理論相互證成的方式，來印證我們日常概念基本上是譬喻性的，並且這些概念譬喻是以我們的身體經驗來建構的。另外，本論文第二章第三節也論證，文學詮釋是具有認知基礎的、以認知譬喻理論所從事的文學詮釋是適當而且合理的。在本論文第二章第四節，我們發現文學詮釋與接受美學的內涵，其實可以用美學家朱光潛所謂的 A 爲 B 或概念譬喻理論 X IS（A）Y 來概括。這也意味著，文學詮釋的背後是可以由概念譬喻的理論系統來找到其認知基礎的。

本論文第二章第五節也從譬喻認知的觀點，結合作者、文本與讀者三方面來探討文學詮釋的限制問題。若將概念譬喻理論 X IS（A）Y 代換成「我是他」的譬喻理解便可用來彰顯文學詮釋的認知歷程，但畢竟「我不是他」、對於「他」的理解實在是因人而異的，也因此藝術的欣賞以及文學的詮釋仍然要受到個別經驗的影響，就因爲受限於每個人經驗的不同，不同的欣賞者與詮釋者對於同一文本和作品出現不同的感受與詮釋是可以理解的。不過，我們也說明儘管受限於文化背景以及個人經驗的差異，不同的讀者對於相同的譬喻容或有不同的解讀或詮釋，但這些概念譬喻並非憑空而得，仍須藉由文本中來求索。因此我們以爲文學詮釋理應尊重一些不同的詮釋，但卻不宜漫無節制與限制。也正因爲概念譬喻必須從文本中追尋，因此文學詮釋不能脫離文本的主張還是合理的。

總之，雷可夫（George Lakoff）和詹森（Mark Johnson）所提出的概念譬喻理論，爲作者、文本與讀者三方面孰輕孰重的爭論，啓發一條兼籌並顧的解決良方。他們論證我們日常生活的概念系統其本質是譬喻性的，也就是說我們是經由系統性的譬喻思維來認知整個世界的。立基於此一理論基礎來閱讀文學文本，以作者文本中所使用的語

言文字作爲線索，透過這些語言符碼索隱其背後的譬喻概念系統，既呼應艾柯重視「文本的意圖」之看法，進而貼近作者創作的「原意」，也不致違背葉嘉瑩並重作者之論，更能在有詮釋依憑下（不致被譏爲胡思亂想的過度詮釋）保有接受者（讀者、聆聽者或觀賞者）的再創作用與詮釋自由，應該是多方兼顧下的一條可行之道。

本論文於第二章第六節，亦分由詩隱喻、概念譬喻的文學詮釋、總體性隱喻閱讀原則，以及概念融合理論等理論層面，探討概念譬喻理論與文學詮釋相關的各類論題，論證概念譬喻理論適用於詩歌詮釋，並確立理論運作的析論原則。更在三、四、五各章，蘇柳詞作之解析實踐中，證明概念譬喻理論的確適用於古典詩歌詮釋。

本論文第二章第六節，對於概念融合理論四空間彼此間之間接、非單向性的投射，曾以《中國時報》2002 年 4 月 5 日所刊載的一篇短篇──〈心是一座城堡〉爲例，論析其概念融合過程。其後並分別以概念譬喻理論的二域映射分析，以及概念融合理論的多空間融合運作模式，探討王國維對晏殊〈鵲踏枝〉詞形成不同詮釋，其背後的概念融合過程，藉以論證利用文本中作者所使用的譬喻作爲線索，透過作者的譬喻概念融合過程，以及其譬喻攝取角度，索隱出其創作時有意無意間流露出的譬喻蘊涵及思維，這種詮釋方式對於貼近作者的創作原意來說不僅可能，而且在理解文本上更將有莫大的助益，甚至對於理解其他詮釋者的詮釋理念來說也大有幫助。

詩歌感動人心的力量，很多要靠形象化來傳達，使用譬喻正是使詩歌形象化的最佳方法之一。譬喻使用的巧妙與否是詩歌形象化成敗的關鍵因素。譬喻背後的概念思維也成爲詩歌感動人心之程度與深度的衡量標準。本論文第二章第七節藉由王國維的境界說及葉嘉瑩的感發作用說，論證適用於認知譬喻觀點的評詞標準。並以實際詞句爲例，證明作者在詞中所蘊含的概念譬喻，其感發之力量以及引起欣賞者感發之力的大與小，的確可作爲認知觀點下的評詞標準。

（二）作品實踐的成果

本論文以 Lakoff-Johnson（1980）概念譬喻理論（CMT）、Peter Stockwell（2002）認知詩學的詩隱喻理論與 Lakoff-Turner（1989）「總體性隱喻閱讀」（a global metaphorical reading）作爲作品實踐的主要析論原則。

經由本論文第三章對蘇軾與柳永詞作的具體實踐，從單一詞作、範圍較集中的詩隱喻，或是整首詞全篇性的詩歌隱喻，一直到許多首詞作的整體性隱喻閱讀，揭示了概念譬喻理論的建構對日常用語的印證，但延伸應用於詩歌的譬喻運用，以及在整體譬喻運作的闡釋方面，也確有其可以發揮的潛力。

本論文第三章第二節經由對蘇軾〈定風波〉（世事一場大夢）詞的詩隱喻探討，爬梳出詞人藉創意延伸、創意表述、創意質疑以及創意拼合等方法，可以將日常生活中那毫不引起注意的深藏在概念中的常規譬喻，脫胎換骨幻化爲神奇的詩隱喻。雖然不是每個文本中的作者都必然會運用這四種方法來創造詩隱喻。而且也並不是只有這四種方法才能將常規譬喻幻化爲詩隱喻，但 Lakoff-Turner 所歸納出的這四種方法仍然具有重要的價值，因爲這是探討詩隱喻基礎的一步，也是很重要的一步。畢竟不管詩人幻化的方式爲何，譬喻的結構和映射運作機制總是促成詩隱喻誕生的原動力。

在本論文第三章第四節，對蘇軾謫居黃州時期的作品實踐中，藉由 Lakoff & Turner 1989 提出的「總體性隱喻閱讀」原則，我們得以掌握許多詞作多元表述的背後，不論各種各類的詞，那些原來我們認爲不同類型，不同作用的作品，原來都可以映射到相同的更大範圍的目標域。透過「總體性隱喻閱讀」原則，使得我們可以更進一步貼近詞人的創作本意，也得以較全面地來了解作品。

在本論文三、四、五各章的實踐中，我們更發現，概念譬喻理論所能呈現的不僅僅是詩歌中索隱出來的那些概念譬喻，也不僅僅是譬喻運作背後作者的譬喻角度攝取而已。更重要的是經由這些譬喻，作

者到底要表達的是什麼？經由本論文的論證，我們更堅信每篇作品中的概念譬喻，其運作上都有作者有意無意間所流露出的某些思維上的蘊涵。

亦即，本論文揭示蘇軾與柳永詞中的概念譬喻思維以及其映射過程，除索隱其主要概念譬喻與攝取角度外，並藉以揭示其隱藏於譬喻蘊涵下之思維奧秘。

1、蘇軾詞作的認知譬喻特色

蘇軾的詞以小令為多，不論詠事、詠物，與友人間的酬贈，甚至詠妓等各種題材，往往都包含其強烈的個人感情色彩，亦即東坡係藉詞以抒懷或議論，故其詞中較多比興之作。藉由本論文第三與第五章對蘇軾詞作的分析，我們理解東坡不論在朝或在野，其詞中最主要的譬喻思維，即效法陶淵明歸園田居，那種躬耕自適的恬淡與自得。蘇軾除有四卷一百多首和陶詩外，在謫居黃州時的〈江城子〉（夢中了了醉中醒）詞中，即藉「雪堂是斜川、蘇軾是陶淵明」的譬喻蘊涵，直接以陶淵明自比。東坡認為所走過的「仕宦之夢」，只有淵明與他身處其中，獨能了了而不迷失，此所謂「走遍人間」卻依舊能躬耕也。而東坡 58 歲以兩學士出知定州時的作品〈行香子〉（述懷）（清夜無塵）中，藉由「人生苦短」的主要譬喻，感嘆胸懷才學，提出的建言卻無人信任採納的無奈，只能韜光養晦，期待著隱退田園的那天，過著與琴酒為伍，常伴一溪雲彩的清閑生活。無欲則剛，其〈定風波〉（莫聽穿林打葉聲），亦是在「人生是旅行」與「作官是旅行」這樣的譬喻思維下，面對宦途挫折與人生困境時，所展現出的那種鎮定與自我持守的精神，將此譬喻思維投射到實際人生，就反映出作者的人生修養以及超曠的胸懷。而在貶居黃州期間與夢有關的詞作中，在整體性隱喻閱讀下，東坡的黃州夢都指引向歸隱、「與親友歡聚；歸隱躬耕的想望」這一個更大的目標域。如〈菩薩蠻〉（七夕）（風迴仙馭雲開扇）詞中，藉「好夢是短暫的」之譬喻蘊涵，表達出牛郎織女雖

然在天上的相聚好夢易醒、相逢草草，卻終究不羨慕人間，因爲人間煩惱太多、艱辛難熬而度日如年。除了可能隱含「以往的盛況」與「現在的窘境」之「天上」與「人間」的對比隱喻外，從總體譬喻閱讀的角度來看，也還有另外一種可能的譬喻映射。就是非但不以眼下的景況爲窘，反而表達出對當前處境頗爲珍惜之意。也就是把整首詞中牛郎織女的情況與蘇軾的景況相對比。牛郎織女在天上的相聚好夢易醒、相逢草草，卻終究不羨慕人間，因爲人間煩惱太多、艱辛難熬而度日如年；恰如蘇軾的仕途，雖然遭遇橫禍被貶到黃州，卻安於現狀毫不羨慕端坐朝中的大臣。蓋朝中勾心鬥角、處境艱難度日如年，自然不如遠貶於野、常伴山林來得安逸長久。次如，〈西江月〉（世事一場大夢）中，藉「人生如夢」、「中秋節是團聚日」等譬喻蘊涵，在孤單的中秋夜有感而發，緬懷過往並感嘆佳節無法與親人團聚的當前境況，而生發出「人生如夢」的感傷。再如，〈南鄉子〉（重九涵輝樓呈徐君猷）（霜降水痕收）詞中，藉「萬事到頭都是夢」的譬喻蘊涵，強調面對著重九佳節，要手握酒杯好好歡送秋天。也就是說，既然萬事到頭都是夢，那麼「相逢不用忙歸去」，應當把握當下、及時行樂，賞當下之花、飲當下之酒。否則節後對著「明日黃花」將空留遺憾也。

　　另外，在〈水龍吟〉（次韻章質夫楊花詞）（似花還似非花）詞中，藉「花是人、楊花是女子」與「蘇軾是思婦」的譬喻蘊涵，映射詞中「夢隨風萬里。尋郎去處，又還被、鶯呼起」的「夢」。除了是將楊花化爲人後，思婦的尋郎相會之夢外，也可以解讀是「蘇軾化爲思婦」後的「回朝面君」之夢，那被「鶯呼起」的「好夢易醒」的遺憾就更顯露無遺了。而此詞結句的「細看來，不是楊花點點，是離人淚」的離人悲感也就更加能夠體會出來。再由〈水龍吟〉（小舟橫截春江）詞來看，詞人藉「宴會是夢境」，表達對昔日在友人闉丘孝直大夫家中，與好友歡樂宴飲、那開懷景況的追憶。詞中也許是作者想像的虛幻情境，但整個夢的宴會可說是作者藉以追懷過往的眞情流露。更值得注意的是，東坡以越相范蠡攜西施遊五湖的典故來想像闉丘太守歸

隱生活的美好，除了顯示對故人眞誠的祝福外，或許從詞中主要概念
譬喻「宴會是夢」追索出其上位譬喻概念「人生是夢」，也就是說此
詞中的「宴會是夢」其實也是蘇軾的人生歷程，這樣更可窺見他對歸
隱生活的期盼與嚮往。再如〈滿江紅〉（憂喜相尋）詞中，蘇軾藉「董
毅夫與柳氏是伯鸞與德耀」以及「董毅夫是〈周南・漢廣〉中的守禮
男子」之譬喻蘊涵，喻指其友董氏夫婦忘懷進退的難能可貴。而此詞
雖是稱頌朋友的次韻之詞，然由他詞中津津樂道「忘懷於進退」是高
尚情操，顯見東坡心中亦以此爲然。

　　再以其懷古名作〈念奴嬌〉（大江東去）論之，藉著「蘇東坡不
是周公瑾」的譬喻蘊涵，詞人利用時空壓縮的融合，將不同時空發生
的人事物壓縮到同一平面上來比較評論。亦即藉由今昔對比，凸顯今
人不如昔人以及物是人非的蒼涼惆悵之感。其〈醉蓬萊〉（笑勞生一
夢）詞中，以「勞生是一夢」之主要譬喻，先抒發勞生一夢、年華易
逝的悲慨，藉以感激徐守君猷的知遇之恩；再以把握當下、應及時行
樂的曠達來祝福徐守免災除禍，最後以追懷徐守遭惠州民如江水源遠
流長作結。再如其酬贈詞〈滿庭芳〉（三十三年），詞中以概念譬喻「人
是植物、王長官是飽經風霜的蒼檜」，讚揚王長官棄官歸隱三十三年
的高潔人品，以及卓爾不群的耿介個性。並以「人生如夢、人生如燈」
的「短暫、虛幻」之譬喻蘊涵，對應「三十三年，今誰存者，算只君
與長江」的恆久，並流露出「居士先生老矣」的悲慨以及對匆匆分離
的惜別之意。應再次留意的是東坡藉著對棄官三十三年、陶淵明式的
王長官那高潔、清廉、剛正以及卓爾不群的形象的歌詠，正反映出自
己類似的人格特徵與潛意識中對歸隱田園的嚮往。

　　在〈十拍子〉（白酒新開九醞）詞中，東坡藉「人生如夢」以及
「人生如醉」的概念譬喻，表達身外偶然得到的東西，都像夢一般虛
幻；酒醉時的空無所有之處就是故鄉。但這不表示東坡的人生是消極
的，而是（日）保苅佳昭所說：「這表明他將『外物』視爲空虛，而

在自我精神中看到人生價值的思想」〔註1〕。其〈臨江仙〉（詩句端來磨我鈍）詞中，詞人藉「滕元發的詩句是磨；蘇軾是鈍錐」的概念譬喻，云自己頑鈍，須好友滕元發的詩句相磨勵，卻又怕自己已成鈍錐，縱然磨勵也不能再生鋒芒。值得留意的是詞中「功成名遂早還鄉」一句，雖是形容滕元發解印回朝的情景，恐也是東坡對自我的期許。最後如〈浣溪沙〉（傾蓋相逢勝白頭）詞中，東坡藉「夢是容器、返鄉之夢是空容器」的譬喻蘊涵，對在黃州時，那些萍水相逢卻勝過白首相交的至友與當前的處境，表示知足與滿意，雖然「故山空復夢松楸」未能返鄉是一個遺憾，但有這許多至交好友相伴，很願意「此心安處是菟裘」並「願爲同社宴春秋」。

　　總之，我們透過蘇軾作品解析發現，蘇軾在出仕之後，歸隱的夢原來一直都存在的。無論在朝或在野，效法陶淵明歸隱躬耕的思維在他的作品中總不斷地出現著，尤其是當仕途不如意的時候，這樣的念頭更是經常浮現。然而，我們結合他整個的人生和仕途來看，每當他一回到崗位之上，又總是黽力從公、竭心盡力地爲朝廷、百姓服務。這就是蘇東坡，總能夠融合道家的避世與儒家的志意於一身，失意時也總能夠有更曠達、超越的思想來提升自己，堅持不被艱困的環境與際遇打敗。

2、柳永詞作的認知譬喻特色

　　由本論文第四章的析論揭示，柳永詞作的寫法以鋪敘爲主，其詞中雖有較多的轉喻運作，寫來仍頗有層次，能透過各個不同面向的描述，有條不紊地暢言心意。亦即在「總體性隱喻閱讀原則」下，其詞能由多個不同的來源域，映射至一個較大範圍的目標域。以其「都會承平詞」而言，其寫作目的多爲投獻或歌功頌德，亦即其本意乃在仕進與轉官，故由「總體性隱喻閱讀原則」觀察，柳永之「都會承平詞」常透過多個不同的來源域，朝向目標域——「仕進與轉官」映射。

〔註1〕　見保苅佳昭著，《新興與傳統——蘇軾詞論述》，頁72。

如其投獻名作〈望海潮〉（東南形勝），詞中藉「杭州是繁華都會」、「西湖是美麗勝地」與「杭州太守是威武風流的地方長官」等不同的譬喻蘊涵，由不同面向歌詠杭州太守。換言之，柳永先詠杭州繁華、再詠西湖美好，最後在總體性隱喻閱讀下，這闋詞的所有來源域皆朝向歸美「太守政績」的更大目標域「謀求仕進」映射；另一闋投獻皇帝的〈醉蓬萊〉（漸亭皋葉下），詞中藉「皇宮是容器」與「國運旅行是皇帝出遊」二個譬喻蘊涵，先以容器「封閉容納」的特性，表達皇宮是可以「容納」祥瑞之氣的祥瑞之地，再以「旅行」的概念讚頌皇帝出遊之各種吉象，由不同層面的來源域，對宋仁宗歌功頌德，其最後欲映射的目標域仍舊是「轉官」。雖然這首作品，最終不但沒有為柳永的仕途帶來任何幫助，反倒得罪了宋仁宗，使他的仕途蒙上了陰影，可說是弄巧反拙，但其原先寫作之目標域與〈望海潮〉（東南形勝）相同，皆在取得仕途之利。

其次，描寫七夕的節慶詞〈二郎神〉（炎光謝），柳永藉「織女星與牽牛星七夕相聚是旅行」、「祈求幸福是女子乞巧」與「有情人是唐明皇與楊貴妃」等三個譬喻蘊涵，結合傳統民俗、神話傳說以及歷史故事，以牛郎織女、婦女穿針乞巧、唐明皇與楊貴妃三個動人的面向來敘寫七夕。由「整體性隱喻閱讀」來看，整闋詞的三個敘寫面向都是來源域，向目標域——「願天上人間，歡欣快樂，年年有今夜」映射。

再從柳永的愛情詞作品來論，其愛情詞與其妓情詞雖常被後人混雜不分，然由其詞中所顯示之譬喻蘊涵，仍可區分出兩者之不同。亦即，柳永之愛情詞中常只單純歌詠情人（或妻子）之美貌而未述及歌藝或舞技；其愛情詞中常見「戀愛是旅行」、「夫妻是雙飛鳥、分手是分飛」與「夫妻是琴瑟、夫妻的感情是琴瑟的樂音」等與愛情、婚姻相關之譬喻蘊涵。例如其愛情詞〈玉女搖仙佩〉（飛瓊伴侶）中，藉「佳人是仙女」與「美好愛情是才子與佳人的結合」的譬喻蘊涵，稱美自己與佳人的愛情是才子和佳人的雙美結合。雖然以仙

女喻指美人屬於常見的常規譬喻，但詠唱才子與佳人式的愛情倒也可說是創舉。另〈駐馬聽〉（鳳枕鸞帷）詞中，藉「婚姻是旅行」、「戀愛是旅行」與「分手是方向相反的旅行」等旅行的概念譬喻，形容自己的戀愛或婚姻之波折。〈八六子〉（如花貌）則藉「夫妻是雙飛鳥、分手是分飛」與「夫妻是琴瑟、夫妻的感情是琴瑟的樂音」等概念譬喻，描述夫妻間分合之煩惱心境。〈安公子〉（夢覺清宵半）更藉由「夫妻是比翼鳥、分飛是痛苦」的常規譬喻，感慨因故分離之痛苦。〈燕歸梁〉（織錦裁編寫意深）則藉「妻子的錦書珍貴是藝術珍寶」的主要譬喻，闡述收到妻子來信時的珍愛與感動。

相反的，柳永妓情詞中歌詠歌妓常是美貌與技藝（歌藝、舞技）並重。其妓情詞中常見「歌聲是物理力」、「舞者是趙飛燕」與「人是植物、美女的腰肢是柳枝」等譬喻蘊涵，顯與愛情詞不同。如其讚妓詞中，〈鳳棲梧〉（簾內清歌簾外宴）以「歌聲是物理力」的主要譬喻，讚美歌妓歌聲力量之強大動人。另〈浪淘沙令〉（有箇人人）藉「舞者是趙飛燕」與〈柳腰輕〉（英英妙舞腰肢軟）藉「英英是趙飛燕」等譬喻蘊涵，皆以漢代著名的舞后趙飛燕來比美歌妓舞姿的優雅與舞技的高超。再如其狎妓詞中，〈晝夜樂〉（秀香家住桃花徑）竟無所顧忌地以「陶醉是瘋狂」之譬喻蘊涵，披露自己沉迷溫柔鄉中的瘋狂情事。〈尉遲杯〉（寵佳麗）則藉「詞人與歌妓是風流事的雙美」的譬喻蘊涵，美化自己狎妓的風流情事，無怪乎這類詞要被批評爲卑劣低俗了。其妓戀詞中，〈迷仙引〉（纔過笄年）以「人是植物、女人是花、歌妓是葬華」的常規譬喻與〈少年游〉（一生贏得是淒涼）以「歌妓的人生是賭博」的主要譬喻，代言寫出歌妓的淒涼戀曲。因爲有著青春易逝的危機感，只能鋌而走險進行以一生幸福爲賭注的感情遊戲，柳永這類妓戀詞真的寫出了北宋當代娼籍女子淒涼與悲情的人生。而在柳永的戀妓詞中，〈征部樂〉（雅歡幽會）與〈佳人醉〉（暮景蕭蕭雨霽）兩闋詞，分別以「思念是疾病」和「思念是旅行」的主要概念譬喻，暢述詞人對歌妓中其紅粉知己的思念之苦。由這些妓情詞中所

顯現的譬喻蘊涵與攝取角度而言，明顯與愛情詞有別。

　　就柳永最爲人所稱頌的羈旅行役詞來說，因爲他擅長上片寫景，下片抒情，從宋代至今，屢屢被讚頌是「情景兼到」〔註2〕、「融情入景」〔註3〕。柳永的這種寫法，從認知的角度深入來看，正是「所感即所見」、「感情即景象」譬喻蘊涵的運用。如〈雨霖鈴〉（寒蟬凄切）詞中，藉「離別的過程是愛情的旅行」的譬喻蘊涵，以愛情旅行的角度審視與情人的這場離別。〈采蓮令〉（月華收）則以「離別是戰爭」作爲主要的譬喻。亦即藉由戰爭的概念描述離別的過程中必須戰勝心中的不捨。再如〈陽臺路〉（楚天晚）與〈安公子〉（遠岸收殘雨）兩首詞，分別透過「人生旅程是行役旅程」及「仕宦旅程是羈旅旅程」的譬喻蘊涵，以羈旅路途的艱困比擬其人生與宦途之挫折與阻滯。而柳永懷人、懷京與懷鄉之作中，除〈夜半樂〉（凍雲黯淡天氣）仍是以旅行概念的「人生旅程是羈旅行程」作爲譬喻主軸外，〈雪梅香〉（景蕭索）、〈曲玉管〉（隴首雲飛）與〈傾杯〉（鶩落霜洲），皆爲典型情景交融的作品。亦即以「所感即所見」、「內心情感是聞見之景觀」之概念譬喻，藉所見之景表述心中之情。最後，柳永的追憶、感慨之作中，無論〈少年游〉（長安古道馬遲遲）以「人生是競逐名利的旅行」作爲主要譬喻，或是〈梁州令〉（夢覺紗窗曉）以「美好的事物是易逝物」作爲主要譬喻，都是詞人在今昔對比下，「到了晚年，生命衰老了，用世的志意也落空了，卻再也不能像少年時把精神寄托在

〔註2〕　語出清・陳廷焯，《白雨齋詞話》：「煉字琢句，原屬詞中末枝。然擇言貴雅，亦不可不愼。古人詞有竟體高妙，而一句小疵，致令通篇減色者。如柳耆卿『對瀟瀟暮雨灑江天』一章，情景兼到，骨韻俱高，而有『想佳人妝樓顒望』之句。佳人妝樓四字，連用極俗，亦不檢點之過。」見唐圭璋編，《詞話叢編》（北京：中華書局，1986年），卷四，頁3903～3904。

〔註3〕　語出梁啓勛，《詞學》下編：「……（二）柳耆卿溶情入景之作，除《雨霖鈴》（楊柳岸曉風殘月）、《八聲甘州》（想佳人妝樓凝望）兩首尚有《少年遊》（長安古道馬遲遲）、《玉蝴蝶》（望處雨收雲斷）……」（北京：中國書店，1985年）。

浪漫的愛情之中了。這種心情的轉變，體現在他的詞中」〔註4〕的痛苦追憶與感慨。

　　總之，經由探求柳永詞中的譬喻思維以及其映射過程，除藉以索隱出其主要概念譬喻求其思維奧秘，也完成整體性隱喻閱讀原則的具體實踐。另外，柳詞中常用之譬喻思維如以旅行映射人生、琴瑟與比翼鳥映射夫妻等，除與其個人之身體經驗相關外，亦與北宋當代的傳統生活文化相關聯。再次印證語言學 George Lakoff 等大師所提出的譬喻體驗論以及譬喻受共同文化影響等說法。

3、柳蘇詞作認知譬喻特色之比較

　　經過本論文三、四、五章對柳永與蘇軾詞作的析論以及分類比較，對兩位作家的譬喻思維有進一步的理解。巨觀而論，兩位詞人雖被後人歸類爲不同派別的豪放與婉約派詞人，但從認知的角度而言，兩人詞作中的譬喻概念並無太大差別，如兩人作品中皆常出現很多擬人、旅行、容器與美女是花的概念譬喻，也常藉「歌聲是自然力」、「歌妓是趙飛燕」等譬喻比擬歌妓的歌聲與舞藝。這與柳蘇兩人生活在相同的時代與環境，具有共同的文化背景有關。換言之，豪放與婉約派詞人，其譬喻思維皆受生活經驗與文化傳統的影響，這點亦符合 Lakoff-Johnson（1980）「概念譬喻理論」所主張的「譬喻不僅僅是語言修辭的工具，而是一種思維的方式，受到身體經驗與文化的影響」等論點。

　　即便如此，微觀下仔細審視柳蘇詞作中的譬喻蘊涵，發現兩人在相同生活背景與文化傳承下，仍存在個別差異。亦即由其作品中所顯露的譬喻蘊涵分析，顯示出兩人在共同的大環境影響下，仍舊有個別生活經驗上的差異。如柳永在〈受恩深〉（雅致妝庭宇）一詞中運用「植物是人」的擬人譬喻，以女子的忌妒心賦予花朵爭開鬥豔的競爭行爲，更以「自然即商場」、「開花是可以買賣的權利」、「花期是貨

〔註4〕　見葉嘉瑩著，《北宋名家詞選講》，頁 81。

物」等譬喻蘊涵將花期視爲可以賄賂收買的權利，這些譬喻可說是既新奇而又富有創意。不過，從另一方面觀察，這正與柳永〈少年游〉（一生贏得是悽涼）詞中，藉「歌妓之人生是賭博」之概念譬喻，以「賭博」之概念映射至歌妓人生的情況類似，柳永之所以善於運用「商場買賣」、「賭博」等譬喻蘊涵，或與其成長環境與人生經驗有密切關係。換言之，柳永因長期混跡妓院等地，耳濡目染下，對這些地方的生活型態自不陌生。這些買賣場所或有大小賭局，歌妓相互忌妒、爭奇鬥艷，特重色與藝以取悅尋芳客等，在在都可能影響柳詞的譬喻思維，這也能解釋爲何柳詞以花映射女子，卻常從外貌而非內在取譬的原因。相反的，蘇軾的生活環境相對單純，又極早登第、進入仕途，在他的詞中未出現賭博、買賣與收買賄賂等譬喻蘊涵也就不令人意外了。此亦即概念譬喻理論的重要主張，也是本論文一再申明的：譬喻概念受身體經驗的影響。

其次，柳蘇作品中，類似的概念譬喻運作下，常見譬喻攝取角度之差異。例如兩人都常藉「人是植物、美女是花」的概念譬喻，以花映射女子，柳永常著眼外貌（貌美善於唱歌、善於跳舞與其他技藝）、蘇東坡則深掘內在美好品質（女子從一而終、生死相守；榮辱與共、不離不棄的情操等）。再者，以花的種類而言，蘇軾常以梅花來自比（〈定風波〉好睡慵開莫厭遲、〈阮郎歸〉暗香浮動月黃昏）並以之投射在小妾朝雲（〈西江月〉玉骨那愁瘴霧）身上，譬喻的攝取角度就在梅花的高潔以及不懼環境的險惡，傲立霜雪之中那股堅毅挺拔、奮發向上的精神。柳永則曾取菊花以自比（〈受恩深〉雅致裝庭宇），其譬喻的攝取角度是藉菊花的寂寞自持、無人賞愛來映射自己懷才不遇、無人提攜的人生挫折。所以同樣是「花是人」的譬喻運作，由其所取譬的花的種類以及攝取角度，即略可窺知詞人所抱持的人生態度與其人生方向。此譬喻攝取角度上的差異也常造成兩人詞作上所謂感發力量強與弱的落差。亦即蘇軾與柳永對於相同的「人是植物、美女是花」的概念譬喻，其譬喻攝取角度的差別在於柳永所注重的是女子

外在的色與藝，蘇軾則更能深入探索其內在品格的——面，達到一種思想的高度與讓人省思回味的境界。這往往令人對蘇軾詞更產生一種超越的情感之感受，覺得東坡詞不惟能觸及人類共有的感情，更能超越之，也就是更發人深省、益令人感動，感發力量強。此亦即葉嘉瑩的評詞標準：「所寫的景都是閨閣園亭，所寫的情都是離別相思。其中好的作品能給人一種更高更深的感受聯想和體悟。」〔註5〕

再由柳蘇詞中皆常見的「人生是旅行」、「仕途是旅行」等譬喻蘊涵論之。兩人生活與宦遊經歷中自然不乏旅行之經驗，故其詞作中將實際之旅行體驗與感受，映射至人生與仕途自屬合理。其差別在於柳詞關於旅行的譬喻蘊涵中，總流露著「悔昨恨今」的低迴情緒。其詞中的意象大致予人低沉與衰敗的感覺，也就是柳永一方面深受苦旅與離別之苦，一方面又困陷於宦遊之途而無法自拔，由是而生出厭仕之想法。如其〈鳳歸雲〉（向深秋）以「功名利祿是塵土」的主要譬喻，慨歎功名利祿於己無益，將要歸隱漁樵；又〈滿江紅〉（暮雨初收）即以「仕途是旅行」的譬喻蘊涵，描寫蕭瑟秋天宦遊漂泊之苦，詞中也自許與雲泉有約，高唱歸去來。只是對柳永而言，他既無法放棄對官位俸祿的追求，便不能擺脫吳山越水的宦遊生涯。對照其多次謀求仕進與轉官的記載與其投獻之作，則其苦旅是真，厭仕云云恐怕只能當作是艱苦旅途中的牢騷之詞罷了。反觀東坡一生官運不佳，在朝受到重用的時日不長，大半的歲月不是自請外放就是遭貶遠地。故其漂泊宦遊、羈旅行役的機會當不比柳永少。但相較於柳詞的苦旅與厭仕，東坡不論身處何地，詞中非但少見低沉的負面情感，反多流露自得知命、安適恬退的曠達態度。如其〈定風波〉（莫聽穿林打葉聲）詞，在「人生是旅行」與「作官是旅行」的譬喻思維下，面對宦途挫折與人生困境時，所展現出的那種鎮定與自我持守的精神，將此譬喻思維投射到實際人生，反映出作者的人生修養以及超曠的胸懷。再如

〔註5〕 參見葉嘉瑩著，《北宋名家詞選講》，頁69。

28 歲任大理評事鳳翔府簽判時的作品〈南歌子〉（再用前韻）（帶酒衝山雨），非常形象化的以「歸隱是走沙路、仕宦是泥行」的主要譬喻，揭露歸隱與仕宦之路在其心中的不同。一為輕便易行之道，一是阻滯難行之途，無怪乎他要強調「自愛湖邊沙路、免泥行」了。所謂「無欲則剛」，由這些詞作可知，從入仕伊始，東坡不論是在朝當政抑或外放遭貶，他無不以恬退為志，雖至終未能付諸實現，對田園的高遠之志倒是一以貫之，從未改變。

　　再由柳蘇的懷古詞論之，柳蘇的懷古詞都利用時空壓縮的融合，將不同時空發生的人事物壓縮到同一平面上來比較評論。亦即兩人皆藉由今昔對比，凸顯今不如昔或物是人非的蒼涼惆悵之感。但同樣是懷古，同樣以歷史情懷詠唱強弱盛衰的虛幻，柳永〈雙聲子〉（晚天蕭索）（姑蘇懷古），以「斜陽暮草茫茫，盡成萬古遺愁」作結，如茫茫暮草的萬古遺愁，無盡地延展，直至沉寂而無生氣的夜，幽怨綿長。蘇軾〈念奴嬌〉（赤壁懷古）卻一派豪爽，不涉愁怨，先以「多情應笑，我早生華髮。」自嘲，後又以「人生如夢，一尊還酹江月。」將感慨之情外放。換言之，柳蘇儘管在主要譬喻思維與概念譬喻的使用上似無太大差異，但在展現感情的譬喻意象選擇上，仍有著明顯不同，這或許是豪放與婉約在感情表述上的差異。

　　經過本論文析論的結果，柳蘇兩位詞人雖被後人歸類為不同派別的豪放與婉約派詞人，但在相同時代環境與文化背景下，兩人詞作中的譬喻概念並無太大差別。其譬喻攝取角度與譬喻意象的差異則受其個別生活經驗的影響，尤其是人生觀與個人修養襟懷的重大差異，才是造成豪放與婉約詞風與讀者感受上差異的主因。而造成柳蘇兩人襟抱與人生觀迴異的原因，除天生性格本就有別外，葉嘉瑩認為柳永是因他的儒家志意與音樂天分（喜愛音樂又能自度曲），無法充分調和共存，加上他毫不避諱的寫些當時文人眼中「有鄙俗語」與「閨門淫媟之語」的俗曲艷詞，遭到自詡風雅的文人排擠，無法因作詞的專長在仕途獲利。只好一邊四處投獻鑽營，謀求仕進與轉官；另一方面卻

又因苦旅而厭仕，一生都在理想和現實的矛盾之中掙扎；蘇軾則能結合儒、釋、道等各家思想，成就了自己的曠觀與高超的人格。

　　總之，柳永的人生之旅有如其苦旅詞所述，羈旅行役途中所嚐盡的漂泊之苦，恰似其人生的苦難。他的一生都在理想和現實的矛盾之中掙扎，以下試由概念融合網路圖表示：

圖 6-1-1　概念融合網路：柳永儒家志意與天賦才能的矛盾

　　反觀蘇軾，雖在仕途中也遭遇許多挫折與磨難，但他樂觀以對，最終結合儒、釋、道等各家思想，尤其是效法陶淵明躬耕自適的想法，成就了自己的曠觀與高超的人格。正如其〈西江月〉（重九）（點點樓頭細雨）以「人生是一場宴會」之譬喻蘊涵，表達「俯仰人間今古」的省思；以及〈水調歌頭〉（明月幾時有）在「天上世界與人間世界」之對比下，以通透曠觀的想法，點出天上世界與人間世界一樣，各有長處與短處，更藉「人生的狀態即月亮的狀態」之譬喻蘊涵，反映「人有悲歡離合，月有陰晴圓缺，此事古難全」的曠觀思考，對於仕隱的矛盾，東坡的解決之道便是不強求，只以祈願的方式與樂觀的態度泰然處之。形成其曠達人生觀的概念融合網路如下圖所示：

類屬空間

儒釋道等各家思想

儒家志意
致君堯舜
結人心
厚風俗
存紀綱

成功融合儒家志意、道家無爭—隨順自然、釋
家超脫出世與陶淵明歸隱—躬耕自適

融合成蘇軾之曠觀、成就自己

道家隨順自然

釋家超脫出世

陶潛躬耕自適

輸入空間1

融合空間

輸入空間
2、3、4

圖 6-1-2　概念融合網路：蘇軾融合儒釋道等各家思想成就其曠觀

二、概念隱喻理論運用於文學分析的潛力與侷限

　　本論文運用 Lakoff-Johnson（1980）「概念譬喻理論」研究北宋
兩位詞人的詞作，對深入文本與作家的心智世界，探求宋詞背後所隱
藏的譬喻思維已有部分成果。

　　在此研究基礎上，將來希望以更多宋代詞人為研究對象，如晏
殊、歐陽修、辛棄疾與周邦彥等名家，藉由對更多作家的研究，除希
望明瞭宋詞的傳承發展過程與個別作家的譬喻思維、作品蘊涵外，更
求在譬喻思維的導引下，對宋代文人及社會文化有更多了解。

　　中華文化歷史悠久、浩瀚廣博，歷代的文學作品感情深厚、涵
蘊無窮，漢樂府、唐詩、宋詞、元曲甚至傳奇、話本、小說等，盡
皆蘊藏有極其珍貴之文化寶藏。即使窮一生之力，恐亦難窺其堂奧
於萬一。

　　將來甚盼以更多文體文本作為研究標的，努力深入文本中之概
念譬喻與作家的心智世界，探求每種文本文體在當代背後所隱藏的
文化與思維奧秘。概念譬喻理論二域映射可以讓我們對事物的了解
從來源域映射至目標域。但其中間映射的過程卻無法直接顯現，所
採擇譬喻的攝取角度也無法一目了然，尚須另加述明。概念融合理

論多空間投射正是對概念譬喻理論的補充，除能明瞭其譬喻由來源域映射至目標域的心理運作歷程，更能藉由融合過程較明確地顯示攝取角度，毋須另外說明。

前曾述及，本論文曾分別以《中國時報》2002 年 4 月 5 日所刊載的一篇短篇——〈心是一座城堡〉爲例，論析其概念融合過程。其後並分別以概念譬喻理論的二域映射分析，以及概念融合理論的多空間融合運作模式，探討王國維對晏殊〈鵲踏枝〉詞形成不同詮釋，其背後的概念融合過程。此皆足以論證利用文本中作者所使用的譬喻作爲線索，透過作者的譬喻概念融合過程，以及其譬喻攝取角度，索隱出其創作時有意無意間流露出的譬喻蘊涵及思維，對於貼近作者的創作原意來說不僅可能，而且在理解文本上更將有莫大的助益，甚至對於理解其他詮釋者的詮釋理念來說也大有幫助。惟限於篇幅與時間，本論文無法將文中所有柳蘇選詞完全納入概念融合理論分析，只能就其中部分詞作進行概念融合網路探析，難免有未能克竟全功之感與遺珠之憾。

另外，本論文雖由柳蘇詞作中，印證部分北宋當時的文人與社會文化，如薰香、蓄妓、飲酒、迎新送舊的官場宴飲文化，與節慶風俗（如七夕乞巧、元宵堆成巨鰲形狀的燈山（柳永〈迎新春〉詞）與清明春遊等），也揭示詞人部分受文化影響下之譬喻思維，如「官場即商場」、「背叛即出賣」、「祈求幸福是女子乞巧」、「自然即工廠」以及「人生是競逐名利的旅行」等概念譬喻，惟僅以二位詞人暨其作品，實難窺當代文化之全貌，仍有待更多當代詞人與作品之論證，以促進對宋代文人及社會文化的更多了解。

徵引文獻

一、傳統文獻

1. 〔漢〕司馬遷,《史記》,集於許嘉璐主編,《二十四史全譯》,上海:漢語大詞典出版社,2004 年 1 月 1 版 1 刷。

2. 〔南朝宋〕劉義慶編撰、劉孝標原注,《世說新語》,台南市:漢風出版社,1997 年 10 月。

3. 〔宋〕蘇洵,《嘉祐集》,四部叢刊初編本,上海:上海商務印書館,1929 年。

4. 〔宋〕蘇軾著、傅成穆儔標點,《蘇軾全集》,上海:上海古籍出版社,2000 年 5 月。

5. 〔宋〕蘇轍,《欒城集》,四部叢刊初編本,上海:上海商務印書館,1929 年。

6. 〔宋〕王禹偁,《小畜集》,四部叢刊初編本,上海:上海商務印書館,1929 年。

7. 〔宋〕葉夢得,《避暑錄話》,四部叢刊初編本,上海:上海商務印書館,1929 年。

8. 〔宋〕葉夢得,《避暑錄話》,北京市:中華書局叢書集成初編,1985 年版。

9. 〔宋〕王闢之,《澠水燕談錄》,台北市:台灣商務印書館,景印文淵閣四庫全書,1986 年。

10. 〔宋〕胡仔,《苕溪漁隱叢話》,《詞話叢編》本,北京:中華書局,1986 年。

11. 〔宋〕沈義父《樂府指述》,《詞話叢編》本,北京:中華書局,1986

年。

12. 〔宋〕龔頤正，《芥隱筆記》，四庫全書本，台北市：台灣商務印書館，
景印文淵閣四庫全書，1986 年。

13. 〔宋〕釋惠洪，《冷齋夜話》，四庫全書本，台北市：台灣商務印書館，
景印文淵閣四庫全書，1986 年。

14. 〔宋〕羅大經，《鶴林玉露》，上海：商務印書館，1926 年。

15. 〔宋〕洪興祖著，《楚辭補注》，台北市：大安出版社，1995 年 6 月。

16. 〔宋〕周煇，《清波別志》，四庫全書本，台北市：台灣商務印書館，
景印文淵閣四庫全書，1986 年。

17. 〔元〕脫脫、阿魯圖等著，《宋史》，集於許嘉璐主編，《二十四史全
譯》，上海：漢語大詞典出版社，2004 年 1 月 1 版 1 刷。

18. 〔元〕脫脫、阿魯圖等著，《宋史》，集於中華書局主編，《二十四史》，
北京：中華書局，1997 年 11 月一版，2008 年 9 月二刷。

19. 〔清〕何文煥輯，《歷代詩話》，北京：中華書局，1982 年 8 月。

20. 〔清〕董誥等編，《全唐文》，北京：中華書局，1983 年 11 月。

21. 〔清〕彭定求等編：中華書局編輯部點校，《全唐詩》，北京：中華書
局，1999 年 2 月。

22. 〔清〕陳廷焯，《詞則》，《詞話叢編》本，北京：中華書局，1986 年。

二、近人論著

（一）專　書

1. 丁傳靖輯，《宋人軼事彙編》，北京：中華書局，2006 年 4 月重印。

2. 于培杰、孫言誠，《蘇東坡詞選》，河北：花山文藝出版社，1984 年。

3. 上海辭書出版社編，《宋詞鑑賞辭典》，上海：上海辭書出版社，2003
年 6 月。

4. 王國維著，徐調孚注、王幼安校訂，《人間詞話》，香港：商務印書
館，1961 年。

5. 王學初校注，《李清照集校註》，台北：里仁書局，1982 年 5 月。

6. 王文斌、毛智慧主編，《心理空間理論和概念合成理論研究》，上海：
上海外語教育出版社，2011 年 11 月。

7. 王松齡點校，《東坡志林》，北京：中華書局，1981 年 9 月一版、2006
年 3 月 4 刷。

8. 王水照、朱剛著，《蘇軾評傳》，南京：南京大學出版社，2008 年 11
月。

9. 王寅、趙永峰主編,《認知語言學著作評述》,北京:高等教育出版社,2010 年 11 月。

10. 王韻雅著,《成語的隱喻藝術》,台北市:秀威資訊科技,2011 年 1 月。

11. 中國人民大學中文系主辦,《中國蘇軾研究》第一輯,北京:學苑出版社,2004 年。

12. 中國人民大學中文系主辦,《中國蘇軾研究》第二輯,北京:學苑出版社,2005 年。

13. 朱光潛,《文藝心理學》,台南市:大夏出版社,1997 年 3 月。

14. 呂師珍玉著,《詩經詳析》,台北市:五南圖書出版股份有限公司,2010 年 11 月。

15. 呂觀仁注,《東坡詞注》,長沙:嶽麓書社出版社,2005 年。

16. 束定芳著,《隱喻學研究》,上海:上海外語教育出版社,2008 年 10 月。

17. 束定芳編著,《認知語義學》,上海:上海外語教育出版社,2009 年 5 月 1 版 2 刷。

18. 束定芳主編,《隱喻與轉喻研究》,上海:上海外語教育出版社,2011 年 6 月。

19. 艾柯(Umberto Eco)等著、柯里尼(Stefan Collini)編、王宇根譯,《詮釋與過度詮釋》,香港:牛津大學出版社,1995 年。

20. 周師世箴,《語言學與詩歌詮釋》,台北:晨星出版有限公司,2003 年。

21. 周師世箴譯注,(Lakoff & Johnson 1980)《我們賴以生存的譬喻》,台北:聯經出版事業股份有限公司,2006 年。

22. 周師世箴譯 ,(Lakoff and Turner 1989) More than Cool Reason-A Field Guide to Poetic Metaphor, The University of Chicago Press. {未刊稿}

23. 林增文,《從當代譬喻理論解讀李清照》,台北:文津出版社,2008 年。

24. 〔日〕保苅佳昭著,《新興與傳統——蘇軾詞論述》,上海:上海古籍出版社,2005 年。

25. 胡壯麟編著,《語篇的銜接語連貫》,上海:上海外語教育出版社,2001 年 2 月。

26. 胡壯麟著,《認知隱喻學》,北京:北京大學出版社,2004 年 2 月。

27. 孫毅編著，《認知隱喻學經典文獻選讀》，北京：中國社會科學出版社，2010 年 7 月。

28. 馬自毅注釋，《新譯人間詞話》，台北市：三民書局，2000 年 5 月。

29. 唐圭璋編纂，王仲聞參訂，孔凡禮補輯，《全宋詞》，北京：中華書局出版，2005 年 1 月新一版 2 刷。

30. 唐圭璋編，《詞話叢編》，北京：中華書局，1986 年 11 月、2005 年 10 月重印。

31. 唐玲玲，《東坡樂府研究》，成都：巴蜀書社，1993 年。

32. 曹逢甫、卓江 1998：《中英文身體部位之譬喻的比較研究》，國科會研究報告。

33. 曹逢甫、蔡中立、劉秀瑩 2001：《身體、譬喻與認知——中文身體部位及其譬喻引申詞的研究》，台北：文鶴。

34. 曹逢甫 2004：《從語言學看文學：唐宋近體詩三論》，語言及語言學甲種專刊之七，台北：中研院語言所。

35. 張相著，《詩詞曲語辭匯釋》，北京：中華書局，1955 年 1 月第 3 版，2001 年 8 月 19 刷。

36. 張惠民，《宋代詞學審美理想》，北京：人民文學出版社，1995 年。

37. 張淑瓊主編，《中國文學總欣賞》唐宋詞 4 柳永，台北：地球出版社，1990 年 8 月。

38. 張淑瓊主編，《中國文學總欣賞》唐宋詞 6 蘇軾，台北：地球出版社，1990 年 8 月。

39. 程千帆、吳新雷，《兩宋文學史》，上海：上海古籍出版社，1998 年。

40. 斯欽巴圖著，《蒙古史詩：從程式到隱喻》，北京：民族出版社，2006 年 11 月。

41. 黃慶萱，《修辭學》，台北：三民書局股份有限公司，1979 年。

42. 黃文吉著，《北宋十大詞家研究》，台北市：文史哲出版社，1996 年 3 月。

43. 楊牧著，《隱喻與實現》，台北市：洪範書店有限公司，2010 年 3 月。

44. 鄒同慶、王宗堂著，《蘇軾詞編年校註》，北京：中華書局，2007 年 10 月。

45. 葉嘉瑩著，《唐宋詞名家論集》，台北：桂冠圖書股份有限公司，2003 年。

46. 葉嘉瑩著，《北宋名家詞選講》，北京：北京大學出版社，2007 年。

47. 葉嘉瑩著，《迦陵說詞講稿》，北京：北京大學出版社，2007 年 3 月。

48. 葉嘉瑩著，《葉嘉瑩說漢魏六朝詩》，北京：中華書局，2007 年 3 月。

49. 葉嘉瑩著，《詞學新銓》，北京：北京大學出版社，2008 年。

50. 葉嘉瑩主編；劉揚忠編著，《晏殊詞新釋輯評》，北京：中國書店出版，2003 年。

51. 葉嘉瑩主編，顧之京、姚守梅、耿小博編著，《柳永詞新釋輯評》，北京：中國書店，2005 年 1 月。

52. 葉嘉瑩主編；朱靖華、饒學剛、王文龍、饒曉明編著，《蘇軾詞新釋輯評》，北京：中國書店出版，2007 年。

53. 趙樸初著，《唐宋詞鑑賞辭典》〔唐・五代・北宋卷〕，上海：上海辭書出版社，1988 年 4 月。

54. 鄧子勉譯注，《新譯蘇軾詞選》，台北市：三民書局股份有限公司，2011 年 6 月。

55. 蔡鎮楚、龍宿莽著，《唐宋詩詞文化解讀》，北京：北京圖書館出版社，2004 年 9 月。

56. 龍榆生校箋，《東坡樂府箋》，台北：華正書局，1990 年 3 月初版。

57. 薛瑞生校註，《樂章集校注》，北京：中華書局，1994 年 12 月一版、2002 年 10 月 3 刷。

58. 薛瑞生箋證，《東坡詞編年箋證》，西安：三秦出版社，2006 年。

59. 薛瑞生著，《柳永別傳》，西安：三秦出版社，2008 年 11 月。

60. 謝桃坊導讀；查明昊、盧淨注，《柳永詞注評》，上海：上海古籍出版社，2012 年 3 月。

61. 蘇以文 2006：《隱喻與認知》，台北市：國立台灣大學出版中心。

62. 〔智〕F. 瓦雷拉 〔加〕E. 湯普森 〔美〕E. 羅施 著，李恆威、李恒熙、王球、于霞 譯，《具身心智：認知科學和人類經驗》，杭州：浙江大學出版社，2010 年 7 月。

63. 〔德〕弗里德里希・溫格瑞爾、漢斯－尤格・施密特著，彭利貞、許國萍、趙微譯，《認知語言學導論第二版》，上海：復旦大學出版社，2009 年 4 月。

（二）學位論文

1. 王夢嬪 2008：《中西文部份身體部位譬喻的比較》，輔仁大學西班牙語文學系碩士論文。

2. 王昭玫 2010：《從情緒觀點出發的漢語方位詞：「上」與「下」的認知分析》，成功大學外國語文學系在職專班碩士論文。

3. 江碧珠 2005：《「元雜劇」語言之隱喻性思維》，東海大學中國文學

系博士論文。

4. 李雅萱 2009：《隱喻（Metaphor）與文化詞彙對於學習華語的影響—— 以十二生肖爲例》，高雄師範大學華語文教學研究所碩士論文。

5. 李天祥，《蘇軾的「寄寓」與「懷歸」—— 以時間、空間爲主軸的考察》，臺灣大學中國文學研究所博士論文，2009 年。

6. 吳佩晏 2008：《《論語》中的隱喻分析》，中正大學語言所碩士論文。

7. 宋雅惠 2002，《慣用語外—— 詩之隱喻》，台灣大學外國語言學系研究所碩士論文。

8. 林碧慧 2001：《大觀園隱喻世界—— 從方所認知角度探索小說的環境映射》，東海大學中國文學系碩士論文。

9. 林孟美 2005：《中文動植物譬喻衍生詞初探》，清華大學語言學研究所碩士論文。

10. 林佳欣，《柳永詞評價及其相關詞學問題》，國立東華大學中國語文學系，碩士論文，2006 年 7 月。

11. 林柏堅，《柳永其人與其詞之研究》，國立中央大學中國文學研究所，碩士論文，2007 年。

12. 林麗惠，《蘇軾離別詞之研究》，東海大學中國文學系碩士論文，2008 年。

13. 林慧雅，《東坡杭州詞研究》，臺灣師範大學國文系在職進修碩士學位班碩士論文，2001 年。

14. 林均蓮，《蘇軾感遇詞研究》，銘傳大學應用中國文學系碩士班碩士論文，2010 年。

15. 洪式穀，《蘇軾詞文中「尚意」思想之研究》，華梵大學東方人文思想研究所碩士論文，2010 年。

16. 許雅娟，《蘇門四學士詞比較研究》，彰化師範大學國文學系碩士論文，2001 年。

17. 陳瓊婷 2007，《概念隱喻理論在小說的運用—— 以陳映真、宋澤萊、黃凡的政治小說爲中心》，東海大學中國文學系博士論文。

18. 陳沛涵 2009：《90 年代台語流行歌詞中的聯覺隱喻》，成功大學台灣文學系碩博士在職專班碩士論文。

19. 陳怡蘭，《柳永與蘇軾詞之比較研究》，逢甲大學中國文學系碩士論文，2009 年。

20. 陳秀娟，《東坡詞用典研究》，臺灣師範大學國文系在職進修碩士學位班碩士論文，2001 年。

21. 張國楩 1996，《隱喻認知的背景理論》，輔仁大學哲學研究所碩士論文。

22. 張淑惠 2004：《《詩經》動植物意象的隱喻認知詮釋》，東海大學中國文學系碩士論文。

23. 張端承 2011：《俄語飲食詞彙的隱喻研究》，政治大學斯拉夫語文學系碩士論文。

24. 黃郁婷 2009：《成語中的「手」字詞：譬喻概念解析及其語用認知調查》，東海大學中國文學系碩士論文。

25. 黃舒榆 2010：《台灣俗諺語身體隱喻與轉喻研究——以陳主顯《台灣俗諺語典》為例》，成功大學台灣文學系碩博士在職專班碩士論文。

26. 黃筠雅，《東坡清曠詞風初探——以月夜詞為考察中心》，臺灣大學中國文學研究所碩士論文，2010 年。

27. 楊晨輝 2002，《隱喻的哲學內涵》，中正大學哲學研究所碩士論文。

28. 廖彩秀 2011：《原型與顛覆——莊子寓言敘事的隱喻認知研究》，東海大學中國文學系碩士論文。

29. 劉靜怡 1999：《隱喻理論中的文學閱讀——以張愛玲上海時期小說為例》，東海大學中國文學系碩士論文。

30. 鄧麗君 2009：《現代漢語空間、時間和狀態的探討——以上、中、下為例》，台灣師範大學華語文教學研究所碩士論文。

31. 賴玲玉 2010：《台語流行歌詞中的愛情隱喻（1980-2010）》，彰化師範大學台灣文學研究所碩士論文。

32. 謝舒妃 2006：《學生如何使用隱喻式表達專業英語聽力困難和策略》，淡江大學英文學系碩士論文。

33. 嚴靖婷 2009：《產品類型與消費者認知需求對隱喻廣告的影響》，中山大學企業管理系研究所碩士論文。

34. 蘇育慧 2006：《典故型歇後語之認知理解研究》，高雄師範大學國文學系碩士論文。

（三）單篇論文

1. 王勤玲 2011，〈概念隱喻理論與概念整合理論的對比研究〉，收在王文斌、毛智慧主編，《心理空間理論和概念合成理論研究》，上海：上海外語教育出版社。

2. 王兆鵬 1996，〈蘇軾貶居黃州期間詞多詩少探因〉，湖北：《湖北大學學報》。

3. 安可思，〈概念隱喻〉，收於蘇以文、畢永峨主編《語言與認知》，台北市：國立台灣大學出版中心，2009 年 8 月初版。

4. 江碧珠 2001：〈析論《詩經》蔓草類植物之隱喻與轉喻模式〉，《東海學報》第 42 卷，P1～22。

5. 吳帆、李海帆，〈幻的浪漫 夢的眞實——論蘇、辛的夢幻詞〉，收在中國人民大學中文系主辦《中國蘇軾研究》第二輯，北京：學苑出版社，2005 年 7 月。

6. 吳賢妃 2013，〈語義場互動及概念譬喻理論的運用——以李白〈白頭吟〉爲例〉，第八屆「有鳳初鳴——漢學多元化領域之探索」學術研討會，台北：東吳大學。

7. 吳賢妃 2014，〈杜甫〈新安吏〉的認知詩學解析〉，慶祝葉嘉瑩教授九十華誕暨中華詩教國際學術研討會，中國天津：南開大學，2014.5/10-12。

8. 吳賢妃 2014，〈認知語言學於文學研究之運用——以〈長恨歌〉與〈連昌宮詞〉爲例〉，《紀念周法高先生百年冥誕國際學術研究生研討會會議論文集》，2014.11.21，台中：東海大學中文系。

9. 周師世箴 2007，〈由一首詩的隱喻結構探索思維運作與文化氛圍的映照〉，東西方研究國際學術研討會，2007,10.5-7，香港：香港大學。

10. 周師世箴 2008，〈譬喻運作的圖示解析於中文成語教學之應用〉，《華語文教學研究》5.1，2008 年 6 月。（楊孟蓉合著）

11. 周師世箴 2009，〈認知取向的成語研究〉，《語言、文字與教學的多元對話》：177～210，東海大學中文系。

12. 周師世箴 2011a，〈視覺類成語之心智隱喻〉，《語言、文字與文學詮釋的多元對話》：23～54，台中：東海大學中文系。

13. 周師世箴 2011b，〈由科學分類與語用認知的落差探索詞彙認知的特性及文化蘊涵——以毛髮類成語爲例〉，《日本中國語學會第 61 回全國大會論文集》：275～279 日本中國語學會。

14. 周師世箴 2011c，〈由成語中人體器官詞的搭配窺視語言使用者對感官互動的認知〉，《第十屆世界華語文教學研討會論文集》（電子檔）。

15. 周師世箴 2011e，〈認知詩學：理論的建構、延伸與實例探討〉，超越辭格之修辭新視野研討會，台南：成功大學，2011.11/3。

16. 周師世箴 2012〈認知詩學的理論與實踐初探〉《語言傳播與詩學評點》——「修辭格之多元詮釋與教學」學術研討會論文集二：1～36，臺北：新文豐出版股份有限公司。

17. 周師世箴 吳賢妃 2014〈白居易〈上陽白髮人〉：認知詩學角度的

綜合思考〉第十屆通俗文學與雅正文學——「語言與文字」國際學術研討會，台中，國立中興大學，2014.10.24～25。

18. 周師世箴、顏靜馨、吳賢妃 2013，〈認知詩學視野下的漢語古典詩歌敘事學芻議〉，第四屆敘事學國際會議暨第六屆全國敘事學研討會，中國廣州：南方醫科大學，2013.11/6-9。

19. 周師世箴、吳賢妃、顏靜馨 2013，〈空間的移轉與敘事的推動——〈長恨歌〉的認知敘事分析〉，第四屆敘事學國際會議暨第六屆全國敘事學研討會，廣州：南方醫科大學，2013.11／6-9。

20. 孫毅、陳朗〈概念整合理論與概念隱喻觀的系統對比研究〉，收在王文斌、毛智慧主編《心理空間理論和概念合成理論研究》，上海：上海外語教育出版社，2011 年 11 月。

21. 唐毓麗 2003：〈從毅夫小說《女陪審團》與《殺夫》探勘手刃親夫的隱喻世界〉，《東海中文學報》第 15 期。

22. 曹逢甫、劉秀瑩 1998：〈談心以及心的比喻詞：漢英詞彙比較研究之一〉，新加坡：《南大語言文化學報》第 3 期。

23. 曹逢甫 1988：〈從主題——評論的觀點來看唐宋詩的句法與賞析〉，《中外文學》17,1：4-26。

24. 曹逢甫、劉秀瑩 2003：〈解除禁忌：身體部位禁忌的另類說法——漢英詞匯比較研究之二〉，《現代中國語研究》5：111-130。

25. 曹逢甫 2007：〈從心理空間理論看極短篇、絕句與短詞共有的一條文則〉，《輔仁外語學報》，頁 79～111。

26. 陳瓊婷 2004：〈譬喻揭秘——《馬蘭故事》的植物與土地想像〉，《興大人文學報》第 34 期，P439～472。

27. 陳家旭、魏在江，〈從心理空間理論看語用預設的理據性〉，收在王文斌、毛智慧主編，《心理空間理論和概念合成理論研究》，上海：上海外語教育出版社，2011 年 11 月。

28. 張榮興、黃惠華 2004：〈心理空間理論與「梁祝十八相送」之隱喻研究〉9th International Symposium on Chinese Language（Is CLL-9）（November 19-21）。

29. 張榮興、黃惠華 2006：〈從心理空間理論看「最短篇」小說中之隱喻〉，《華語文教學研究》3.1：117-133。

30. 張榮興、吳佩晏 2010：〈心理空間理論與《論語》中的隱喻分析〉，《華語文教學研究》7.1：97-124。

31. 張榮興（Jung-hsing Chang）2012：〈從心理空間理論解讀古代「多重來源單一目標投射」篇章中的隱喻〉，《華語文教學研究》9.1：1-22。

32. 張榮興（Jung-hsing Chang）2012：〈心理空間理論與《莊子》「用」的隱喻〉，《語言暨語言學》，13.5：999-1027。

33. 林建宏；張榮興 2014：〈從意象基模來解析《小王子》篇章的上層結構〉，《清華學報》，新 44 卷第 2 期（2014.6）：283-315。

34. 黃華〈試比較概念隱喻理論和概念整合理論〉，收在王文斌、毛智慧主編《心理空間理論和概念合成理論研究》，上海：上海外語教育出版社，2011 年 11 月。

35. 董桂榮、馮奇，〈從概念整合的角度看翻譯創造的合理性〉，收在王文斌、毛智慧主編，《心理空間理論和概念合成理論研究》上海：上海外語教育出版社，2011 年 11 月。

36. 劉正光〈Fauconnier 的概念合成理論：闡釋與質疑〉，收在王文斌、毛智慧主編《心理空間理論和概念合成理論研究》，上海：上海外語教育出版社，2011 年 11 月。

37. 饒曉明，〈東坡詞題材內容研究現狀述略〉，收在中國人民大學中文系主辦《中國蘇軾研究》第二輯，北京：學苑出版社，2005 年 7 月。

（四）外文資料

1. Lakoff, George & Johnson, Mark, 1980. *Metaphor We Live By*, Chicago, The University of Chicago Press.

2. Lakoff, George and Turner, Mark, 1989. *More than Cool Reason——A Field Guide to Poetic Metaphor*, The University of Chicago Press.

3. Lakoff, George. 2007. *Ten Lectures on Applied cognitive linguistics by George Lakoff.* 北京：外語教學與研究出版社。

4. Stockwell, 2002. *Cognitive Poetics：An Introduction.*（London: Routledge）

5. Fauconnier, Gilles, and Mark Turner. 2003. *The Way We Think：Conceptual Blending and The Mind's Hidden Complexities.* New York：Basic Books, a member of the Perseus Books Group.

6. Linda A. Wood & Rolf O. Kroger. 2008. *Doing Discourse Analysis：Methods for Studying Action in Talk and Text.* 上海：上海外語教育出版社。

7. Chris sinha. 2010. *Languages, Culture and Mind：Ten Lectures on Development, Evolution and cognitive linguistics by Chris Sinha.* 北京：外語教學與研究出版社。

8. John Taylor. 2011. *Ten Lectures on Applied cognitive linguistics by John Taylor.* 北京：外語教學與研究出版社。

三、網頁資料

1. 【教育部重編國語辭典修訂本網路版】：
   網址 http：//dict.revised.moe.edu.tw/

2. 中研院語言所「搜詞尋字」語庫查詢系統（原國科會數位博物館先
   導計畫——搜文解字——數位博物館）：
   網址：http：//words.sinica.edu.tw/